中国诗词大汇 品读醉美

思乡诗词

丁雪昭 编著

中国言实出版社

图书在版编目(CIP)数据

品读醉美思乡诗词 / 丁雪昭编著 . -- 北京 : 中国言实出版社, 2021.11

ISBN 978-7-5171-3888-4

Ⅰ . ①品… Ⅱ . ①丁… Ⅲ . ①古典诗歌—诗歌欣赏—中国 Ⅳ. ①I207.2

中国版本图书馆 CIP 数据核字 (2021) 第 192094 号

品读醉美思乡诗词

责任编辑：郭江妮
责任校对：敖　华

出版发行：中国言实出版社

地　址：北京市朝阳区北苑路180号加利大厦5号楼105室
邮　编：100101
编辑部：北京市海淀区花园路6号院B座6层
邮　编：100088
电　话：010-64924853（总编室）　010-64924716（发行部）
网　址：www.zgyscbs.cn　电子邮箱：zgyscbs@263.net

经　销：新华书店
印　刷：北京市兴怀印刷厂
版　次：2022年 8 月第 1 版　2022年 8 月第 1 次印刷
规　格：850毫米×1168毫米　1/32　7.5印张
字　数：224千字

定　价：42.80元
书　号：ISBN 978-7-5171-3888-4

前言

优秀的诗词是我们中华民族传统文化的精粹，也是中华儿女引以为自豪的瑰宝。我们伟大的祖国在悠久的历史长河中，造就了一个闻名世界的诗国。从《诗经》《楚辞》到唐诗、宋词，无数诗人得到祖国灵山秀水的孕育，写下了一首首脍炙人口的诗篇。

看那优美的词句、听那和谐的音韵，或激励人奋发图强，或诉说爱情的悲欢离合，或追忆流经岁月，或赞美清幽的田园生活，川田野的秀美景色；不时悲壮苍凉，不时清新优美，不时幽默风趣，不时沉郁激愤……内容五彩缤纷，情感细腻真挚。一首首诗词就像夜空中璀璨的星儿不断把清辉洒向人间，驱散我们内心的迷惘，照亮我们的前程，怎能不让我们为之震撼？怎能不让我们为之心动？

诵读经典诗词是中华民族的优良传统，对陶冶情操，开阔视野，继承古代优秀的文化遗产，提高文化修养、审美能力、想象能力和读写能力，都具有相当重要的作用。为此，我们在浩如烟海的中国诗词中精心选录了千余首，并按爱国、励志、怀古、思乡、边塞、登临、田园、言情、友谊、童趣等10个主题分为10册，以便让大家有一个明确的阅读目标。每册除了将原诗词原汁原味地呈献给大家外，我们还增设了注释、作者名片、译文、赏析等4个栏目，旨在让大家更准确、更深入地掌握这些诗词的内涵和特色。

每个人都有过思念家乡的感受。思乡，实际是思念家，思念家人。因而思乡诗主要表达客居他乡的游子凄凉孤寂的心境以及对亲人的思念之情。战乱频仍，久戍边关，宦游不归，贬官异地，山长水阔，雁归故乡，漂泊在外，逢年过节……这些让诗人们心中泛起绵绵的乡愁，站在清冷的月光中久久不能释怀。阅读这类诗，要大抵了解诗人们的这些历史和遭遇，才能更好地体会到他们复杂的心境。那究竟是一种什么样的滋味呢？本册将向您诉说凄美动人的乡愁！

目录

九月九日①忆山东兄弟

【唐】王维

独在异乡②为异客，
每逢佳节倍思亲。
遥知兄弟登高③处，
遍插茱萸④少一人。

注释

①九月九日：即重阳节。古以九为阳数，故曰重阳。
②异乡：他乡、外乡。
③登高：古有重阳节登高的风俗。
④茱萸（zhū yú）：一种香草，即草决明。

作者名片

王维（701—761），字摩诘，河东蒲州（今山西运城）人，祖籍山西祁县，有“诗佛”之称。苏轼评价其：“味摩诘之诗，诗中有画；观摩诘之画，画中有诗。”开元九年（721）中进士，任太乐丞。王维是盛唐诗人的代表，今存诗400余首，重要诗作有《相思》《山居秋暝》等。王维诗书画都很有名，多才多艺，音乐也很精通。与孟浩然合称“王孟”。

译文

一个人独自在他乡作客，每逢节日加倍思念远方的亲人。
遥想兄弟们今日登高望远时，头上插满茱萸，唯独少我一人。

赏析

“独在异乡为异客”，开篇一句写出了诗人在异乡的孤独之感。诗人在这短短的一句话中用了一个“独”、两个“异”字，可见诗人在外强烈的异地作客之感，在外越是孤独，诗人对家乡亲人的思念之情就越强烈。在当时封建社会里，交通闭塞，人们都过着自给自足的生活，地域之间的往来较少，所以不同地方的人们在风土人情、生活习惯、语言等方面有很大的差异，诗人离开生活多年的家乡到异地生活，自然感到陌生而孤单。诗人平淡地叙述自己身在异乡，但是其中却包含着诗人质朴的思想感情。

如果说平日里思乡之情可能不是那么强烈，那么，诗人“每逢佳节倍思亲”。“佳节”是亲人们团聚的日子，大家在一起畅谈欢笑，而现在呢，诗人只身客居异地，在代表团圆的节日里不禁想到了家乡的人和事、山和水，种种回忆触发诗人无限的思乡之情，并且越想越思念，以至于一发不可收拾。这句写得自然质朴，如娓娓道来，也写出了许多在外漂泊游子的真切感受，很具有代表性。

前两句，可以说是艺术创作的“直接法”。几乎不经任何迂回，而是直插核心，迅即形成高潮，出现警句。但这种写法往往使后两句难以为继，造成后劲不足。这首诗的后两句，如果顺着“佳节倍思亲”作直线式的延伸，就不免蛇足；转出新意而再形成新的高潮，也很难办到。作者采取另一种方式：紧接着感情的激流，出现一泓微波荡漾的湖面，看似平静，实则更加深沉。

“遥知兄弟登高处”，诗人从直抒胸臆，转笔写到自己对亲人团聚的联想，遥想兄弟们在重阳佳节登上高山，身上插着茱萸，该是多么的快乐。如果诗人单单是想到亲人们的欢乐，倒可以缓解诗人的思乡之情，但是，诗人在最后写到“遍插茱萸少一人”，原来诗人想到的不是欢乐，而是自己没有在家乡和亲人们欢度佳节，所以亲人在插茱萸时也会发现少了一个人，这样亲人们肯定会思念我的。这就曲折有致，出乎常情。而这种出乎常情之处，正是它的深厚处、新警处。杜甫的《月夜》：“遥怜小儿女，未解忆长安。”和这两句异曲同工，而王诗似乎更不着力。

静夜思

【唐】李白

床前明月光①，
疑是地上霜。
举头望明月②，
低头思③故乡。

注释

①明月光：明亮的月光。
②举头：抬头。望明月：一作“望山月”。晋《清商曲辞·子夜四时歌·秋歌》：“仰头看明月，寄情千里光。”
③低头：形容沉思的神态。思：思念。

作者名片

李白（701—762），字太白，号青莲居士，唐朝浪漫主义诗人，被后人誉为“诗仙”。祖籍陇西成纪（待考），出生于西域碎叶城，4岁再随父迁至剑南道绵州。李白存世诗文千余篇，有《李太白集》传世。762年病逝，享年61岁。其墓在今安徽当涂，四川江油、湖北安陆有纪念馆。

译文

皎洁的月光洒到床前，迷离中疑是秋霜一片。
仰头观看明亮的月光，低头思念远方的家乡。

赏析

《静夜思》是写远客思乡之情的诗，诗以明白如话的语言雕琢出明静醉人的秋夜的意境。它不追求想象的新颖奇特，也摒弃了辞藻的精工华美；它以清新朴素的笔触，抒写了丰富深曲的内容。境是境，情是情，那么逼真，那么动人，百读不厌，耐人寻味。无怪乎有人赞它是“妙绝古今”。李白的这首思乡之作，被称为“千古思乡第一诗”，感动了古今无数他乡流落之人。

诗的起句，“床前明月光”，可谓平实朴素至极，以此清静之景来衬出诗人的寂寞孤单。这首诗在写法上，能注意心理刻画和行动举止描写相结合，第二句中，一个“疑”字点出诗人的内心深处迷离之因。由于是似睡非睡、似醒非醒，因此很容易产生错觉。这是诗人极写思乡之切，因而才情思恍惚，眼目迷离。后两句诗人从沉思中转而清醒过来，便是一“举头”，再一“低头”。为何要“举头”？因为诗人后来既然已醒悟到地上应是月光而不是白霜，所以就产生了无穷的遐想，这就是“仰头看明月，寄情千里光”之类的古人有关月光传情的诗句所表述的思亲之情。他感到光看地上的月光还不足以寄托自己的情思，因而便“举头”仰望，这样便可看得更加真切一些、清晰一些，似乎要从这明月里寻找家人从远方寄送来的美好祝愿。仰望既久，思念愈深，诗人便又转而“低头”了。为何还要“低头”呢？这是因为虽久久仰望，甚至望眼欲穿，依旧不能从明月那里得到一份慰藉，无奈之中，只得低头沉思不语了。以无情言情则情出，从无意写有意则意真。于是，诗人将对故乡的思念化为寄情明月之举，头上的明月，心中的故乡，真是别有一番滋味在心头！

渡汉江①

【唐】宋之问

岭外音书②断，
经冬复历春。
近乡情更怯，
不敢问来人③。

注释

①汉江：汉水。长江最大支流，源出陕西，经湖北流入长江。

②岭外：五岭以南的广东省广大地区，通常称岭南。唐代常作罪臣的流放地。书：信。

③人：渡汉江时遇到的从家乡来的人。

作者名片

宋之问（约656—约712），字延清，名少连，汉族，汾州（今山西汾阳市）人，初唐时期的诗人，与沈佺期并称“沈宋”。唐高宗上元二年（675），进士及第，当时掌握实权的是武则天，富有才学的宋之问深得赏识，被召入文学馆，不久出授洛州参军，永隆元年（680），与杨炯一起进入崇文馆任学士。与陈子昂、卢藏用、司马承祯、王适、毕构、李白、孟浩然、王维、贺知章称为“仙宗十友”。

译文

客居岭外与家里音信断绝，经过了冬天又到了春天。

离故乡越近心中越胆怯，不敢询问从家那边过来的人。

赏析

《渡汉江》诗意在写思乡情切，真实地刻画了诗人久别还乡、即将到家时的激动而又复杂的心情。语极浅近，意颇深邃；描摹心理，熨帖入微；不矫揉造作，自然至美。

前两句追叙贬居岭南的情况。贬斥蛮荒，本就够悲苦的了，何况又和家人音讯隔绝，彼此未卜存亡，更何况又是在这种情况下经冬历春，挨过漫长的时间。诗人没有平列空间的悬隔、音书的断绝、时间的久远这三层意思，而是依次层递，逐步加以展示，这就强化和加深了贬居遐荒期间孤孑、苦闷的感情，和对家乡、亲人的思念。

“近乡情更怯，不敢问来人。”两句描写诗人逃归途中的心理变化。“近乡”交代诗人因长期不知家人消息而逃离贬地，走近家乡。所谓“情更怯”，即愈接近故乡，离家人愈近，担忧也愈厉害，简直变成了一种害怕，怕到“不敢问来人”。这是在“岭外音书断”这种特殊情况下心理矛盾发展的必然。“情更怯”与“不敢问”更能体现诗人此际强自抑制的急切愿望和由此造成的精神痛苦。愈接近重逢，诗人便会愈发忧虑，发展到极端，这种忧虑就会变成一种恐惧、战栗，使之不敢面对现实。

读这首诗，往往引起读者感情上的某种共鸣。其中一个重要的原因，是作者在表达思想感情时，已经舍去了一切与自己的特殊经历、特殊身份有关的生活素材，所表现的仅仅是一个长期客居异乡、久无家中音信的人，在行近家乡时所产生的一种特殊心理状态。而这种心理感情，却具有极大的典型性和普遍性。形象大于思维的现象，似乎往往和作品的典型性、概括性联结在一起。这首诗便是一例。

此诗不仅有巧妙的抒情艺术，而且有更深刻的体会。作者用逐层递进的追述，交代了背景之后，立即直抒胸臆，不加保留地倾诉出矛盾心理和痛苦心情。但是，读者却必须经过一番认真的咀嚼，才能感受到这种特殊的心理状态，达到与作者的心灵沟通。这种高度简洁的抒情手法，使作品用最省略的语言，获取了极为深远的艺术效果。

望月怀远①

【唐】张九龄

海上生明月，
天涯共此时②。
情人怨遥夜③，
竟夕④起相思。
灭烛怜光满，
披衣觉露滋。

注释

①怀远：怀念远方的亲人。
②首二句：辽阔无边的大海上升起一轮明月，使人想起了远在天涯海角的亲友，此时此刻也该是望着同一轮明月。谢庄《月赋》：“隔千里兮共明月。”
③情人：多情的人，指作者自己；一说指亲人。遥夜：长夜。怨遥夜：因离别而幽怨失眠，以至抱怨夜长。
④竟夕：终宵，即一整夜。

不堪盈手赠，

还寝梦佳期。

作者名片

张九龄（678—740），唐开元尚书丞相，诗人。字子寿，一名博物，韶州曲江（今广东韶关市）人。长安年间进士。官至中书侍郎同中书门下平章事。后罢相，为荆州长史。诗风清淡。有《曲江集》。他是一位有胆识、有远见的著名政治家、文学家、诗人、名相。他忠耿尽职，秉公守则，直言敢谏，选贤任能，不徇私枉法，不趋炎附势，敢与恶势力做斗争，为“开元之治”做出了积极贡献。他的五言古诗，以素练质朴的语言，寄托深远的人生慨望，对扫除唐初所沿袭的六朝绮靡诗风，贡献尤大。誉为“岭南第一人”。

译文

茫茫的海上升起一轮明月，你我相隔天涯却共赏月亮。

多情的人都怨恨月夜漫长，整夜不眠而把亲人怀想。

熄灭蜡烛怜爱这满屋月光，我披衣徘徊深感夜露寒凉。

不能把美好的月色捧给你，只望能够与你相见在梦乡。

赏析

《望月怀远》是一首月夜怀念远人的诗，是作者在离乡时，望月而思念远方亲人而写的。

起句“海上生明月”意境雄浑阔大，是千古佳句。它和谢灵运的“池塘生春草”，谢灵运的“明月照积雪”，谢朓的“大江流日夜”

以及作者自己的“孤鸿海上来”等名句一样，看起来平淡无奇，没有一个奇特的字眼，没有一分点染的色彩，脱口而出，却自然具有一种高华浑融的气象。这一句完全是景，点明题中的“望月”。

第二句“天涯共此时”，即由景入情，转入“怀远”。前乎此的有谢庄《月赋》中的“隔千里兮共明月”，后乎此的有苏轼《水调歌头·明月几时有》词中的“但愿人长久，千里共婵娟”，都是写月的名句，其旨意也大抵相同，但由于各人以不同的表现方法，表现在不同的体裁中，谢庄是赋，苏轼是词，张九龄是诗，相体裁衣，各极其妙。这两句把诗题的情景，一起就全部收摄，却又毫不费力，仍是张九龄作古诗时浑成自然的风格。

颔联“情人怨遥夜，竟夕起相思。”直抒对远方友人的思念之情。“情人”，多情的人，有怀远之情的人。这里指诗人自己。“遥夜”，长夜。“竟夕”，通宵。诗人思念远方的友人，以至于彻夜难眠，埋怨长夜漫漫。

颈联“灭烛怜光满，披衣觉露滋。”承接颔联，具体描绘了彻夜难眠的情境。“怜”，爱怜。“滋”，沾湿。上句写诗人徘徊于室内，吹灭蜡烛，更加爱怜洒满一地的银色月光。下句写流连于庭院中，夜色已深，更感到露水也沾湿了身上的衣裳。这就把彻夜难眠的形象传神地描绘出来。

尾联“不堪盈手赠，还寝梦佳期。”“这月光饱含我满腔的心意，可是又怎么赠送给你呢？还是睡吧！睡了也许能在梦中与你欢聚。”“不堪”两句，构思奇妙，意境幽清，没有深挚情感和切身体会，恐怕是写不出来的。这里诗人暗用晋陆机“照之有余辉，揽之不盈手”两句诗意，翻古为新，悠悠托出不尽情思。诗至此戛然而止，只觉余韵袅袅，令人回味不已。

芙蓉楼[①]送辛渐

【唐】王昌龄

寒雨连江[②]夜入吴[③]，
平明[④]送客[⑤]楚山孤。
洛阳亲友如相问，
一片冰心在玉壶。

注释

①芙蓉楼：原名西北楼，在润州（今江苏省镇江市）西北。
②寒雨：秋冬时节的冷雨。连江：雨水与江面连成一片，形容雨很大。
③吴：古代国名，这里泛指江苏南部、浙江北部一带。
④平明：天亮的时候。
⑤客：指作者的好友辛渐。

作者名片

王昌龄（698—756），字少伯，河东晋阳（今山西太原）人。盛唐著名边塞诗人，后人誉为“七绝圣手”。早年贫贱，困于农耕，年近不惑，始中进士。初任秘书省校书郎，又中博学宏辞，授汜水尉，因事贬岭南。与李白、高适、王维、王之涣、岑参等交厚。开元末返长安，改授江宁丞。被谤谪龙标尉。安史乱起，为刺史闾丘所杀。其诗以七绝见长，尤以登第之前赴西北边塞所作边塞诗最著，有“诗家夫子王江宁”之誉（亦有“诗家天子王江宁”的说法）。

译文

冷雨连夜，雨水与江面连成一片，洒遍吴地，清晨送走你后，独自面对着楚山离愁无限！

到了洛阳，如果洛阳亲友问起我来，就请转告他们，我的心依然像玉壶里的冰那样晶莹纯洁！

赏析

此诗为一首送别诗。

“寒雨连江夜入吴”，迷蒙的烟雨笼罩着吴地江天，织成了一张无边无际的愁网。夜雨增添了萧瑟的秋意，也渲染出了离别的黯淡气氛。那寒意不仅弥漫在满江烟雨之中，更沁透在两个离别友人的心头上。“连”字和“入”字写出雨势的平稳连绵，江雨悄然而来的动态能为人分明地感知，则诗人因离情萦怀而一夜未眠的情景也自可想见。但是，这一幅水天相连、浩渺迷茫的吴江夜雨图，正好展现了一种极其高远壮阔的境界。中晚唐诗和婉约派宋词往往将雨声写在窗下梧桐、檐前铁马、池中残荷等琐物上，而王昌龄却并不实写如何感知秋雨来临的细节，他只是将听觉、视觉和想象概括成连江入吴的雨势，以大片淡墨染出满纸烟雨，这就用浩大的气魄烘托了“平明送客楚山孤”的开阔意境。

后两句，“洛阳亲友如相问，一片冰心在玉壶。”是指作者与友人分手之际，对友人的嘱托。洛阳，指的是今河南省洛阳市，唐朝时是政治、经济、文化中心城市之一，那里有作者的亲朋好友。相问，如同说“问你”，冰心是形容人的心地清明，如同冰块儿；玉壶，玉石制成的壶。六朝时期，诗人鲍照曾用“清如玉壶冰”（《代白头吟》诗）来比喻高洁清白的品格，此处的玉壶也是用来比喻纯正的品格。这两句话的意思是：你到达洛阳以后，那里的亲友如果问起你我的情况，你就这样告诉他们：王昌龄的一颗心，仍然像一块纯洁清明的冰盛在玉壶中。作者托辛渐给洛阳友人带去这样一句话，是有背景的。当时作者因不拘小节，遭到一般平庸人物的议论，几次受到贬谪。这里，显然是作者在对那些污蔑之词做出回击，也是对最了解自己的友人们做出的告慰，表现了不肯妥协的精神。

即景生情，情蕴景中，本是盛唐诗的共同特点，而深厚有余、优柔舒缓。此诗那苍茫的江雨和孤峙的楚山，不仅烘托出诗人送别时的孤寂之情，更展现了诗人开朗的胸怀和坚毅的性格。屹立在江天之中的孤山与冰心置于玉壶的比象之间又形成一种有意无意的照应，令人自然联想到诗人孤介傲岸、冰清玉洁的形象，使精巧的构思和深婉的用意融化在一片清空明澈的意境之中，所以浑然天成、不着痕迹、含蓄蕴藉、余韵无穷。

泊船①瓜洲

【宋】王安石

京口②瓜洲③一水间，
钟山④只隔数重山。
春风又绿⑤江南岸，
明月何时照我还。

注释

①泊船：停船。泊：停泊，指停泊靠岸。
②京口：古城名。故址在江苏镇江市。
③瓜洲：镇名，在长江北岸，扬州南郊，即今扬州市南部长江边，京杭运河分支入江处。
④钟山：在江苏省南京市区东。
⑤绿：吹绿。

作者名片

王安石（1021—1086），字介甫，号半山，谥文，封荆国公。世人又称王荆公。北宋抚州临川人（今江西省抚州市临川区邓家巷人），中国北宋著名政治家、思想家、文学家、改革家，唐宋八大家之一。欧阳修称赞王安石："翰林风月三千首，吏部文章二百年。老去自怜心尚在，后来谁与子争先。"传世文集有《王临川集》《临川集拾遗》等。其诗文各体兼擅，词虽不多，但亦擅长，且有名作《桂枝香》等。而王荆公最得世人盛传之诗句莫过于《泊船瓜洲》："春风又绿江南岸，明月何时照我还。"

译文

京口和瓜洲之间只隔着一条长江，钟山就隐没在几座山峦的后面。

和煦的春风又吹绿了大江南岸，明月什么时候才能照着我回到钟山下的家里。

赏析

这是一首著名的抒情小诗，抒发了诗人眺望江南、思念家乡的深切感情。本诗从字面上看，是流露着对故乡的怀念之情，大有急欲飞舟渡江回家和亲人团聚的愿望。其实，在字里行间也寓着他重返政治舞台、推行新政的强烈欲望。

“京口瓜洲一水间”，诗人站在瓜洲渡口放眼南望，看到了南边岸上的“京口”与“瓜洲”这么近，中间隔一条江水。“一水间”三字，形容舟行迅疾，顷刻就到。

“钟山只隔数重山”，以依恋的心情写他对钟山的回望，王安石于景祐四年（1037）随父王益定居江宁，从此江宁便成了他的息肩之地，第一次罢相后即寓居江宁钟山。“只隔”两字极言钟山之近在咫尺。把万重山的间隔说得如此平常，反映了诗人对于钟山依恋之深；而事实上，钟山毕竟被“万重山”挡住了，因此诗人的视线转向了江岸。

“春风又绿江南岸”，描绘了江岸美丽的春色，寄托了诗人浩荡的情思。其中“绿”字是经过精心筛选的，极其富于表现力。

正是有了前三句寓情于景的层层铺垫作势，结句的“明月何时照我还”的抒写乡愁的淋漓之笔，才水到渠成地直泻出来，把乡愁的抒写发挥到了极致。由此看来，王安石的《泊船瓜洲》并不是一首政治抒情诗，而是一首纯粹的乡愁诗。

渡河到清河①作

【唐】王维

泛舟大河②里，

注释

①河：指黄河。清河，唐贝州治所清河县，在今河北清河西。

积水[3]穷天涯。
天波[4]忽开拆，
郡邑千万家。
行复见城市[5]，
宛然有桑麻[6]。
回瞻旧乡国[7]，
渺漫连云霞[8]。

②大河：即黄河。
③积水：指积聚的水。
④天波：指天空的云气，形容极为高远。
⑤城市：即指清河。
⑥宛然：真切貌，清晰貌。桑麻：桑树与苎麻。
⑦回瞻：犹回望。唐韦应物《酒肆行》："回瞻丹凤阙，直视乐游苑。"旧乡国：故乡，指京洛。
⑧渺（miǎo）漫：水流广远的样子。连云霞：与天空之云霞相连，形容水波浩渺。

译文

我扬帆行舟黄河上，秋水汇积远接天涯。
水天相接处忽然裂开豁口，现出繁华的城邑万户千家。
顺流前行又有城镇闪入眼中，郊野的桑树与苎麻清晰可见。
回头瞻望我的故乡京洛，只见洪波浩渺远与天空之云霞相连。

赏析

此诗描绘的是黄河下游的景致。作者行舟河上，视野开阔，所以诗中多从大处着墨，写出深沉、壮观、气势磅礴的景象。诗歌开篇两句就写出"积水穷天涯"的浩荡气势，表现出黄河的雄壮和开阔的景象。"天波忽开拆"两句写从水天一色开拆的缝中，看见"郡邑千万家"，然后看见城市，接着是城外的农田，读之令人如见如闻。这两句不仅气势雄浑、意境壮美，而且准确地捕捉住诗人坐船时特有的运动感受，落笔自然而有奇致。五六两句写作者沿河所见的盛况。"行复见城市，宛然有桑麻"，一方面说明盛唐时期人口多、集市经济兴盛的状况；另一方面桑麻繁盛也构成了平原以东地带城乡风景的一大特色。结尾两句描写作者回首时，只看见河水连天，看不见故乡了，由此抒思乡之情，情景交融，发人遐思，言已尽而意未穷。

这首诗写出黄河下游的积水淼浩、波光连天、崔嵬峥嵘、黛色葱郁，一派廓大气势，显示出王维前期山水诗歌的明朗风格。诗人看山，是黛色葱郁、气势宏大，仿若一个绿色巨人屹立于天地之间，崔嵬峥嵘；看水，是波光连天、浩洁瀚瀚、一望无际，又或像一条劈开山峡的巨龙，一泻千里，如此廓大气势，令人心胸开阔。

从思想境界看，此诗表现出来的是作者对客观世界的“静观”，即在社会之外看社会，人生之外看人生，景观之外看景观。

闻官军①收河南河北

【唐】杜甫

剑外②忽传收蓟北③，
初闻涕④泪满衣裳。
却看⑤妻子⑥愁何在⑦，
漫卷诗书喜欲狂。
白日放歌⑧须纵酒，
青春作伴好还乡。
即从巴峡⑨穿巫峡⑩，
便下襄阳向洛阳。

注释

①闻：听说。官军：指唐朝军队。
②剑外：剑门关以南，这里指四川。
③蓟北：泛指唐代幽州、蓟州一带，今河北北部地区，是安史叛军的根据地。
④涕：眼泪。
⑤却看：回头看。
⑥妻子：妻子和孩子。
⑦愁何在：哪还有一点儿的忧伤？愁已无影无踪。
⑧放歌：放声高歌。
⑨巴峡：长江东流至湖北省巴东县西的峡谷称为“巴峡”。
⑩巫峡：自巫山县城东大宁河起，至巴东县官渡口止，全长46公里，有“大峡”之称。

作者名片

杜甫（712—770），字子美，自号少陵野老，世称“杜工部”“杜少陵”等，河南府巩县（今河南省巩义市）人，唐代伟大的现实主义诗人，杜甫被世人尊为“诗圣”，其诗被称为“诗史”。杜甫与李白合称“李杜”，为了跟另外两位诗人李商隐与杜牧即“小李杜”区别开来，杜甫与李白又合称“大李杜”。他忧国忧民，人格高尚，他的约1400余首诗被保留了下来，诗艺精湛，在中国古典诗歌中备受推崇，影响深远。759—766年间曾居成都，后世有杜甫草堂纪念。

译文

剑外忽然传来收复蓟北的消息，刚刚听到时涕泪满衣裳。

回头看妻子和孩子哪还有一点儿的忧伤，胡乱地卷起诗书欣喜若狂。

日头照耀放声高歌痛饮美酒，趁着明媚春光与妻儿一同返回家乡。

就从巴峡再穿过巫峡，经过了襄阳后又直奔洛阳。

赏析

此诗作于唐代宗广德元年（763）春。当年正月史朝义自缢，安史之乱结束。杜甫听到这消息，不禁惊喜欲狂、手舞足蹈，冲口唱出这首七律。诗的前半部分写初闻喜讯的惊喜；后半部分写诗人手舞足蹈做返乡的准备，凸显了急于返回故乡的欢快之情。全诗情感奔放，处处渗透着“喜”字，痛快淋漓地抒发了作者无限喜悦兴奋的心情。因此被称为杜甫“生平第一快诗”。除第一句叙事点题外，其余各句，都是抒发诗人忽闻胜利消息之后的惊喜之情。诗人的思想感情出自胸臆，奔涌直泻。后六句都是对偶，但却明白自然像说话一般，有水到渠成之妙。

首句起势迅猛，确切地表现了捷报的突然。

第二联以转作承，落脚于“喜欲狂”，这是惊喜的更高峰。

“白日放歌须纵酒，青春作伴好还乡。”紧承上联从生活细节上细致地刻画了诗人的狂喜。

“即从巴峡穿巫峡，便下襄阳向洛阳。”是诗人的联想，身在梓州，顷刻间就已回到家乡。诗人的惊喜达到高潮，全诗也至此结束。

本诗主要叙写了诗人听到官军收复失地的消息后，十分的喜悦，收拾行装立即还乡的事。抒发诗人无法抑制的胜利喜悦与还乡快意，表现了诗人真挚的爱国情怀，表达了诗人博大的爱国胸怀和高尚的精神境界。

长相思·山一程

【清】纳兰性德

山一程，水一程①，身向榆关②那畔③行，夜深千帐④灯。

风一更，雪一更⑤，聒碎乡心梦不成，故园无此声。

注释

①程：道路、路程，山一程、水一程，即山长水远。
②榆关：即今山海关，在今河北秦皇岛东北。
③那畔：即山海关的另一边，指身处关外。
④帐：军营的帐篷，千帐言军营之多。
⑤更：旧时一夜分五更，每更大约两小时。风一更、雪一更，即言整夜风雪交加。

作者名片

纳兰性德（1655—1685），满洲人，字容若，号楞伽山人，清代最著名

词人之一。其诗词“纳兰词”在清代以至整个中国词坛上都享有很高的声誉，在中国文学史上也占有光彩夺目的一席。他生活于满汉融合时期，其贵族家庭兴衰具有关联于王朝国事的典型性。虽侍从帝王，却向往经历平淡。特殊的生活环境背景，加之个人的超逸才华，使其诗词创作呈现出独特的个性和鲜明的艺术风格。流传至今的《木兰花令·拟古决绝词》——“人生若只如初见，何事秋风悲画扇？等闲变却故人心，却道故人心易变。”富于意境，是其众多代表作之一。

译文

将士们不辞辛苦地跋山涉水，马不停蹄地向着山海关进发。夜已经深了，千万个帐篷里都点起了灯。

外面正刮着风、下着雪，惊醒了睡梦中的将士们，勾起了他们对故乡的思念，故乡是多么的温暖宁静呀，哪有这般狂风呼啸、雪花乱舞的聒噪之声。

赏析

词作上片描写跋涉行军与途中驻扎，夹杂着颇多无奈情绪；下片叙述夜来风雪交加，搅碎了乡梦，倍觉惆怅。全词描写将士在外对故乡的思念，抒发了情思深苦的绵长心情。语言淳朴而意味深长，取景宏阔而对照鲜明。

“山一程，水一程”，写出旅程的艰难曲折，遥远漫长。

下片侧重游子思乡之苦，交代了深夜不眠的原因。换头写景，风一更雪一更，突出塞外风狂雪骤的荒寒景象。这是以哀景衬伤情，风雪载途，行者乡思更烈。叠用两个“一更”，突出塞外卷地狂风，铺天暴雪扑打帐篷经久不息的情景；也从一个侧面写出了天寒地冻之夜，人之辗转难眠的状态。聒碎乡心梦不成呼应上片的夜深千帐灯一句，直接回答了深夜不寝的原因。着一“聒”字，突出了风雪声响之巨；且极具拟人味，仿佛这风雪也通人心似的，彻夜念叨着故园的人事，让人心潮起伏。“聒碎乡心”，用的是夸张手法，形象地表现了一夜征人尽望乡的愁肠百转的心态。

从总的来说，上阕写面、写外，铺陈壮观；下阕写点、写内，曲描心情。选取的都是平凡的事物，如山水风雪、灯火声音。又采用短小精悍而通俗易懂的语句，轻巧排列，对应整齐。信手拈来，不显雕琢。全篇融细腻情感于雄壮景色之中，尽显非凡，作者用山、水、千帐灯、风、雪等大的物像，来寄托细腻的情感思绪。缠绵而不颓废，柔情之中露出男儿镇守边塞的慷慨报国之志。没有一般边塞诗的大气、沉痛、悲凉、雄壮，而是风格婉约，笔调缠绵，少了抑扬顿挫的沉雄，多了小女儿的缠绵情态。

这首词以白描手法，朴素自然的语言，表现出真切的情感，是很为前人称道的。词人在写景中寄寓了思乡的情怀。格调清淡朴素，自然雅致，直抒胸臆，毫无雕琢痕迹。

水调歌头·明月几时有

【宋】苏轼

丙辰①中秋，欢饮达旦②，大醉，作此篇兼怀子由③。

明月几时有？把酒④问青天。不知天上宫阙⑤，今夕是何年。我欲乘风归去⑥，又恐琼楼玉宇⑦，高处不胜寒。起舞弄清影，何似在人间。

转朱阁，低绮户，照无眠。不应有恨，何事长向别时圆？人有悲欢离合，月有阴晴圆缺，此事古难全。但愿人长久，千里共婵娟。

注释

①丙辰：指宋神宗熙宁九年（1076）。这一年苏轼在密州（今山东省诸城市）任太守。
②达旦：到天亮。
③子由：苏轼的弟弟苏辙的字。
④把酒：端起酒杯。把：执、持。
⑤天上宫阙（què）：指月中宫殿。阙：古代城墙后的石台。
⑥归去：回去，这里指回到月宫里去。
⑦琼（qióng）楼玉宇：美玉砌成的楼宇，指想象中的仙宫。

译文

丙辰年（1076）的中秋节，我高高兴兴地喝酒直到天亮，喝了个大醉，写下这首词，同时也思念弟弟苏辙。

明月从什么时候开始有的呢？我拿着酒杯遥问苍天。不知道天上的宫殿，今晚是哪一年。我想凭借着风力回到天上去看一看，又担心美玉砌成的楼宇太高了，我经受不住寒冷。起身舞蹈玩赏着月光下自己清朗的影子，月宫哪里比得上人间。

月儿移动，转过了朱红色的楼阁，低低地挂在雕花的窗户上，照着没有睡意的人。明月不应该对人们有什么怨恨吧，可又为什么总是在人们离别之时才圆呢？人有悲欢离合的变迁，月有阴晴圆缺的转换，这事儿自古以来就很难周全。希望人们可以长长久久地在一起，即使相隔千里也能一起欣赏这美好的月亮。

赏析

这首词是中秋望月怀人之作，表达了对胞弟苏辙的无限思念。丙辰，是北宋神宗熙宁九年（1076），当时苏轼在密州（今山东诸城）做太守，中秋之夜他一边赏月一边饮酒，直到天亮，于是做了这首《水调歌头》。词人运用形象描绘手法，勾勒出一种皓月当空、亲人千里、孤高旷远的境界氛围。苏轼一生，推崇儒学、讲究实务为主。熙宁四年（1071），他以开封府推官通判杭州，是为了避开汴京政争的漩涡。熙宁七年（1074）调知密州，虽说出于自愿，实质上仍是处于被外放冷遇的地位。尽管当时“面貌加丰”，颇有一些旷达表现，也难以掩盖深藏内心的郁愤。这首中秋词，正是此种宦途险恶体验的升华和总结。“大醉”遣怀是主，“兼怀子由”是辅。对于一贯秉持“尊主泽民”节操的作者来说，手足分离和私情，比起廷忧边患的国势来说，毕竟属于次要的伦理负荷。此点在题序中有深奥微妙的提示。

在大自然的景物中，月亮是很有浪漫色彩的，很容易启发人们的艺术联想。一钩新月，可联想到初生的萌芽事物；一轮满月，可联想到美好的团圆生活；月亮的皎洁，让人联想到光明磊落的人格。在月亮这一意象上集中了人类无限美好的憧憬和理想。苏轼是一位性格豪放、气质浪漫的文学家，当他抬头遥望中秋明月时，其思想情感犹如长上了翅膀，天上人间自由翱翔。反映到词里，遂形成了一种豪放洒脱的风格。

此篇是苏词代表作之一。从艺术成就上看，它构思奇拔、畦径独辟，极富浪漫主义色彩，是历来公认的中秋词中的绝唱。从表现方面来说，词的前半纵写，后半横叙。上片高屋建瓴，下片峰回路转。它名为演绎物理，实则阐释人事。笔致错综回环，摇曳多姿。从布局方面来说，上片凌空而起、入处似虚；下片波澜层叠、返虚转实。最后虚实交错、纡徐作结。全词设景清丽雄阔，以咏月为中心表达了游仙“归去”与直舞“人间”、离欲与入世的矛盾和困惑，以及旷达自适，人生长久乐观和美好的愿望，极富哲理与人情。立意高远，构思新颖，意境清新如画。最后以旷达情怀收束，是词人情怀的自然地流露。情韵兼胜，境界壮美，具有很高的审美价值。此词全篇皆是佳句，典型地体现出苏词清雄旷达的风格。

对于这首《水调歌头》历来都是推崇备至。胡仔《苕溪渔隐丛话》认为此词是写中秋的词里最好的一首。这首词仿佛是与明月的对话，在对话中探讨着人生的意义。既有理趣，又有情趣，很耐人寻味。因此九百年来传诵不衰。吴潜《霜天晓角》：“且唱东坡《水调》，清露下，满襟雪。”《水浒传》第三十回写八月十五“可唱个中秋对月对景的曲儿”，唱的就是这“一支东坡学士中秋《水调歌》”。可见宋元时传唱之盛。全词意境豪放而阔大，情怀乐观而旷达，对明月的向往之情，对人间的眷恋之意，以及那浪漫的色彩，潇洒的风格和行云流水一般的语言，至今还能给人们以健康的美学享受。

十五夜望月寄杜郎中①

【唐】王建

中庭②地白③树栖鸦④，
冷露⑤无声湿桂花。
今夜月明人尽⑥望，
不知秋思落⑦谁家。

注释

①十五夜：指农历八月十五的晚上，即中秋夜。杜郎中，名杜元颖。
②中庭：即庭中，庭院中。
③地白：指月光照在庭院的样子。
④鸦：鸦雀。
⑤冷露：秋天的露水。
⑥尽：都。
⑦落：在，到。

作者名片

王建（768—835），字仲初，颍川（今河南许昌）人。出身寒微，一生潦倒。曾一度从军，约46岁始入仕，曾任昭应县丞、太常寺丞等职。后出为陕州司马，世称王司马。与张籍友善，乐府与张齐名，世称张王乐府。

译文

庭院地面雪白树上栖息着鹊鸦，秋露无声无息打湿了院中桂花。

今天晚上人们都仰望当空明月，不知道这秋思之情落在了谁家？

赏析

题中的“十五夜”，结合三、四两句来看，应指中秋之夜。诗题，有些版本作《十五夜望月》，此处以《全唐诗》为准。杜郎中，名不详。在唐代咏中秋的篇什中，这是较为著名的一首。

“中庭地白树栖鸦”，月光照射在庭院中，地上好像铺了一层霜雪。诗人写中庭月色，只用“地白”二字，却给人以积水空明、澄静素洁、清冷之感，使人不由会联想起李白的名句“床前明月光，疑是地上霜”，沉浸在清美的意境之中。

“冷露无声湿桂花”，这句诗让人联想到冷气袭人，桂花怡人的情景。诗句带给读者的是十分丰富的美的联想。

“今夜月明人尽望，不知秋思落谁家。”普天之下又有多少人在望月思亲。在家乡的人思念远离的亲人；离乡之人遥望家乡亲人。于是，水到渠成，吟出了这两句。诗人不再正面写自己的思亲之愁，而是用一种疑问式的委婉语气道出那绵绵的愁念会落在谁家。

这首诗意境很美，诗人运用形象的语言、丰美的想象，渲染了中秋望月的特定的环境气氛，把读者带进一个月明人远、思深情长的意境，加上一个唱叹有神、悠然不尽的结尾，将别离思聚的情意，表现得非常委婉动人。它首先予人的印象是情景如画。

春夜洛阳城①闻笛

【唐】李白

谁家玉笛②暗飞声③，

散入春风满洛城。

此夜曲中闻④折柳⑤，

何人不起故园⑥情。

注释

①洛阳城：今河南洛阳。
②玉笛：笛子的美称。
③暗飞声：声音不知从何处传来。声：声音。
④闻：听，听见。
⑤折柳：即《折杨柳》笛曲，乐府“鼓角横吹曲”调名，内容多写离情别绪。曲中表达了送别时的哀怨感情。
⑥故园：指故乡、家乡。

译文

这是从谁家飘出的悠扬笛声呢？它随着春风飘扬，传遍洛阳全城。

客居之夜听到《折杨柳》的曲子，谁又能不生出怀念故乡的愁情？

赏析

此诗写乡思，题作“春夜洛城闻笛”，明示诗人因闻笛声而感发。题中“洛城”表明是客居，“春夜”点出季节及具体时间。此诗抒发了作者客居洛阳夜深人静之时被笛声引起的思乡之情，其前两句描写笛声随春风而传遍洛阳城，后两句写因闻笛而思乡。全诗扣紧一个“闻”字，抒写自己闻笛的感受，合理运用想象和夸张，条理通畅，感情真挚，余韵无穷。

第一句“暗飞”二字可谓传神，“暗”字更是首句之关键。因为此时不知笛声自何处飞来，用此“暗”字，恰当非常，足见诗人亦是经过了细心推敲。

听到笛声以后，诗人触动了乡思的情怀，于是第三句点出了《折杨柳》曲。古人送别时折柳，盼望亲人归来也折柳。据说“柳”谐“留”音，故折柳送行表示别情。长安灞桥即为有名的送别之地，或指那个地方的杨柳为送行人攀折殆尽。《折杨柳》曲伤离惜别，其音哀怨幽咽。

全诗扣紧一个“闻”字，抒写自己闻笛的感受。诗的第一句是猜测性的问句。那未曾露面的吹笛人只管自吹自听，却不期然而打动了许许多多听众，这就是句中“暗”字所包含的意味。第二句说笛声由春风吹散，传遍了洛阳城。这是诗人的想象，也是艺术的夸张。第三句说明春风传来的笛声，吹奏的是表现离情别绪的《折杨柳》，于是紧接一句说，哪个能不被引发思念故乡家园的情感呢！水到渠成而戛然而止，因而余韵袅袅，久久萦绕于读者心间，令人回味无穷。

李白的老家在四川，二十多岁就离家东游，后长期居住湖北、山东，春夜闻笛《折杨柳》曲，触发深长的乡思当是再自然不过的了。因此情真意切、扣人心弦，千百年来在旅人游子心中引发强烈的共鸣。

短短的一首七言绝句，颇能显现李白的风格特点，即艺术表现上的主观倾向。热爱故乡是一种崇高的感情，它同爱国主义是相通的。诗人的故乡是他从小生于此，长于此的地方，作为祖国的一部分，那种形象尤其令诗人难以忘怀。李白这首诗写的是闻笛，但它的意义不限于描写音乐，还表达了对故乡的思念，这才是它感人的地方。

清平乐·别来春半

【五代】李煜

别来春半①，触目柔肠②断。砌下落梅③如雪乱，拂了一身还满④。

雁来音信无凭⑤，路遥归梦难成⑥。离恨恰如⑦春草，更行更远还生⑧。

注释

①春半：即半春，春天的一半。别来春半：自分别以来，春天已过去一半，说明时光过得很快。
②柔肠：原指温柔的心肠，此指绵软情怀。
③砌（qì）下：台阶下。砌：台阶。落梅：指白梅花，开放较晚。
④拂了一身还满：指把满身的落梅拂去了又落了满身。
⑤雁来音信无凭：这句话是说鸿雁虽然来了，却没将书信传来。古代有凭借雁足传递书信的故事。无凭：没有凭证，指没有书信。
⑥遥：远。归梦难成：指有家难回。
⑦恰如：《全唐诗》《古今词统》《古今诗余醉》等本中均作“却如”；毛本《尊前集》中作“怯如”。
⑧更行更远还生：更行更远，指行程越远。更：越。还生：还是生得很多。还：仍然，还是。

作者名片

李煜（937—978），南唐元宗（即南唐中主）李璟第六子，初名从嘉，字重光，号钟隐、莲峰居士，汉族，生于金陵（今江苏南京），祖籍彭城（今江苏徐州铜山区），南唐最后一位国君。李煜精书法、工绘画、通音律，诗文均有一定造诣，尤以词的成就最高。李煜的词，继承了晚唐以来温庭筠、韦庄等花间派词人的传统，又受李璟、冯延巳等的影响，语言明快、形象生动、用情真挚，风格鲜明，其亡国后词作更是题材广阔，含意深沉，在晚唐五代词中别树一帜，对后世词坛影响深远。

译文

离别以来，春天已经过去一半，映入目中的景色掠起柔肠寸断。台阶下飘落的白梅花犹如雪片纷飞，将它拂去不知不觉又撒满一身。

鸿雁虽然来了，却没将书信传来。路途遥远，有家难回。离别的愁恨正像春天的野草，越行越远它越是繁生。

赏析

这首《清平乐》，表现了作者在恼人的春色中，触景生情，思念离家在外的亲人的情景。

上阕劈头一个“别”字，领起全文，结出肠断之由，发出怀人之音。“砌下”二句，承“触目”二字而来。“砌下”即阶下：“落梅如雪”，一片洁白。白梅为梅花品种之一，花开较晚，故春已过半，犹有花俏。“如雪乱”，是说落梅之多。“拂了一身还满”，亦以象征手法表达自己扫不尽的离愁。梅花越落越多，而离愁亦拂去仍来。一笔两到，于婉曲回环中见出情思。这两句，词人巧妙地将感时伤别的抽象之愁绪，与大自然融为一体，构成一个天真纯情的艺术造型。

下阕仍承“别来”二字，加倍写出离愁。古人有雁足传书的故事。“雁来音讯无凭”是说雁来了，信没来；雁归了，而人未归。“路遥归梦难成”，从对方难成归梦说起，是深一层的写法。极写离人道途之远，欲归未能。信亦无，梦亦无，剩下的只有情天长恨了，于是逼出结尾二句：“离恨恰如春草，更行更远还生。”把怀人的情思比作远连天边的春草，正在不断地繁衍滋生。“更行”“更远”“还生”三外简短的词句，将复迭和层递等修辞手法交织于一句，以春草的随处生长比离恨的绵绵不尽，委婉，深沉，余思不尽。“春草”既是喻象，又是景象，更是心象。随着它的“更行更远”，向天涯之尽头，拓开了人的视野和时空的距离。全词以离愁别恨为中心，线索明晰而内蕴，上下两片浑然一体而又层层递进，感情的抒发和情绪的渲染都十分到位。作者手法自然，笔力透彻，尤其在喻象上独到而别致，使这首词具备了不同凡品的艺术魅力。

月夜忆舍弟①

【唐】杜甫

戍鼓②断人行③，
边秋④一雁声。
露从今夜白⑤，
月是故乡明。
有弟皆分散，
无家问死生。
寄书长不达，
况乃未休⑥兵。

注释

①舍弟：谦称自己的弟弟。
②戍鼓：戍楼上的更鼓。戍：驻防。
③断人行：指鼓声响起后，就开始宵禁。
④边秋：一作“秋边”，秋天的边地，边塞的秋天。
⑤露从今夜白：指在气节“白露”的一个夜晚。
⑥休：停止。

译文

在戍楼上的更鼓声中宵禁开始，秋夜的边塞传来了孤雁哀鸣。

从今夜就进入了白露节气，月亮还是故乡的最明亮。

虽有兄弟但都离散各去一方，已经无法打听到他们的消息。

寄往洛阳城的家书老是不能送到，何况战乱频繁还没有停止。

赏析

在古典诗歌中，思亲怀友是常见的题材，这类作品要力避平庸、不落俗套，单凭作者生活体验是不够的，还必须在表现手法上匠心独运。杜甫正是在对这类常见题材的处理中，显出了他的大家本色。

这首诗首联即突兀不平。题目是“月夜”，作者却不从月夜写起，而是首先描绘了一幅边塞秋天的图景：“戍鼓断人行，边秋一雁声。”路断行人，写出所见；戍鼓雁声，写出所闻。耳目所及皆是一片凄凉景象。沉重单调的更鼓和天边孤雁的叫声不仅没有带来一丝活气，反而使本来就荒凉不堪的边塞显得更加冷落沉寂。“断人行”点明社会环境，说明战事仍然频繁、激烈，道路为之阻隔。两句诗渲染了浓重悲凉的气氛，这就是“月夜”的背景。

颔联点题。“露从今夜白”，既写景，也点明时令。那是在白露节的夜晚，清露盈盈，令人顿生寒意。“月是故乡明”，也是写景，却与上句略有不同。

以上四句信手挥写，若不经意，看似与忆弟无关，其实不然。不仅望月怀乡写出“忆”，就是闻戍鼓、听雁声、见寒露，也无不使作者感物伤怀，引起思念之情。所以是字字忆弟，句句有情。

诗由望月转入抒情，过渡十分自然。月光常会引人遐想，更容易勾起思乡之念。诗人今遭逢离乱，又在这清冷的月夜，更是别有一番滋味在心头。在他的绵绵愁思中夹杂着生离死别的焦虑不安，语气也分外沉痛。“有弟皆分散，无家问死生。”上句说弟兄离散，天各一方；下句说家已不存，生死难卜，写得伤心折肠，感人至深。这两句诗也概括了安史之乱中人民饱经忧患丧乱的普遍遭遇。

尾联紧承五、六两句进一步抒发内心的忧虑之情。亲人们四处流散，平时寄书老是不能送到，更何况战乱频繁还没有停止，生死茫茫当更难预料。含蓄蕴藉，一结无限深情。读了这首诗，我们便不难明白杜甫为什么能够写出“烽火连三月，家书抵万金”（《春望》）那样凝练警策的诗句来。深刻的生活体验是艺术创作最深厚的源泉。

全诗层次井然，首尾照应，承转圆熟，结构严谨。“未休兵”则“断人行”，望月则“忆舍弟”，“无家”则“寄书不达”，人“分散”则“死生”不明，一句一转，一气呵成。

在安史之乱中，杜甫颠沛流离、备尝艰辛，既怀家愁，又忧国难，真是感慨万端。稍一触动，千头万绪便一齐从笔底流出，所以把常见的怀乡思亲的题材写得如此凄楚哀感，沉郁顿挫。

灞上[①]秋居

【唐】马戴

灞原风雨定，
晚见雁行频。
落叶他乡树，
寒灯[②]独夜人。
空园白露[③]滴，
孤壁野僧邻。
寄卧郊扉[④]久，
何年致此身[⑤]。

注释

①灞（bà）上：又作“霸上”，古代地名，位于今陕西西安东，因地处灞陵高原而得名，为作者来京城后的寄居之所。
②寒灯：寒夜里的孤灯。
③白露：秋天的露水。
④郊扉：郊居。
⑤致此身：意即以此身为国君报效尽力。

作者名片

马戴（799—869），字虞臣，唐定州曲阳（今陕西省华县）人。晚唐时期著名诗人。

译文

灞原上的秋风细雨初定，傍晚看见雁群南去不停。
面对他乡树木落叶纷纷，寒夜的孤灯独照我一人。
空园里白露频频地下滴，单门独户只与野僧为邻。
寄卧荒凉郊居为时已久，何时才能为报效国家献身？

赏析

此诗纯写闭门寥落之感。整首诗篇好似一幅形象鲜明、艺术精湛的画卷。读者把它慢慢地打开，首先映入眼帘的是灞原上空萧森的秋气：撩人愁思的秋风秋雨直到傍晚才停歇下来，在暮霭沉沉的天际，接连不断的雁群自北向南急急飞过。连番的风雨，雁儿们已经耽误了不少行程，好不容易风停雨歇，得赶在天黑之前找到一个宿处。“寒灯独夜人”，一个“寒”字，一个“独”字，写尽客中凄凉孤独的况味。不难想象：一灯如豆，伴着一个孤寂的身影。夜已深了，寒意重重，在寒气包围中，灯光更显得黯淡无力，而诗人孤独凄苦的心情也随之更进了一层。“寒”与“独”起着相互映衬的作用：由寒灯而显出夜长难挨，因孤独而更感到寒气逼人。

五、六两句让画卷再向下推移，它不仅显示了更大的空间，更细的景物，而且出神入化，展现了诗人的心境。这时夜阑人静，连秋虫都已停止了歌唱，只有露珠滴落在枯叶上的响声，一滴接着一滴，虽很微弱，却很清晰。下一句“孤壁野僧邻”同样是用烘托的手法。明明要说的是自己孑然一身、孤单无依，却偏说出还有一个邻居，而这个邻居竟是一个绝迹尘世、犹如闲云野鹤的僧人。与这样的野僧为邻，诗人的处境的孤独就显得更加突出了。这两句在写景的同时进一步写出了诗人的心境：秋夜孤房连露滴的声音都可听到，正说明他思潮起伏，长夜无眠；而所与为邻的只有一个野僧，表明他正想到自己已经被抛出世外，不知何日才能结束这种生涯。正是因为这样，所以诗的最后两句也就与前面的描写自然衔接起来，不显得突兀。

最后两句直接说出诗人的感慨：“寄卧郊扉久，何年致此身？”诗人为了求取官职来到长安，在灞上（又作“霸上”，长安东）已寄居多时，一直没有找到进身之阶，因而这里率直道出了怀才不遇的苦境和进身希望的渺茫。

这首诗写景，都是眼前所见，不假浮词雕饰；写情，重在真情实感，不作无病呻吟。因此，尽管题材并不新鲜，却仍有相当强的艺术感染力。

乡 思

【宋】李觏

人言落日①是天涯，
望极②天涯不见家。
已恨碧山③相阻隔，
碧山还被暮云④遮。

注释

①落日：太阳落山之地。
②望极：望尽，极目远望。
③碧山：这里指青山。阻隔：两地之间隔绝，难以往来。
④暮云：黄昏的云。

作者名片

李觏（1009—1059），字泰伯，号盱江先生，是我国北宋时期一位重要的哲学家、思想家、教育家、改革家，他生当北宋中期“积贫积弱”之世，虽出身寒微，但能刻苦自励、奋发向学、勤于著述，以求康国济民。他俊辩能文，举茂才异等不

中，讲学自给，来学者常数十百人。李觏博学通识，尤长于礼。他不拘泥于汉、唐诸儒的旧说，敢于抒发己见、推理经义，成为“一时儒宗”。今存《直讲李先生文集》三十七卷，有《外集》三卷附后。为纪念李觏，资溪县建有泰伯公园，塑有李觏雕像，李觏纪念馆正在建设之中。

译文

人们都说太阳落山的地方就是天涯，我竭力朝天涯眺望，也没有看到我的家。

本来就恼恨眼前的青山遮断了我的视线，那重重暮云还来把青山密遮。

赏析

诗的一、二句从远处着笔，写诗人极目天涯时所见所感。三、四句从近处着墨，写诗人凝视碧山的所见所感。

“人言落日是天涯，望极天涯不见家。”写望，但从望的感受上落笔，不具体写望见些什么。诗人远望时正当黄昏，夕阳西坠，他遥望故乡，故乡不见，远在天涯。这时候，他看到了落日，又想到落日之处就是天涯，然而明明白白地看得见落日，却仍然望不到故乡。这两句，把思家的愁苦表现得很深刻。

诗先以落日处即天涯作衬，使后句望不见故乡的失望更重更深，在表现时却不直说，而是通过两个“天涯”的反复吟咏比较，让人从中体会出来。

“已恨碧山相阻隔，碧山还被暮云遮。”从近处着墨，写诗人凝视碧山的所见所感。“已恨”句转折巧妙，既承接上句，补充说明“不见家”之由，又“暗度陈仓”，由前二句着眼于空间的距离转到着眼于空间的阻隔。故乡不可见，不仅因为距离遥远，还因为路途阻隔，所以逼出一个“恨”字来。第三句用“已恨”二字领起，无限感慨已在其中。第四句再递进一层，故乡为碧山阻隔，已令人恨恨不已，何况眼下碧山又被暮云遮掩。

全诗四句，分四层意思，层层深入，不断推进，把思想感情发挥到极致。中国古代诗词作法，有透过一层、加一倍写法。这种写法，有用在一联中的，如杜甫《夜闻觱篥》云：“君知天地干戈满，不见江湖行路难。”本意写行路难，再加写遍地战争，行路就更难了。又如李商隐《无题》：“刘郎已恨蓬山远，更隔蓬山一万重。”也是如此。更多的是用若干句透过一层，如宋徽宗《宴山亭·北行见杏花》词：“天遥地远，万水千山，知他故宫何处。怎不思量，除梦里有时曾去。无据，和梦也新来不做。”写思念故宫，故宫不见，转而梦见，最后连梦中也见不到，把感情的波浪重重推向高涨。李觏的这首诗，也是采用了这一手法。

这首诗突出了诗人归乡无计的无奈和痛苦，表达了诗人对故乡深挚浓厚的思念之情。

水仙子·夜雨

【元】徐再思

一声梧叶一声秋，一点儿芭蕉一点儿愁，三更①归梦②三更后。落灯花③，棋未收，叹新丰孤馆人留④。枕上十年事，江南二老忧，都到心头。

注释

①三更：指夜半时分。
②归梦：回家的梦。
③灯花：灯芯余烬结成的花形。
④叹新丰句：化用马周困新丰的典故。据《新唐书·马周传》记载，唐初中书令马周贫贱时，曾住在新丰的旅舍。店主人不理睬他，备受冷落。

作者名片

徐再思（？—约1320），元代散曲作家。字德可，曾任嘉兴路吏。因喜食甘饴，故号甜斋。浙江嘉兴人。生卒年不详，与贯云石为同时代人，今存所作散曲小令约100首。作品与当时自号酸斋的贯云石齐名，称为“酸甜乐府”。后人任讷又将二人散曲合为一编，世称《酸甜乐府》，收有他的小令103首。

译文

梧桐叶上的每一滴雨，都让人感到浓浓的秋意。一声声滴落在芭蕉叶上的雨声，都使得愁思更浓。夜里做着的归家好梦，一直延续到三更之后。灯花落下，棋子还未收，叹息又将滞留在这新丰客舍。十年宦海奋斗的情景，江南家乡父母的担忧，一时间都涌上了心头。

赏析

“一声梧叶一声秋，一点儿芭蕉一点儿愁。”首先渲染了伤感的情绪，“梧桐”“芭蕉”“夜雨”在中国古典文学作品中总是和离愁、客思、寂寥悲伤联系在一起，全曲描写在凄凉寂寞的旅店里，形孤影单、卧听夜雨的情景。曲的起首句以雨打梧桐破题，烘托出“梧桐一叶落，天下尽知秋”的萧瑟落寞氛围。

“三更归梦三更后”点明了诗人夜不能寐，愁肠百结的心情。三更即是午夜，午夜梦回，再难入眠。

此曲写旅人的离愁别绪，情景交融，言短意长。起三句鼎足对，妥帖自然，没有一点儿做作的痕迹，见出作者的功力。中间段点出痛苦根源，有感而发，语淡味浓。各种情景均古已有之，文人骚客早已描写尽致，在作者笔端却自有一番滋味，全因末三句：“枕上十年事，江南二老忧，都到心头。”十年之间经历了多少事，而远在江南的双亲却总在为久客不归的游子担心。

徐再思散曲的另一特点是善用数字，开头“一声梧叶一声秋，一点儿芭蕉一点儿愁，三更归梦三更后。”这三句，耐人寻味。曲中层层递进，以最少的数词却能包涵着最大的容量，细腻真切地表达了羁旅惆怅、光阴易逝的感慨，道出了因思乡而断肠的情怀，可以说曲因数字而有生趣，数字因曲而灵动。这一点儿在“九分恩爱九分忧，两处相思两处愁，十年迤逗十年受。几遍成几遍休，半点事半点惭羞。三秋恨三秋感旧，三春怨三春病酒，一世害一世风流”（[双调]《水仙子·春情》）中表现得更加突出。多数学者认为数字的反复迭用，有斧凿之嫌，好在《夜雨》一曲贵在真情实感的流露，而非一般的应景之作。王国维在《人间词话》中说：“昔人论诗词，有景语、情语之别，不知一切景语皆情语也。”徐再思正是借助数字对秋色的描写，借景抒情、寓言写物、情景交融，真切地吐露了游子“旅思”之情。全曲语言朴实无华，自然流畅，而感情真挚动人。

回乡偶书①二首

【唐】贺知章

一

少小离家老大②回，
乡音无改鬓毛衰③。
儿童相见不相识④，
笑问客从何处来。

二

离别家乡岁月多，
近来人事半消磨⑤。
惟有门前镜湖⑥水，
春风不改旧时波。

注释

①偶书：偶然写的诗。偶：说明诗写作得很偶然，是随时有所见、有所感就写下来的。

②少小离家：贺知章三十七岁中进士，在此以前就离开家乡。老大：年纪大了。贺知章回乡时已年逾八十。

③乡音：家乡的口音。无改：没什么变化。一作“难改”。鬓毛：额角边靠近耳朵的头发。一作“面毛”。衰：减少，疏落。鬓毛衰：指鬓毛减少，疏落。

④相见：即看见我；相：带有指代性的副词。不相识：即不认识我。

⑤消磨：逐渐消失、消除。

⑥镜湖：湖泊名，在今浙江绍兴会稽山的北麓，方圆三百余里。贺知章的故乡就在镜湖边上。

作者名片

贺知章（659—744），字季真，号四明狂客，唐越州（今绍兴）永兴（今浙江萧山）人，贺知章诗文以绝句见长，除祭神乐章、应制诗外，其写景、抒怀之作风格独特，清新潇洒，著名的《咏柳》《回乡偶书》两首脍炙人口，千古传诵，今尚存录入《全唐诗》共19首。

译文

一

我在年少时离开家乡，到了迟暮之年才回来。我的乡音虽未改变，但鬓角的毛发却已经疏落。

儿童们看见我后都不认识，笑着询问：这客人是从哪里来的呀？

二

已经离开家乡很多年了，回家后才感觉到家乡的人事都已变化太多。

只有门前那在春风吹拂下泛起一圈一圈涟漪的镜湖碧水，还是旧时模样。

赏析

第一首是首久客异乡、缅怀故里的感怀诗。写于初来乍到之时，抒写久客伤老之情。“少小离家老大回”，诗一开始，就紧扣题目，单刀直入，点明离家与回乡相距年岁之久、时间之遥，其中已蕴藏着很深的感慨。第二句“乡音无改鬓毛衰”用的也是对比法，但不是自然与人生的对比，而是语言与鬓发的对比。三、四句从充满感慨的一幅自画像，转而为富于戏剧性的儿童笑问的场面。全诗就在这有问无答处悄然作结，而弦外之音却如空谷传响，哀婉备至，久久不绝。

第二首可看作是第一首的续篇。“离别家乡岁月多”，相当于上一首的“少小离家老大回”。下一句即顺势转出有关人事的议论：“近来人事半消磨。”这一句看似抽象、客观，实则包含了许多深深触动诗人感情的具体内容。三、四句笔墨荡开，诗人的目光从人事变化转到了对自然景物的描写上。诗人独立镜湖之旁，一种“物是人非”的感触自然涌上了他的心头，于是又写下了“惟有门前镜湖水，春风不改旧时波”的诗句。诗人以“不改”反衬“半消磨”，以“惟有”进一步发挥“半消磨”之意，强调除湖波以外，昔日的人事几乎已经变化净尽了。从直抒的一、二句转到写景兼议论的三、四句，仿佛闲闲道来，不着边际，实则这是妙用反衬，正好从反面加强了所要抒写的感情，在湖波不改的衬映下，人事日非的感慨显得愈益深沉了。

陆游说过：“文章本天成，妙手偶得之。”《回乡偶书二首》之成功，归根结底在于诗作展现的是一片化境。诗的感情自然、逼真，语言声韵仿佛自肺腑自然流出，朴实无华，毫不雕琢，在不知不觉之中把读者引入了诗的意境。

春望

【唐】杜甫

国①破②山河在③，
城④春草木深⑤。
感时⑥花溅泪⑦，
恨别鸟惊心。
烽火⑧连三月，
家书抵万金。
白头搔⑨更短，
浑欲不胜簪⑩。

注释

①国：国都，指长安（今陕西西安）。
②破：陷落。
③山河在：旧日的山河仍然存在。
④城：长安城。
⑤草木深：指人烟稀少。
⑥感时：为国家的时局而感伤。
⑦溅泪：流泪。
⑧烽火：比喻战火或战争。
⑨搔（sāo）：挠。
⑩簪（zān）：用来绾住头发的一种首饰。

译文

长安沦陷，国家破碎，只有山河依旧；春天来了，人烟稀少的长安城里草木茂密。

感于战败的时局，看到花开而潸然泪下，内心惆怅怨恨，听到鸟鸣而心惊胆战。

连绵的战火已经延续了一个春天，家书难得，一封抵得上万两黄金。

愁绪缠绕，搔头思考，白发越搔越短，简直要不能插簪了。

赏析

此诗前四句写春日长安凄惨破败的景象，饱含着兴衰感慨；后四句写诗人挂念亲人、心系国事的情怀，充溢着凄苦哀思。全诗格律严整，颔联分别以“感时花溅泪”应首联国破之叹，以“恨别鸟惊心”应颈联思家之忧，尾联则强调忧思之深导致发白而稀疏，对仗精巧，声情悲壮。

“国破山河在，城春草木深。”诗篇一开头便描写了春望所见：山河依旧，可是国都已经沦陷，城池也在战火中残破不堪了，乱草丛生，林木荒芜。诗人记忆中昔日长安的春天是何等的繁华，鸟语花香，飞絮弥漫，烟柳明媚，游人迤逦，可是那种景象今日已经荡然无存了。

“感时花溅泪，恨别鸟惊心。”花无情而有泪，鸟无恨而惊心，花鸟是因人而具有了怨恨之情。人内心痛苦，遇到乐景，反而引发更多的痛苦，就如“昔我往矣，杨柳依依；今我来思，雨雪霏霏”那样。杜甫继承了这种以乐景表现哀情的艺术手法，并赋予更深厚的情感，获得更为浓郁的艺术效果。诗人痛感国破家亡的苦恨，越是美好的景象，越会增添内心的伤痛。这联通过景物描写，借景生情，移情于物。表现了诗人忧伤国事，思念家人的深沉感情。

“烽火连三月，家书抵万金。”战争是一封家书胜过“万金”的真正原因，这也是所有受战争迫害的人民的共同心理，反映出广大人民反对战争，期望和平的美好愿望，很自然地使人产生共鸣。

“白头搔更短，浑欲不胜簪。”烽火连月，家书不至，国愁家忧齐上心头，内忧外患纠缠难解。头发白了、疏了，从头发的变化，使读者感到诗人内心的痛苦和愁怨，读者更加体会到诗人伤时忧国、思念家人的真切形象，这是一个感人至深、完整丰满的艺术形象。

这首诗全篇情景交融，感情深沉，而又含蓄凝练，言简意赅，充分体现了“沉郁顿挫”的艺术风格。且这首诗结构紧凑，围绕“望”字展开，前四句借景抒情，情景结合。诗人由登高望远到焦点式的透视，由远及近，感情由弱到强，就在这感情和景色的交叉转换中含蓄地传达出诗人的感叹忧愤。

西江夜行

【唐】张九龄

遥①夜人何在，
澄潭月里行。
悠悠天宇②旷，
切切故乡情。
外物③寂无扰，
中流澹自清。
念归林叶换，
愁坐露华④生。
犹有汀洲鹤，
宵分乍⑤一鸣。

注释

①遥：远。这里指时间漫长。
②天宇：天空。
③外物：身外之物。
④露华：露水。
⑤宵分：夜半。乍：忽然。

译文

长夜漫漫，故人都在哪里，行船在这碧波夜月之中缓缓前行。

天空辽阔悠远，思念故乡的情思越发哀切。

身外之物没有人的忧愁，清澈的河水也自在流动。

想到回家时林中树叶不知换了多少个春秋了，拥着乡愁坐在寂静的夜里，任凭寒露渐生，打湿了衣袖。

还有那江中沙洲上的白鹤，在这暗夜与黎明的分际，乍然长鸣，让人暗暗心惊。

赏析

张九龄于唐朝盛世时期为官，其自身不仅才华横溢，并且极富政治远见。当时朝廷虽然处于全盛时期，但因为皇帝穷兵黩武，所引发的刑罚、徭役等问题极为严重。张九龄因看到了这些，所以多有讽谏之言最终被贬。因为自身远离家乡，又加之政治之途不顺，他所作的思乡诗比较多。这首《西江夜行》便是出于他那一段时间的作品，其中浓浓的思乡之情可以品鉴。

其实，张九龄写思念家乡的诗作时，最擅用情景相融的手法，而这首《西江夜行》便是典型，第一句已经道出了夜色清新的景致，而后从景入情快速转换，第二句就将自我感受通过天空与故乡进行了比较，把一腔思念之意烘托得淋漓尽致。不过，张九龄是素以事业为重的人，所以在这首诗里，虽然人们可以读出其浓浓的思乡情，却完全不带丝毫低落的情绪，更多的是思乡而不哀伤的遐想，诗末那句“犹有汀洲鹤，宵分乍一鸣”便是其快速整理自我思绪，又引读者联想的有力之证，将诗人个人情怀表达得通透彻底。

宣城[①]见杜鹃花

【唐】李白

蜀国[②]曾闻子规鸟[③]，
宣城还见杜鹃花[④]。
一叫一回肠一断，
三春三月忆三巴。

注释

①宣城：今属安徽。
②蜀国：指四川。
③子规鸟：又名杜鹃，因鸣声凄厉，动人乡思，故俗称断肠鸟，蜀地最多。
④杜鹃花：即映山红，每年春末正是杜鹃鸟啼之时，故名杜鹃花。

译文

以前在蜀国时曾听过杜鹃凄恻的鸣啼，没想如今在异乡宣城，又看到杜鹃盛开。

杜鹃鸣叫悲啼，使人愁肠寸断。暮春三月，这鸟鸣花开的时节，心中思念故乡。

赏析

此诗感物起兴。前二句从地理和时间两个方面的对比和联结中，视听并置，真实地再现了触动乡思的过程；后二句分别承接前二句，一句三顿，表现了诗人深切的故乡之念。全诗通篇对仗，结构上前呼后应，浑然一体，运用多种修辞手法，达到情景交融的效果。尤其是后二句，“一”与“三”三次反复，按理在近体诗中是禁忌的，但诗人却写得神韵天然，足见诗人驾驭语言的高超能力。

“蜀国曾闻子规鸟，宣城还见杜鹃花。”两句是写暮春三月，寄寓在宣城的李白，觉得昏花的老眼中忽然映入一片红色，仔细瞧，原来是杜鹃花开了。这杜鹃好像就是故乡的花。诗人的乡思因此被触动了。在蜀中，每逢杜鹃花开的时候，子规鸟就开始啼鸣了。子规鸟，又名杜鹃，花与鸟的名字相同，也是勾起诗人联想的一个原因。这鸟，相传是古蜀帝杜宇的精魂化成。杜宇号称望帝，他自以为德薄，于是禅让了帝位而出亡，死后化为杜鹃鸟。暮春时节，它就悲鸣起来，鸣声仿佛是呼叫着："不如归去！不如归去！"昼夜不止，一直啼叫得嘴边淌出血来。此刻，诗人耳边似乎响起了子规鸟的蹄叫声，一声声地呼唤他归去。

诗的一、二句，形成自然的对仗，从地理和时间两个方面的对比和联结中，真实地再现了触动乡思的过程。这两句的语序倒置：本来是先看见宣城的杜鹃花，才联想到蜀国的子规鸟，诗人却将它倒了过来，先写回忆中的虚景，后写眼前的实景。这样，就把故国之思放在了突出的位置上，表明这故国之思原本就郁积于心，此时一旦勾起，大为凄苦强烈。然而，被乡思苦苦折磨着的诗人，眼下不能回到故乡去。青年时代，他"仗剑去国，辞亲远游"，要到故乡之外的广阔天地中去实现宏伟抱负。本想功成身退再荣归故里。不料功业无成，老来竟落到这步田地，他觉得没有面目见蜀中父老。何况，李白眼下困居宣城，拖着老迈的病体，也无法踏上旅途。漂泊终生的诗人，到头来不但政治与事业上没有归宿，就连此身也无所寄托，遥望着千里之外的故乡，他心中的悲戚可想而知。

"一叫一回肠一断，三春三月忆三巴。"两句，分别承接一、二句，进一步渲染浓重的乡思。首句说"曾闻"，第三句则强调了真切如闻：子规鸟的俗名，就叫断肠鸟，"一叫一回肠一断"，它啼叫起来，没完没了，诗人的愁肠也断成一寸寸了。末句点明时令，用"三春三月"四字，补叙第二句；"忆三巴"三字，则突现了思乡的主题，把杜鹃花开、子规悲啼和诗人的断肠之痛融于一体，以一片苍茫无涯的愁思将全诗笼罩了起来。诗的三、四句看似对仗，其实对得又不甚工。诗句把"一""三"两个字各自串联起来，纡结萦回，使人感到乡思袭来时无比的悲切伤痛。

渔家傲[1]·秋思

【宋】范仲淹

塞[2]下秋来风景异，衡阳雁去[3]无留意。四面边声[4]连角起，千嶂[5]里，长烟落日孤城闭。

浊酒一杯家万里，燕然未勒[6]归无计。羌管悠悠霜满地，人不寐，将军白发征夫泪。

注释

①渔家傲：又名《吴门柳》《忍辱仙人》《荆溪咏》《游仙关》。
②塞：边界要塞之地，这里指西北边疆。
③衡阳雁去：传说秋天北雁南飞，至湖南衡阳回雁峰而止，不再南飞。
④边声：边塞特有的声音，如大风、号角、羌笛、马啸的声音。
⑤千嶂：绵延而峻峭的山峰；崇山峻岭。
⑥燕然未勒：指战事未平，功名未立。

作者名片

范仲淹（989—1052），字希文，北宋著名的政治家、思想家、军事家、文学家，世称“范文正公”。范仲淹文学素养很高，写有著名的《岳阳楼记》。

译文

秋天到了，西北边塞的风光和江南大不同。大雁又飞回了衡阳，一点儿也没有停留之意。黄昏时分，号角吹起，边塞特有的风声、马啸声、羌笛声和着号角声从四面八方回响起来。连绵起伏的群山里，夕阳西下，青烟升腾，孤零零的一座城门紧闭。

饮一杯浊酒，不由得想起万里之外的亲人，眼下战事未平，功名未立，还不能早作归计。远方传来羌笛的悠悠之声，天气寒冷，霜雪满地。夜深了，在外征战的人都难以入睡，将军已是头发花白，士兵抹着思乡的泪水。

赏析

范仲淹《渔家傲》一词开篇塞下秋来风景异，衡阳雁去无留意。一句极力渲染边塞秋季风景的独异，上片写景，描写的自然是塞下的秋景。四面边声连角起，千嶂里，长烟落日孤城闭。从视觉、听觉等方面表现了边塞地区的萧条寂寥。

起句“塞下秋来风景异”，“塞下”点明了延州的所在区域。“秋来”，点明了季节。

下边续写延州傍晚时分的战地景象：“四面边声连角起”，这种声音随着军中的号角声而起，形成了浓厚的悲凉气氛，为下片的抒情蓄势。“千嶂里，长烟落日孤城闭。”上句写延州周围环境，它处在层层山岭的环抱之中；下句牵挽到对西夏的军事斗争。“长烟落日”，很容易使读者联想起唐代诗人王维的“大漠孤烟直，长河落日圆”，这四字写出了塞外的壮阔风光。

下片起句“浊酒一杯家万里”，是词人的自抒怀抱。他身负重任，防守危城，天长日久，难免起乡关之思。这“一杯”与“万里”数字之间形成了悬殊的对比，也就是说， 一杯浊酒，消不了浓重的乡愁，造语雄浑有力。乡愁皆因“燕然未勒归无计”而产生。燕然未勒也是《封燕然山铭》这个典故而来：东汉和帝永元元年，车骑将军窦宪北伐匈奴，大破之，在漠北燕然山刻石记功，由班固执笔，颂汉威德，就是所谓“勒石燕然”。勒字此处是雕刻的意思。

“羌管悠悠霜满地”，写夜景，在时间上是“长烟落日”的延续。“人不寐”，补叙上句，表明自己彻夜未眠、徘徊于庭。“将军白发征夫泪”，由自己而及征夫总收全词。总之下片抒情，将直抒胸臆和借景抒情相结合，抒发的是作者壮志难酬的感慨和忧国的情怀。

这首边塞词既表现将军的英雄气概及征夫的艰苦生活，也暗寓对宋王朝重内轻外政策的不满。爱国激情、浓重乡思，兼而有之，构成了将军与征夫思乡却渴望建功立业的复杂而又矛盾的情绪。这种情绪主要是通过全词景物的描写、气氛的渲染，婉曲地传达出来。综观全词，意境开阔苍凉、形象生动鲜明，反映出作者耳闻目睹、亲身经历的场景，表达了作者自己和戍边将士们的内心感情，读起来真切感人。

杂诗三首·其二

【唐】王维

君自故乡来，
应知故乡事。
来日①绮窗②前，
寒梅著花未③？

注释

①来日：来的时候。
②绮（qǐ）窗：雕画花纹的窗户。
③著花未：开花没有。著（zhuó）花，开花。未用于句末，相当于“否”，表疑问。

译文

你是刚从我们家乡来的，一定了解家乡的人情世态。

请问你来的时候我家雕画花纹的窗户前，那一株腊梅花开了没有？

赏析

这首诗通篇运用借问法，以第一人称叙写。四句都是游子向故乡来人的询问之辞。游子离家日久，不免思家怀乡。遇到故乡来人，迫不及待地打听家中情事。他关心的事情一定很多，其中最关心的是他的妻子。但他偏偏不直接问妻子的情况，也不问其他重大的事，却问起窗前的那株寒梅开花了没有，似乎不可思议。细细品味，这一问，确如前人所说，问得“淡绝妙绝”。窗前着一“绮”字，则窗中之人，必是游子魂牵梦绕的佳人爱妻。清黄叔灿《唐诗笺评》说：“‘绮窗前’三字，含情无限。”体味精妙。而这株亭亭玉立于绮窗前的“寒梅”，更耐人寻味。它或许是爱妻亲手栽植，或许倾听过他们夫妻二人的山盟海誓，总之，是他们爱情的见证或象征。因此，游子对它有着深刻的印象和特别的感情。他不直接说思念故乡、亲人，而对寒梅开花没有这一微小的却又牵动着他情怀的事物表示关切，而把对故乡和妻子的思念，对往事的回忆眷恋，表现得格外含蓄、浓烈、深厚。

王维深谙五言绝句篇幅短小，宜于以小见大、以少总多的艺术特点，将抒情主人公交集的百感一一芟除，只留下一点儿情怀，将他灵视中所映现出的故乡种种景物意象尽量删减，只留下窗前那一树梅花，正是在这净化得无法再净化的情思和景物的描写中，透露出无限情味，引人生出无穷遐想。清人宋顾乐《唐人万首绝句选》评此诗：“以微物悬念，传出件件关心，思家之切。”说得颇中肯。

罗宗强先生在论述盛唐诗人善于将情思和境界高度净化时，将王维这首诗与初唐诗人王绩《在京思故园见乡人问》诗作了比较。两诗的题材内容十分类似。

王绩诗写得质朴自然，感情也真挚动人，但诗中写自己遇到故乡来人询问故乡情事，一连问了子侄、栽树、建茅斋、植竹、种榆、水渠、石苔、果园、林花等一系列问题，“他把见到故乡人那种什么都想了解的心情和盘托出，没有经过删汰，没有加以净化。因此，这许多问，也就没有王维的一问所给人的印象深。”通过这一比较，足以显示出“王维是一位在意境创造中追求情思与景物的净化的高手”（罗宗强《唐诗小史》）。

除夜宿石头驿①

【唐】戴叔伦

旅馆谁相问，
寒灯独可亲。
一年将尽夜，
万里未归人。
寥落②悲前事，
支离③笑此身。
愁颜与衰鬓④，
明日又⑤逢春。

注释

①除夜：除夕之夜。石头驿：在今江西省新建县赣江西岸。《全唐诗》题下注曰：“一作石桥馆”。

②寥落：稀少，冷落。此处有孤独、寂寞之意。

③支离：即分散。《全唐诗》校：“一作羁离”。

④愁颜与衰鬓：《全唐诗》校：“一作衰颜与愁鬓”。

⑤又：《全唐诗》校：“一作去”。

作者名片

戴叔伦（732—789），字幼公（一作次公），润州金坛（今属江苏常州）人。年轻时师事萧颖士。曾任新城令、东阳令、抚州刺史、容管经略使。晚年上表自请为道士。其诗多表现隐逸生活和闲适情调，但《女耕田行》《屯田词》等篇也反映了人民生活的艰苦。论诗主张“诗家之景，如蓝田日暖，良玉生烟，可望而不可置于眉睫之前”。

译文

在这寂寞的旅店中有谁来看望慰问，只有一盏孤灯与人相伴相亲。

今夜是一年中的最后一个夜晚，我还在万里漂泊未能归家。

回首前尘竟是一事无成，令人感到悲凉伤心；孤独的我只有苦笑与辛酸。

愁苦使我容颜变老，两鬓斑白，在一片叹息声中又迎来了一个新春。

赏析

此诗开篇把自己滞迹他乡的寂寞苦涩写得十分深刻，结尾处又给人一种以沉重的压抑感。全诗写出了沉思追忆和忆后重又回到现实时的自我嘲笑，蕴含着无穷的悲怆感慨和不尽的凄苦况味，写情切挚，寄慨深远。

“旅馆谁相问，寒灯独可亲。”写明了一个孤独的旅客夜宿在旅馆中。接着用第二联“一年将尽夜，万里未归人。”补充说明这个“夜”是“除夜”，这个“人”是离家很远的人。

“寥落悲前事，支离笑此身。”转写这个“人”大年夜独宿在旅馆中的思想感情。“寥落悲前事”是说过去的一切事情，也就是种种生活遭遇，都是非常寂寞，非常失意，只会引起悲感。“支离笑此身”是说现在这个漂泊天涯的躯体，又如此之支离可笑。上句回想过去，没有得意事可供现在愉快地回忆；下句是自怜，现在已没有壮健的躯体能忍受流浪的生活。

第四句紧紧地承接上句。“愁颜与衰鬓”就是“此身”的“支离”形状。这样一个既忧愁、又衰老的旅客，独宿在旅馆里，明日又将逢到春天，真不知今后的命运如何。

这首诗，一向被认为是唐人五律中的著名作品。其所以著名，完全是由于颔联“一年将尽夜，万里未归人”。历代以来，到年三十还住宿在旅馆里的人，总会感伤地朗诵这两句，以为诗人已代他形象地说出了寥落支离的情绪。因此，这两句诗成为唐诗中的名句。虽然这两句诗并不是戴叔伦的创作成果，而是化用了梁武帝《冬歌》“一年漏将尽，万里人未归”诗句，但是他换了两句的结构，强调了“夜”和“人”，放在他这首诗中，有了创新，就成为警句。

渡荆门①送别

【唐】李白

渡远②荆门外，
来从楚国③游。
山随平野④尽，
江入大荒⑤流。
月下飞天镜⑥，
云生结海楼⑦。
仍怜故乡水⑧，
万里⑨送行舟。

注释

①荆门：山名，位于今湖北省宜都县西北长江南岸。
②远：远自。
③楚国：楚地，指湖北一带，春秋时期属楚国。
④平野：平坦广阔的原野。
⑤大荒：广阔无际的田野。
⑥月下飞天镜：明月映入江水，如同飞下的天镜。下：移下。
⑦海楼：海市蜃楼，这里形容江上云霞的美丽景象。
⑧故乡水：指从四川流来的长江水。因人从小生活在四川，把四川称作故乡。
⑨万里：喻行程之远。

译文

乘船远行，路过荆门一带来到楚国故地。青山渐渐消失，平野一望无边。长江滔滔奔涌，流入广袤荒原。

月映江面，犹如明天飞镜；云霞堆积，生成海市蜃楼。故乡之水恋恋不舍，不远万里送我行舟。

今天听了你为我吟诵的诗篇，暂且借这一杯美酒振奋精神。

赏析

这首诗是李白出蜀时所作。李白这次出蜀，由水路乘船远行，经巴渝，出三峡，直向荆门山之外驶去，目的是到湖北、湖南一带楚国故地游览。“渡远荆门外，来从楚国游”，指的就是这一壮游。这时候的青年诗人兴致勃勃，坐在船上沿途纵情观赏巫山两岸高耸云霄的峻岭，一路看来，眼前景色逐渐变化，船过荆门一带后已是平原旷野，视域顿然开阔，别是一番景色。

“山随平野尽”，形象地描绘了船出三峡、渡过荆门山后长江两岸的特有景色：山逐渐消失了，眼前是一望无际的低平的原野。著一“随”字，化静为动，将群山与平野的位置逐渐变换、推移，真切地表现出来。这句好比用电影镜头摄下的一组活动画面，给人以流动感与空间感，将静止的山岭摹状出活动的趋向来。“江入大荒流”，写出江水奔腾直泻的气势，从荆门往远处望去，仿佛流入荒漠辽远的原野，显得天空寥廓，境界高远。后句著一“入”字，写出了气势的博大，充分表达了诗人的万丈豪情，充满了喜悦和昂扬的激情，力透纸背，用语贴切。景中蕴藏着诗人喜悦开朗的心情和青春的蓬勃朝气。颔联这两句不仅由于写进“平野”“大荒”这些辽阔原野的意象，而气势开阔；而且还由于动态的描写而十分生动。大江固然是流动的，而山脉却本来是凝固的，“随”“尽”的动态感觉，完全是得自舟行的实际体验。在陡峭奇险、重峦叠嶂的三峡地带穿行多日后，突见壮阔之景，豁然开朗的心情可想而知。它用高度凝练的语言，极其概括地写出了诗人整个行程的地理变化。

写完山势与流水，诗人又以移步换景手法，从不同角度描绘长江的近景与远景：“月下飞天镜，云生结海楼。”长江流过荆门以下，河道迂曲，流速减缓。晚上，江面平静时，俯视月亮在水中的倒影，好像天上飞来一面明镜似的；日间，仰望天空，云彩兴起，变幻无穷，结成了海市蜃楼般的奇景。这正是从荆门一带广阔平原的高空中和平静的江面上所观赏到的奇妙美景。如在崇山峻岭的三峡中，自非亭午夜分，不见曦月，夏水襄陵，江面水流湍急汹涌，那就很难有机会看到“月下飞天镜”的水中影像；在隐天蔽日的三峡空间，也无从望见“云生结海楼”的奇景。这一联以水中月明如圆镜反衬江水的平静，以天上云彩构成海市蜃楼衬托江岸的辽阔、天空的高远，艺术效果十分强烈。颔、颈两联，把生活在蜀中的人初次出峡、见到广大平原时的新鲜感受极其真切地写了出来。颈联两句反衬江水平静，展现江岸辽阔、天空高远，充满了浪漫主义色彩。

李白在欣赏荆门一带风光的时候，面对那流经故乡的滔滔江水，不禁起了思乡之情：“仍怜故乡水，万里送行舟。”诗人顺着长江远渡荆门，江水流过的蜀地也就是曾经养育过他的故乡，初次离别，他怎能不无限留恋，依依难舍呢？但诗人不说自己思念故乡，而说故乡之水恋恋不舍地一路送我远行，怀着深情厚谊，万里送行舟，从对面写来，越发显出自己思乡深情。诗以浓重的怀念惜别之情结尾，言有尽而情无穷。诗题中的“送别”应是告别故乡而不是送别朋友，诗中并无送别朋友的离情别绪。

这首诗首尾行结，浑然一体，意境高远，风格雄健。“山随平野尽，江入大荒流”，写得逼真如画，有如一幅长江出峡渡荆门长轴山水图，成为脍炙人口的佳句。如果说优秀的山水画“咫尺应须论万里”，那么，这首形象壮美瑰玮的五律也可以说能以小见大，以一当十，容量丰富，包涵长江中游数万里山势与水流的景色，具有高度集中的艺术概括力。

除夜[1]作

【唐】高适

旅馆寒灯独不眠，
客心何事转凄然[2]。
故乡今夜思千里，
霜鬓[3]明朝[4]又一年。

注释

①除夜：除夕之夜。
②客心：自己的心事。转：变得。凄然：凄凉悲伤。
③霜鬓：白色的鬓发。
④明朝（zhāo）：明天。

译文

旅馆里透着凄冷的灯光，映照着那孤独的迟迟不能入眠的客人。这孤独的旅人是为了什么事情而倍感凄然呢？

故乡的人今夜一定在思念远在千里之外的我；我的鬓发已经变得斑白，到了明天又新增一岁。

赏析

高适素以边塞诗人著称，诗风浑厚雄放，这首《除夜作》却诗风平易自然，全诗没有一句生僻字句和华丽辞藻，也没有塞外风景和异域奇观，都是浅近的口语，表达除夕夜的平常感受；却将他乡游子真实的感受写得淋漓尽致、感人肺腑。

“旅馆寒灯独不眠”，诗的首句所包含的内容非常丰富而且启人联想，点明作者在除夕仍羁旅天涯，可以想见，诗人眼看着外面家家户户灯火通明、欢聚一堂，而自己却远离家人、身居客舍。两相对照，不觉触景生情，连眼前那盏散发光和热的灯，竟也变得“寒”气逼人了。“寒灯”二字，渲染了旅馆的清冷和诗人内心的孤寂。除夕之夜寒灯只影自然难于入眠，而“独不眠”自然又会想到一家团聚，其乐融融的守岁的景象，那更是让人心情悲凉。因此这一句看上去是写眼前景、眼前事，但是却处处从反面扣紧诗题，创造出一个孤寂清冷的意境。

第二句“客心何事转凄然”，这是一个转承的句子，用提问的形式将思想感情更明朗化，因身在客中，故称“客”。诗中问道：“是什么使得客人心里面变得凄凉悲伤？”原因就是他身处除夕之夜。晚上那一片浓厚的除夕气氛，把诗人包围在寒灯只影的客舍之中，他的孤寂凄然之感便油然而生了。此句中“转凄然”三个字写出了在除夕之夜，作者单身一人的孤苦；对千里之外故乡亲人的思念；以及对时光流逝之快的感叹。

“故乡今夜思千里。”“故乡”，是借指故乡的亲人；“千里”，借指千里之外的诗人自己。意思是说：“故乡的亲人在这个除夕之夜定是在想念着千里之外的我，想着我今夜不知落在何处，想着我一个人如何度过今晚。”其实，这也正是“千里思故乡”的一种表现。诗人并没有直接表达对故乡的思念，而是表达的更加含蓄委婉。

“霜鬓明朝又一年”，“今夜”是除夕，所以明朝又是一年了，由旧的一年又将“思”到新的一年，这漫漫无边的思念之苦，又要在霜鬓增添新的白发。沈德潜说：“作故乡亲友思千里外人，愈有意味。”（《唐诗别裁》）之所以“愈有意味”，就是诗人巧妙地运用“对写法”，将深挚的情思抒发得更为曲折含蕴。这三、四两句是对一、二两句的回答说明“独不眠”和“转凄然”的原因，一是思乡心切，二是伤老大无成、岁月无情。

明代胡应麟认为，绝句“对结者须意尽。如……高达夫‘故乡今夜思千里，霜鬓明朝又一年’，添著一语不得乃可”（《诗薮·内编》卷六）。所谓“意尽”，是指诗意的完整；所谓“添著一语不得”，也就是指语言的精炼。“故乡今夜思千里，霜鬓明朝又一年。”正是把双方思之久、思之深、思之苦，集中地通过除夕之夜抒写出来了，完满地表现了诗的主题思想。因此，就这首诗的高度概括和精炼含蓄的特色而言，已经收到了“意尽”和“添著一语不得”的艺术效果。

黄鹤楼①

【唐】崔颢

昔人②已乘③黄鹤去④，
此地空⑤余黄鹤楼。
黄鹤一去不复返⑥，
白云千载空悠悠。
晴川历历汉阳树，
芳草萋萋鹦鹉洲。
日暮乡关何处是？
烟波江上使人愁。

注释

①黄鹤楼：故址在湖北省武汉市武昌区，民国初年被火焚毁，1985年重建，传说古代有一位名叫费祎的仙人，在此乘鹤登仙。
②昔人：指传说中的仙人子安。因其曾驾鹤过黄鹤山（又名蛇山），遂建楼。
③乘：驾。
④去：离开。
⑤空：只。
⑥返：通返，返回。

作者名片

崔颢（hào 704—754），汴州（今河南开封市）人。唐玄宗开元十一年（723）进士，官至太仆寺丞，天宝中为司勋员外郎。最为人称道的是他那首《黄鹤楼》，据说李白为之搁笔，曾有“眼前有景道不得，崔颢题诗在上头”的赞叹。《全唐诗》收录诗四十二首。他秉性耿直，才思敏捷，其作品激昂豪放，气势宏伟，著有《崔颢集》。

译文

过去的仙人已经驾着黄鹤飞走了，只留下空荡荡的黄鹤楼。

黄鹤一去再也没有回来，千百年来只看见白云悠悠。

阳光照耀下的汉阳树木清晰可见，更能看清芳草繁茂的鹦鹉洲。

暮色渐渐漫起，哪里是我的家乡？江面烟波渺渺让人更生烦愁。

赏析

这首诗是吊古怀乡之佳作。诗人登临古迹黄鹤楼，泛览眼前景物，即景而生情，诗兴大作，脱口而出，一泻千里。既自然宏丽，又饶有风骨。诗虽不协律，但音节嘹亮而不拗口。真是信手而就，一气呵成，成为历代所推崇的珍品。传说李白登此楼，目睹此诗，大为折服。说：“眼前有景道不得，崔颢题诗在上头。”严沧浪也说唐人七言律诗，当以此为第一。足见诗贵自然，纵使格律诗也无不如此。历代写黄鹤楼的诗很多，但崔颢的一首七律，人称最佳，请看他是怎样写的：昔人已乘黄鹤去，此地空余黄鹤楼。黄鹤一去不复返，白云千载空悠悠。晴川历历汉阳树，芳草萋萋鹦鹉洲。日暮乡关何处是？烟波江上使人愁。

《黄鹤楼》之所以成为千古传颂的名篇佳作，主要还在于诗歌本身具有的美学意蕴。

一是意中有象、虚实结合的意境美。诗从楼的命名之由来着想，借传说落笔，然后生发开去。

二是气象恢宏、色彩缤纷的绘画美。诗中有画，历来被认为是山水写景诗的一种艺术标准，《黄鹤楼》也达到了这个高妙的境界。

此诗写得意境开阔、气魄宏大，风景如画，情真意切。且淳朴生动，一如口语，不能不令人叹为观止。这一首诗不仅是崔颢的成名之作、传世之作，也为他奠定了一世诗名的基础。

以丰富的想象力将读者引入远古，又回到现实种种情思和自然景色交融在一起，有谁能不感到它的凄婉苍凉。这首诗历来为人们所推崇，被列为唐人七律之首。

传说李白壮年时到处游山玩水，在各处都留下了诗作。当他登上黄鹤楼时，被楼上楼下的美景引得诗兴大发，正想题诗留念时，忽然抬头看见楼上崔颢的题诗。

归园田居·其一

【晋】陶渊明

少无适俗韵①，
性本爱丘山②。
误入尘网③中，
一去三十年④。
羁鸟⑤恋旧林，
池鱼⑥思故渊。

注释

①少：指少年时代。适俗：适应世俗。韵：气质、情致。一作“愿”。

②丘山：指山林。

③尘网：指尘世，官府生活污浊而又拘束，犹如网罗。这里指仕途。

④三十年：有人认为是“十三年”之误（陶渊明做官十三年）。一说，此处是三又十年之意（习惯说法是十又三年），诗人意感“一去十三年”音调嫌平，故将十三年改为倒文。

开荒南野际，
守拙[7]归园田。
方宅[8]十余亩，
草屋八九间。
榆柳荫[9]后檐，
桃李罗[10]堂前。
暧暧[11]远人村，
依依墟里烟。
狗吠[12]深巷中，
鸡鸣桑树颠。
户庭无尘杂，
虚室有余闲。
久在樊笼[13]里，
复得返自然。

⑤羁（jī）鸟：笼中之鸟。恋：一作“眷”。

⑥池鱼：池塘之鱼。鸟恋旧杯、鱼思故渊，借喻自己怀恋旧居。

⑦守拙：意思是不随波逐流，固守节操。

⑧方宅：宅地方圆，一说，“方”通“旁”。

⑨荫：荫蔽。

⑩罗：罗列。

⑪暧暧：昏暗，模糊。

⑫吠（fèi）：狗叫。

⑬樊笼（fán lóng）：关鸟兽的笼子。比喻受束缚而不自由的境地。

作者名片

陶渊明（352—427），名潜，字渊明，又字元亮，自号“五柳先生”，私谥“靖节”，世称靖节先生，浔阳柴桑人。东晋末至南朝宋初期伟大的诗人、辞赋家。曾任江州祭酒、建威参军、镇军参军、彭泽县令等职，最末一次出仕为彭泽县令，八十多天便弃职而去，从此归隐田园。他是中国第一位田园诗人，被称为“古今隐逸诗人之宗”，有《陶渊明集》。

译文

年轻时就没有适应世俗的性格，生来就喜爱大自然的风物。

错误地陷落到仕途罗网，转眼间远离田园已十余年。

笼子里的鸟儿怀念以前生活的森林，池子里的鱼儿思念原来嬉戏的深潭。

我愿到南边的原野里去开荒，依着愚拙的心性回家耕种田园。

方圆有十余亩宅地，还有那八九间茅屋草舍。

榆树柳树成荫遮盖了后屋檐，桃树李树整齐地栽种在屋前。

远处的邻村屋舍依稀可见，村落上方飘荡着袅袅炊烟。

深深的街巷中传来了几声狗吠，桑树顶有雄鸡不停啼唤。

庭院内没有世俗琐杂的事情烦扰，静室里有的是安适悠闲。

久困于樊笼里毫无自由，我今日总算又归返林山。

赏析

东晋安帝义熙元年（405），陶渊明在江西彭泽做县令，不过八十多天，便声称不愿“为五斗米向乡里小儿折腰”，挂印回家。从此结束了时隐时仕、身不由己的生活，终老田园。归来后，作《归园田居》诗一组，共五首，描绘田园风光的美好与农村生活的淳朴可爱，抒发归隐后愉悦的心情。这是第一首，主要是以追悔开始，以庆幸结束，追悔自己“误落尘网”“久在樊笼”的压抑与痛苦，庆幸自己终“归园田”、复“返自然”的惬意与欢欣，真切表达了诗人对污浊官场的厌恶，对山林隐居生活的无限向往与怡然陶醉。

“少无适俗韵，性本爱丘山。”所谓“适俗韵”无非是逢迎世俗、周旋应酬、钻营取巧的那种情态、那种本领，这是诗人从来就未曾学会的东西。作为一个真诚率直的人，其本性与淳朴的乡村、宁静的自然，似乎有一种内在的共通之处，所以“爱丘山”。前二句表露了作者清高孤傲、与世不合的性格，看破官场后，执意离开，对官场黑暗的不满和绝望。为全诗定下一个基调，同时又是一个伏笔，它是诗人进入官场却终于辞官归田的根本原因。

这首诗最突出的是写景———描写田园风光运用白描手法远近景相交，有声有色。其次，诗中多处运用对偶句，如：“榆柳荫后檐，桃李罗堂前。”还有对比手法的运用，将“尘网”“樊笼”与“园田居”对比，从而突出诗人对官场的厌恶、对自然的热爱；再有语言明白清新，几如白话，质朴无华。这首诗呈现出一个完整的意境，诗的语言完全为呈现这意境服务，不求表面的好看，于是诗便显得自然。总之，这是经过艺术追求、艺术努力而达到的自然。

临安春雨初霁①

【宋】陆游

世味②年来薄似纱，
谁令骑马客③京华④。
小楼一夜听春雨，
深巷⑤明朝⑥卖杏花。
矮纸斜行闲作草，
晴窗细乳戏分茶。
素衣莫起风尘叹，
犹及清明⑦可到家。

注释

①霁（jì）：雨后或雪后转晴。
②世味：人世滋味，社会人情。
③客：客居。
④京华：京城之美称。因京城是文物、人才汇集之地，故称。
⑤深巷：很长的巷道。
⑥明朝（zhāo）：明日早晨。
⑦清明：是农历二十四节气中的第五个节气，也是传统的祭祖节日。

作者名片

陆游（1125—1210），字务观，号放翁。越州山阴（今浙江绍兴）人，南宋著名诗人。少时受家庭爱国思想熏陶，高宗时应

礼部试，为秦桧所黜。孝宗时赐进士出身。中年入蜀，投身军旅生活，官至宝章阁待制。晚年退居家乡。创作诗歌今存九千多首，内容极为丰富。著有《剑南诗稿》《渭南文集》《南唐书》《老学庵笔记》等。

译文

如今的世态人情淡淡的像一层薄纱，谁又让我乘马来到京都作客沾染繁华？

住在小楼听尽了一夜的春雨淅沥滴答，明日一早，深幽的小巷便有人叫卖杏花。

铺开小纸从容地斜写着草书，在小雨初晴的窗边细细地煮水、沏茶、撇沫，试品名茶。

不要叹息那京都的尘土会弄脏洁白的衣衫，清明时节还来得及回到镜湖边的山阴故家。

赏析

诗人只身住在小楼上，彻夜听着春雨的淅沥；次日清晨，深幽的小巷中传来了叫卖杏花的声音，告诉人们春已深了。绵绵的春雨，由诗人的听觉中写出；而荡漾的春光，则在卖花声里透出。写得形象而有深致。传说这两句诗后来传入宫中，深为孝宗所称赏，可见一时传诵之广。历来评此诗的人都以为这两句细致贴切，描绘了一幅明艳生动的春光图，但没有注意到它在全诗中的作用不仅在于刻画春光，而是与前后诗意浑然一体的。其实，“小楼一夜听春雨”，正是说绵绵春雨如愁人的思绪。在读这一句诗时，对“一夜”两字不可轻轻放过，它正暗示了诗人一夜未曾入睡，国事家愁，伴着这雨声而涌上了眉间心头。李商隐的“秋阴不散霜飞晚，留得枯荷听雨声”，是以枯荷听雨暗寓怀友之相思。陆游这里写得更为含蓄深蕴，他虽然用了比较明快的字眼，但用意还是要表达自己的郁闷与惆怅，而且正是用明媚的春光作为背景，才与自己落寞情怀构成了鲜明的对照。

接下去的颈联就道出了他的这种心情。在这明艳的春光中，诗人只能做的是“矮纸斜行闲作草”，陆游擅长行草，从现存的陆游手迹看，他的行草疏朗有致，风韵潇洒。

尾联虽不像古人抱怨“素衣化为缁”（晋陆机作《为顾彦先赠妇》：“京洛多风尘，素衣化为缁”），但这联不仅道出了羁旅风霜之苦，又寓有京中恶浊，久居为其所化的意思。诗人声称清明不远，应早日回家，而不愿在所谓“人间天堂”的江南临安久留。诗人应召入京，却只匆匆一过，便拂袖而去。陆游这里反用其意，其实是自我解嘲。

一个诗人的性格是复杂的，一个始终刚强不屈、矢志不渝的烈士，也难免间或惆怅抑郁。这种抑郁惆怅与其雄奇悲壮并不矛盾。唯其抑郁惆怅得苦不堪言，才有更强烈的情怀的喷发。诗中一开头就道“世味薄似纱”，正是作者对现实的否定，也体现出作者的刚直气节。诗末拂袖而去，也是诗人对浮华帝都的不屑。因此，透过原诗的表面，依稀仍可看见一个威武不屈的形象，这个形象才是作者真正的一贯的自己。

宫词二首·其一

【唐】张祜

故国①三千里，
深宫②二十年。
一声何满子③，
双泪落君④前。

注释

①故国：故乡。此为代宫女而言。
②深宫：指皇宫。
③何满子：唐教坊曲名。《乐府诗集》载白居易语：“何满子，开元中沧州歌者，临刑进此曲以赎死，竟不得免。”
④君：指唐武宗。

作者名片

张祜（hù）（约785—849？），字承吉，唐代清河（今邢台市清河县）

人。家世显赫，被人称作张公子，有“海内名士”之誉。早年曾寓居姑苏。长庆中，令狐楚表荐之，不报。辟诸侯府，为元稹排挤，遂至淮南寓居，爱丹阳曲阿地，隐居以终。张祜的一生，在诗歌创作上取得了卓越成就。“故国三千里，深宫二十年”，张祜以是得名，《全唐诗》收录其349首诗歌。

译文

与故乡之隔有三千里之遥啊，我已被幽闭在这深宫里二十年了。

听到这曲《何满子》，眼泪竟忍不住落在了君王面前。

赏析

一般以绝句体裁写的篇幅短小的宫怨诗，总是只揭开生活画图的一角，让读者从一个片断场景看到宫人悲惨的一生；同时往往写得委婉含蓄，一些内容留待读者自己去想象、去玩味。这首诗却与众不同。它展示的是一幅生活全图，而且是直叙其事、直写其情。

诗总共只有二十个字。作者在前半首里，以举重若轻、驭繁如简的笔力，把一个宫人远离故乡、幽闭深宫的整个遭遇浓缩在短短十个字中。首句“故国三千里”，是从空间着眼，写去家之远；次句“深宫二十年”，是从时间下笔，写入宫之久。这两句诗，不仅有高度的概括性，而且有强烈的感染力；不仅把诗中女主角的千愁万恨一下子集中地显示了出来，而且是加一倍、进一层地表达了她的愁恨。

后半首诗转入写怨情，以一声悲歌、双泪齐落的事实，直截了当地写出了诗中人埋藏极深、蓄积已久的怨情。这后两句诗也以强烈取胜，不以含蓄见长。过去一些诗论家有诗贵含蓄、忌直贵曲的说法，其实并不是绝对的。应当说，一首诗或曲或直，或含蓄或强烈，要服从它的内容。这首诗的前半首已经把诗中人的处境之悲惨写到了极点，为逼出怨情蓄足了力量，因而在下半首中就势必让诗中人的怨情喷薄而出、一泻为快了。这样才能使整首诗显得强烈有力，更能收到打动读者的艺术效果。这里，特别值得拈出的一点儿是：有些宫怨诗把宫人产生怨情的原因写成是由于见不到皇帝或失宠于皇帝，那是不可取的；这首诗反其道而行之，它所写的怨情是在“君前”、在诗中人的歌舞受到皇帝赏识的时候迸发出来的。这个怨情，联系前两句看，绝不是由于不得进见或失宠，而是对被夺去了幸福和自由的抗议，正是刘皂在一首《长门怨》中所说，“不是思君是恨君”。

与张祜同时的诗人杜牧非常欣赏这首诗，在一首酬张祜的诗中有“可怜故国三千里，虚唱歌词满六宫”句。这说明，张祜的这首诗道出了宫人的辛酸，讲出了宫人要讲的话，当时传入宫中，曾为宫人广泛歌唱。

秋 思

【唐】张籍

洛阳城里见秋风，
欲作家①书意万重②。
复恐③匆匆说不尽，
行人④临发⑤又开封⑥。

注释

①家：一作“归”。
②意万重：形容思绪万千。
③复恐：又恐怕。
④行人：指送信的人。
⑤临发：将出发。
⑥开封：拆开已经封好的家书。

作者名片

张籍（约767—约830），字文昌，汉族，和州乌江（今安徽和县）人，郡望苏州吴（今江苏苏州）。先世移居和州，遂为和州乌江（今安徽和县乌江镇）人。世称“张水部”“张司业”。张籍的乐府诗与王建齐名，并称“张王乐府”。著名诗篇有《塞下曲》《征妇怨》《采莲曲》《江南曲》。

《张籍籍贯考辨》认为，韩愈所说的"吴郡张籍"乃谓其郡望，并引《新唐书·张籍传》《唐诗纪事》《舆地纪胜》等史传材料，驳苏州之说而定张籍为乌江人。

译文

洛阳城里刮起了秋风，心中思绪翻涌想写封家书问候平安。

又担心时间匆忙有什么没有写到之处，在送信之人即将出发前再次打开信封检查。

赏析

这是乡愁诗。通过叙述写信前后的心情，表达乡愁之深。第一句交代"作家书"的原因（"见秋风"），以下三句是描写作书前、作书后的心理活动。作书前是"意万重"，作书后是"复恐说不尽"。"临发开封"这个细节把"复恐说不尽"的心态表现得栩栩如生，意形相融。写的是人人意中常有之事，却非人人所能道出。作客他乡，见秋风而思故里，托便人捎信。临走时怕遗漏了什么，又连忙打开看了几遍。事本平淡，而一经入诗，特别是一经张籍这样的高手入诗，便臻妙境。这在诗坛上并不是常有的。 当然以家书为题材的作品，在唐诗中也不乏佳作。像岑参的《逢入京使》："马上相逢无纸笔，凭君传语报平安。"写作者戎马倥偬，路遇使者，托传口信以慰家人。杜甫的《春望》："烽火连三月，家书抵万金。"写作者身陷安禄山占领下的长安，不知战乱中的家人是否安吉，切盼来书以慰远情。他们都用独特的技巧表达了思家的心情。这首诗与众不同的是寄深沉于浅淡，寓曲折于平缓，乍看起来，寥寥数语，细细吟味，却有无穷意味。

"欲作家书意万重"，其中的"欲"字紧承"见秋风"。原来诗人的心情是平静的，像一泓清水。秋风乍起，吹起他感情上的阵阵涟漪。行文顺畅自如，一气流贯，然而句末"意万重"三字，忽又来一个逆折，犹如书法上的无垂不缩。因此这里诗人的感情并未顺流而下，而是向更深的地方去开掘。这种手法，看似寻常，实极高超。我们细玩诗意：诗人因见秋风而生乡思，于是欲作家书，可是千言万语，又不知从何写起。“意万重”，乃是以虚带实。刘禹锡《视刀环歌》云：“今朝两相视，脉脉万重心。”“万重心”“万重意”，俱是极言思想感情的复杂。其中究竟有多少心意，每一个有生活经验的读者，都能体会得到。因为是“意万重”，这家书怎么写呢？写了没有？作者没有明言，让读者去想象，这就叫做含蓄不尽，耐人寻味。

尽管“意万重”，无从下笔，但就文意看，家书还是写了，问题在于匆匆着笔，意犹未尽。“匆匆”二字，生动如画，既写了自己一方，也反映出捎信者一方。联系下文来看，那个捎信人是在行期遇到的：也许就要上马、上船，即便不像岑参与入京使“马上相逢”那样急迫，总还是行色匆匆不能久停的。“说不尽”三字，也与上文“意万重”紧相呼应，由于“意万重”，所以才“说不尽”。而“意万重”也与“见秋风”引起的乡思相关联。

夜上受降城[1]闻笛

【唐】李益

回乐烽前沙似雪，
受降城外月如霜。
不知何处吹芦管[2]，
一夜征人尽望乡。

注释

①受降城：唐初名将张仁愿为了防御突厥，在黄河以北筑受降城，都在今内蒙古自治区境内。另有一种说法是：贞观二十年（646），唐太宗亲临灵州接受突厥一部的投降，“受降城”之名即由此而来。

②芦管：笛子。一作“芦笛”。

作者名片

李益（约750—约830），字君虞，祖籍凉州姑臧（今甘肃武威市凉州区），后迁河南郑州。大历四年（769）进士，初任郑县尉，久不得升迁，建中四年（783）登书判拔萃科。因仕途失意，后弃官在燕赵一带漫游。以边塞诗作名世，擅长绝句，尤其工于七绝。

译文

回乐烽前的沙地洁白似雪，受降城外的月色有如深秋白霜。

不知何处吹起凄凉的芦管，惹得出征的将士一夜都在思念家乡。

赏析

这是一首抒写戍边将士乡情的诗作。这首诗最大的特点是蕴藉含蓄，将所要抒发的感情蕴涵在对景物和情态的描写之中。诗的开头两句，写登城时所见的月下景色。如霜的月光和月下雪一般的沙漠，正是触发征人乡思的典型环境。环境的描写之中现出人物的感受。在这万籁俱寂的静夜里，夜风送来了凄凉幽怨的芦笛声，更加唤起了征人望乡之情。“一夜征人尽望乡”，不说思乡，不说盼归，而是以人物的情态行为展现其心理，写出了人物不尽的乡愁。

“回乐烽前沙似雪，受降城外月如霜。”描写了一幅边塞月夜的独特景色。举目远眺，蜿蜒数十里的丘陵上耸立着座座高大的烽火台，烽火台下是一片无垠的沙漠，在月光的映照下如同积雪的荒原。近看，高城之外月光皎洁，如同深秋的寒霜。沙漠并非雪原，诗人偏说它“似雪”，月光并非秋霜，诗人偏说它“如霜”。诗人如此运笔，是为了借这寒气袭人的景物来渲染心境的愁惨凄凉。正是这似雪的沙漠和如霜的月光使受降城之夜显得格外空寂惨淡。也使诗人格外强烈地感受到置身边塞绝域的孤独，而生发出思乡情愫。

“不知何处吹芦管，一夜征人尽望乡。”则正面写情。在万籁俱寂中，夜风送来呜呜咽咽的芦笛声。这笛声使诗人想到：是哪座烽火台上的戍卒在借芦笛声倾诉那无尽的边愁？那幽怨的笛声又触动了多少征人的思乡愁？在这漫长的边塞之夜，他们一个个披衣而起，忧郁的目光掠过似雪的沙漠，如霜的月地，久久凝视着远方。“不知何处”，写出了诗人月夜闻笛时的迷惘心情，映衬出夜景的空寥寂寞。“一夜”和“尽望”又道出征人望乡之情的深重和急切。

这首诗艺术上的成功，就在于把诗中的景色、声音、感情三者融合为一体，将诗情、画意与音乐美熔于一炉，组成了一个完整的艺术整体，意境浑成，简洁空灵，而又具有含蕴不尽的特点。

这首诗语言优美、节奏平缓、寓情于景、以景写情，写出了征人眼前之景，心中之情，感人肺腑。诗意婉曲深远，让人回味无穷。刘禹锡《和令狐相公言怀寄河中杨少尹》中提到李益，有“边月空悲芦管秋”句，即指此诗。可见此诗在当时已传诵很广。《唐诗纪事》说这首诗在当时便被度曲入画。仔细体味全诗意境，的确也是谱歌作画的佳品。因而被谱入弦管，天下传唱，成为中唐绝句中出色的名篇之一。

望月有感

【唐】白居易

自河南经乱，关内①阻饥②，兄弟离散，各在一处。因望月有感，聊书所怀，寄上浮梁大兄③、於潜七兄④、乌江十五兄⑤，兼示符离及下邽弟妹。

时难年荒世业空，
弟兄羁旅各西东。
田园寥落干戈后，
骨肉流离道路中。
吊影分为千里雁，
辞根散作九秋蓬。

注释

①关内：关内道，辖今陕西大部及甘肃、宁夏、内蒙古的部分地区。
②阻饥：遭受饥荒等困难。
③浮梁大兄：白居易的长兄白幼文，贞元十四至五年（798—799）间任饶州浮梁（今属江西景德镇）主簿。
④於潜七兄：白居易叔父白季康的长子，时为於潜（今浙江临安

共看明月应垂泪，
一夜乡心五处同。

县）县尉。
⑤乌江十五兄：白居易的从兄白逸，时任乌江（今安徽和县）主簿。

作者名片

白居易（772—846），字乐天，号香山居士，又号醉吟先生，祖籍太原，到其曾祖父时迁居下邽，生于河南新郑。是唐代伟大的现实主义诗人，唐代三大诗人之一。白居易与元稹共同倡导新乐府运动，世称“元白”，与刘禹锡并称“刘白”。白居易的诗歌题材广泛，形式多样，语言平易通俗，有“诗魔”和“诗王”之称。官至翰林学士、左赞善大夫。公元846年，白居易在洛阳逝世，葬于香山。有《白氏长庆集》传世，代表诗作有《长恨歌》《卖炭翁》《琵琶行》等。

译文

自从河南地区经历战乱，关内一带漕运受阻致使饥荒四起，我们兄弟也因此流离失散，各自在一处。因为看到月亮而有所感触，便随性写成诗一首来记录感想，寄给在浮梁的大哥、在於潜的七哥，在乌江的十五哥和在符离、下邽的弟弟妹妹们看。

战乱灾荒祖先产业荡然空，弟兄四处漂泊寄居他乡。

战乱过后田园荒芜寥落，逃亡途中骨肉同胞流落离散。

顾影自怜好像离群的旅雁，行踪不定酷似无根的秋蓬。

同看明月，分散的亲人都会伤心落泪，一夜思乡心情五地相同。

赏析

这是一首感情浓郁的抒情诗。全诗意在写经乱之后，怀念诸位兄弟姊妹。

此诗读来如听诗人倾诉自己身受的离乱之苦。诗的前两联就是从“时难年荒”这一时代的灾难起笔，以亲身经历概括出战乱频仍、家园荒残、手足离散这一具有典型意义的苦难的现实生活。接着诗人再以“雁”“蓬”作比：手足离散各在一方，犹如那分飞千里的孤雁，只能吊影自怜；辞别故乡流离四方，又多么像深秋中断根的蓬草，随着萧瑟的西风，飞空而去，飘转无定。

“时难年荒世业空，弟兄羁旅各西东。”时难，即指题目中所说的“河南经乱，关内阻饥”。

“田园寥落干戈后，骨肉流离道路中。”写战乱结束后的凄凉景象。战乱纷争终于结束了，然而，田地荒芜、杂草丛生，骨肉亲人仍流离失所，漂泊者相望于道。这两联以作者的亲身经历，描写了战乱给人们带来的灾难。历来，战争带给人民的都是无穷无尽的灾难，亲人们有家不能回，战争一起，田地、产业都付诸东流，劳民伤财，所有的不幸都得由人民来承担，兴、亡，最苦的都是百姓。

“吊影分为千里雁，辞根散作九秋蓬。”一向为人们所传诵。诗人以“雁”“蓬”作比：手足离散各在一方，犹如那分飞千里的孤雁，只能吊影自怜；辞别故乡流离四方，又多么像深秋中断根的蓬草，随着萧瑟的西风，飞空而去，飘转无定。“吊影分为千里雁，辞根散作九秋蓬。”一向为人们所传诵。诗人不仅以千里孤雁、九秋断蓬作了形象贴切的比拟，而且以吊影分飞与辞根离散这样传神的描述，赋予它们孤苦凄惶的情态，深刻揭示了饱经战乱的零落之苦。

所以结尾，诗人用“明月”这一自古以来就容易引人遐思的美好意象点明了题意。孤单的诗人凄惶中夜深难寐，举首遥望孤悬夜空的明月，情不自禁联想到飘散在各地的兄长弟妹们。他想：如果此时大家都在举目遥望这轮勾引无限乡思的明月，也会和自己一样潸潸泪垂吧！这一夜之中，流散五处深切思念家园的心，也都会是相同的。诗人在这里以绵邈真挚的诗思，构出一幅五地望月共生乡愁的图景，形成了默契。从而收结全诗，创造出浑朴真淳、引人共鸣的艺术境界。

全诗以白描的手法，采用平易的家常话语，抒写人们所共有而又不是人人俱能道出的真实情感。清刘熙载在《艺概》中说："常语易，奇语难，此诗之初关也。奇语易，常语难，此诗之重关也。香山常得奇，此境良非易到。"白居易的这首诗不用典故、不事藻绘，语言浅白平实而又意蕴精深、情韵动人，堪称"用常得奇"的佳作。

渡荆门①送别

【唐】李白

渡远②荆门外，
来从楚国③游。
山随平野④尽，
江入大荒流。
月下飞天镜，
云生结海楼⑤。
仍怜故乡水，
万里送行舟。

注释

①荆门：山名，位于今湖北省宜都市西北长江南岸，与北岸虎牙山对峙，地势险要，自古即有楚蜀咽喉之称。
②远：远自。
③楚国：楚地，指湖北一带，春秋时期属楚国。
④平野：平坦广阔的原野。
⑤海楼：指海市蜃楼。

译文

我乘舟渡江来到遥远的荆门外，来到战国时期楚国的境内游览。

山随着低平的原野的出现逐渐消失，江水在一望无际的原野中奔流。

江面月影好似天上飞来的明镜，云层幻出海市蜃楼。

我依然怜爱这来自故乡的水，不远万里来送我东行的小舟。

赏析

这首诗是李白出蜀时所作。李白这次出蜀，由水路乘船远行，经巴渝，出三峡，直向荆门山之外驶去，目的是到湖北、湖南一带楚国故地游览。

“渡远荆门外，来从楚国游。”指的就是这一壮游。这时候的青年诗人，兴致勃勃，坐在船上纵情观赏沿途巫山两岸高耸云霄的峻岭，一路看来，眼前景色逐渐变化，船过荆门一带，已是平原旷野，视域顿然开阔，别是一番景色：

“山随平野尽，江入大荒流。”在这一联，短短十个字，作者描绘了四种景象：起伏的山岭，平坦的原野，奔流的长江，辽远的荒原。每一种景象都是那样的阔大，让人穷尽目光、思接千里。这句的意思是山随着低平的原野的出现而逐渐消失，江水在一望无际的原野中奔流。描写了渡过荆门进入楚地的壮阔景色，用流动的视角写景物的变化，船由蜀地到荆门两岸的地势由山脉过渡到平原，山峦从视线中一点点地消失，江水冲下山峦向着广阔的原野奔腾而去，画出了一幅气势磅礴的万里长江图，写的是远景。其中“随”字将群山与原野的位置逐渐变换、推移，真切地表现出来，写活了，给人以空间感和流动感。

“月下飞天镜，云生结海楼。”意思是月亮在水中的倒影好像天上飞下来的一面天镜，云彩升起，变幻无穷，结成了海市蜃楼。这一句是长江近景的描写。“月下飞天镜”是月夜俯视所见。“云生结海楼”是白昼眺望所见。

“仍怜故乡水，万里送行舟。”意思是我还是怜爱故乡的水，流过万里送我远行。这一句运用了拟人的修辞手法，将故乡水拟人化，借写故乡水有情，不远万里，依恋不舍送我远别故乡，表达了诗人离开故乡时依依不舍、思念故乡的感情。

诗人顺着长江远渡荆门，江水流过的蜀地也就是曾经养育过他的故乡，初次离别，他怎能不无限留恋、依依难舍呢？但诗人不说自己思念故乡，而说故乡之水恋恋不舍地一路送我远行，怀着深情厚谊，万里送行舟，从对面写来，越发显出自己思乡深情。诗以浓重的怀念惜别之情结尾，言有尽而情无穷。诗题中的“送别”应是告别故乡而不是送别朋友，诗中并无送别朋友的离情别绪。清沈德潜认为“诗中无送别意，题中二字可删”（《唐诗别裁》），这并不是没有道理的。

这首诗首尾行结，浑然一体，意境高远，风格雄健。“山随平野尽，江入大荒流。”写得逼真如画，犹如一幅长江出峡渡荆门长轴山水图，成为脍炙人口的佳句。如果说优秀的山水画“咫尺应须论万里”，那么，这首形象壮美瑰玮的五律也可以说能以小见大、以一当十、容量丰富，包涵长江中游数万里山势与水流的景色，具有高度集中的艺术概括力。

菩萨蛮①·洛阳城里春②光好

【唐】韦庄

洛阳城里春光好，洛阳才子③他乡老。柳暗魏王堤④，此时心转迷。

桃花春水渌，水上鸳鸯浴。凝恨对残晖，忆君君不知。

注释

①菩萨蛮：词牌名。
②春：一作“风”。
③洛阳才子：西汉时洛阳人贾谊，年十八能诵诗书，长于写作，人称洛阳才子。这

里指作者本人，作者早年寓居洛阳。

④魏王堤：即魏王池。唐代洛水在洛阳溢成一个池，成为洛阳的名胜。唐太宗贞观中赐给魏王李泰，故名魏王池。有堤与洛水相隔，因称魏王堤。

作者名片

韦庄（约836—约910），字端己，长安杜陵（今中国陕西省西安市附近）人，晚唐诗人、词人，五代时前蜀宰相。文昌右相韦待价七世孙、苏州刺史韦应物四世孙。韦庄工诗，与温庭筠同为“花间派”代表作家，并称“温韦”。所著长诗《秦妇吟》反映战乱中妇女的不幸遭遇，在当时颇负盛名，与《孔雀东南飞》《木兰诗》并称“乐府三绝”。有《浣花集》十卷，后人又辑其词作为《浣花词》。《全唐诗》录其诗三百一十六首。

译文

春暖花开，万象更新。洛阳城里，春光明媚，姣好异常。可是，我这个天涯浪子，却只能异地漂泊，老死他乡。眼前的魏王堤上，杨柳依依，浓荫茂密。而我心怀隐痛，满心凄迷，惆怅不已。

桃花嫣红，春水碧绿，烟笼柳堤，水浴鸳鸯。此物之出双入对、相守相依，更勾起我这个离人永隔之悲苦。无以释解，只好把一腔相思相忆之情凝结成的丝丝愁恨，化解到落日西沉的余晖之中。远方的人儿啊，遥远的故国啊，你知道吗，我这是在怀念着你啊！

赏析

这首词是韦庄在公元九世纪（唐僖宗中和年间）避乱洛阳时的作品。韦庄客居洛阳，正是国家多事之秋，战乱频仍、民不聊生，自己则浪迹他乡一事无成。所以词一开头，就以排比偶句写景抒慨。上句写景，洛阳多花，春光确实很好；下句抒慨，洛阳多才子，但他们却因为生不逢时而垂老他乡。洛阳的大好春光未能使之陶醉，反而触发了他的隐忧，可见这位“洛阳才子”此时感慨颇深。这里，“春光好”是淡写，“他乡老”却是重笔，情景两两对举，比照十分鲜明，以情景的反差表现了心理的反差，突出了“春光”却在“他乡”、虽“好”可惜已“老”的矛盾心境。明代戏剧家汤显祖读到这里说“可怜可怜，使我心恻”（汤显祖评本《花间集》卷一），可见“他乡老”一语，既是韦庄一类晚唐士人的慨叹，也是历代失意士人胸中共有的块垒。三、四句承上，一句写景，一句写心。魏王堤即魏王池，因“贞观中，以赐魏王泰”而得名，它是东都洛阳的游赏胜景。但安史之乱后，东都已失去昔日的魅力，更何况此时游赏，就更有一番今不如昔之感了。句中着一“暗”字，虽是烟笼柳堤的实景描绘，但也确是作者的虚笔映衬，从中透露出一种历史与人生的迷蒙感，所以下句就直接托出“此时心转迷”的心态。眼前所见的是春光缭乱、烟柳迷茫之景，胸中翻腾的是怀才不遇、心志凄迷之情。眼迷心迷，景迷情迷，使他又一次陷入迷惘忧伤之中。这也正是他在《中渡晚眺》一诗中所写的“魏王堤畔柳如烟，有客伤时独扣舷”的情与景，不过这里情景更为密合，意旨更为蕴藉。

过片与首句呼应，具体描绘春光之好：桃花红艳，春水清澈，鸳鸯双双，嬉戏水上，一片明丽的春色，一派盎然的春意。写到这里，作者似乎已从上片心迷之情中解脱出来，陶醉于融洽的春光之中了。其实并不，后面两句说明他又一次以情景的反差来表现自己心理的反差，又一次表达自己的心迷：“凝恨对残晖，忆君君不知。”这里，词人面对残晖，一方面是恨意郁结，家国之痛、身世之悲，都化成恨在心头凝结。下一“凝”字，极共沉重。另一方面是深切忆念，故国之忆，亲友之忆，都化成怨在心底激荡。下一“忆”字，格外深挚。“君不知”三字，以怨对方的不知、无情、无动于衷，曲折表达自己的忆念之深、之切、之诚、之纯，真是“无限低回，可谓语重心长矣”（丁寿田等《唐五代四大名家词》乙篇）。吴蘅照在《莲子居词话》中说：“韦相清空善转”。这首词，以恨转忆，以景迷转心迷，以情景反差转心理反差，就此一端，也可看出吴蘅照说他“善转”是不错的。

洛阳是词人的第二故乡，因而他对洛阳有着深厚的感情。此词开头，即叠用“洛阳”二字，而且突出地把它放在句首，就是这种感情的具现。“洛阳才子”是词人自指，因为他的成名之作《秦妇吟》就是在洛阳写的，并获得了“秦妇吟秀才”的美誉。洛阳的春光好在：一是魏王堤上荫翳的垂柳，上蔽天日，下荫游人；二是桃花水暖，鸳鸯双浴于澄波碧水之中。杨柳依依，更添离别之情；鸳鸯喁喁，益增寂寞之感。这些都是词人在洛阳所习见的景物，因而情不自禁地流露出心底的呼唤。

秋浦①途中

【唐】杜牧

萧萧山路穷秋②雨，
淅淅③溪风一岸蒲。
为问寒沙④新到雁，
来时还下杜陵⑤无。

注释

①秋浦：即今安徽贵池，唐时属池州郡。
②萧萧：形容雨声。穷秋：深秋。
③淅淅：形容风声。
④寒沙：深秋时带有寒意的沙滩。
⑤杜陵：西汉宣帝的陵墓，位于长安城东南的杜原上，因建于杜县而得名。

作者名片

杜牧（803—约852），字牧之，号樊川居士，汉族，京兆万年（今陕西西安）人。杜牧人称“小杜”，以别于杜甫。与李商隐并称“小李杜”。因晚年居长安南樊川别墅，故后世称“杜樊川”，著有《樊川文集》。

译文

山路上萧萧秋雨下个不停，淅沥溪风吹着溪边的蒲苇。

问刚来到寒沙安家的鸿雁，来时经过我的老家杜陵吗？

赏析

这首七绝以韵取胜，妙在如淡墨一点，而四围皆到。诗人把自己的感情密含在风景的描写中，并不明白说出，却能给人以深至的回味。

一、二两句描写水陆风光，再现诗人风尘仆仆的身影和暗淡凄迷的心态。山路蜿蜒，落木萧萧，秋雨纷纷；溪水伸展，秋风淅淅，波摇草动。山程水驿、风雨凄迷，字里行间流露出人行秋风的寒凉心态和冷寂情绪。“萧萧”描落叶纷飞之状，暗含秋风无情、寒意萧疏，枯黄了行人的路途，遮蔽了蜿蜒的山路。“淅淅”状秋风飒飒之态，泛起波光，掀动菖蒲，暗含诗人行舟水、漂泊无依之感。“穷秋”助长寒凉，平添空旷；“一岸”铺展水草，点染秋风。整体而言，诗人善于观察，精于描绘，于细微处传精神，于平淡中显韵致。山路秋雨，风吹草动，叶落江流，这些寻常景物，被诗人用“萧萧”点染，用“淅淅”润饰，立刻营造一种寒凉凄清氛围，烘托奔波劳顿之苦，有声有色之感。当然，诗人笔下的风景从来都不是纯粹自然的描写，自然的风景其实是心灵风景的折射。一、二两句采用对起之格，这在绝句中是不多的。它这样用是为了排比刷色，增强景物的描绘性。寥寥几笔，就把山程水驿、风雨凄迷的行旅图画生动地勾勒出来了。

绝句讲究出神奇于百炼，起别趣于寸心，要能曲折回环，穷极变化。这首诗的开头两句在外围刷色，展示出一幅风雨凄凄的画面。为了下一步发展、深入、掀起感情的漩涡，诗人把目光转向了飞落寒汀的鸿雁，三、四两句以虚间实，故设一问，陡然地翻起波澜，可谓笔力奇横，妙到毫巅。从构思方面说，它意味着：第一，沿着飞鸿的来路，人们的思想从眼前的实景延伸到遥远的天边，扩展了诗的画面；第二，问及禽鸟，痴作一喻，显见出旅程的孤独与岑寂来；第三，寄情归雁，反衬出诗人有家归不得的流离之苦。这些意蕴没有直接说出，而是寓情于景，令人于恬吟密咏中体味而得。虽不着一字，尽得风流的妙趣。第三句转折得好，第四句就如顺水下船一样，自然漂泊，有着无限的风致。点出“杜陵”，是因为诗人朝夕难忘的老家——樊川，就在那里。“来时还下杜陵无？”轻声一问，就把作者对故乡、对亲人的怀念，就把他宦途的怅触、羁旅的愁思，宛转深致地表现出来了。

“樊南别有清秋思，不为斜阳不为蝉。”透过景物的描写，蕴藉而含蓄地抒写怀抱、表现情思，这是杜牧绝句的擅胜之处。徐献忠云：“牧之诗含思悲凄，流情感慨，抑扬顿挫之节，尤其所长。”（《唐音癸签》卷八引）持较此诗，可谓切度皆合了。

逢入京使①

【唐】岑参

故园东望路漫漫②，
双袖龙钟③泪不干。
马上相逢无纸笔，
凭君传语④报平安。

注释

①入京使：进京的使者。
②故园：指长安和自己在长安的家。漫漫：形容路途十分遥远。
③龙钟：涕泪淋漓的样子。卞和《退怨之歌》：“空山歔欷泪龙钟。”这里是沾湿的意思。
④凭：托，烦，请。传语：捎口信。

作者名片

岑参（约715—770），荆州江陵（今湖北江陵县）人或南阳棘阳（今河南南阳市）人，与高适并称“高岑”。岑参早岁孤贫，从兄就读，遍览史籍。唐玄宗天宝三载（744）进士，初为率府兵曹参军。后两次从军边塞，先在安西节度使高仙芝幕府掌书记；天宝末年，封常清为安西北庭节度使时，为其幕府判官。代宗时，曾官嘉州刺史（今四川乐山），世称“岑嘉州”。大历五年（770）卒于成都。

译文

向东遥望，去往长安家园的路途遥远，思乡之泪沾湿双袖难以擦干。

在马上匆匆相逢没有纸和笔，只有托你捎个口信，给家人报平安。

赏析

这是一首传诵很广的名作。它之所以受到推崇，主要是写得自然、本色。岑参这次西行的目的，他自己曾作过这样的说明："万里奉王事，一身无所求；也知塞垣苦，岂为妻子谋。"因此从道理上讲，他是自愿的，情绪的基调当是昂扬乐观的。只是，理智是一回事，感情又是一回事。当时的安西都护府治所在龟兹，在通讯、交通都极不方便的唐代，对一个久居内地的读书人来说，要离家数千里，穿越戈壁沙漠，到一个完全陌生的地方，岂有不想家的道理？

此诗首联塑造西行途中的旅人形象："故园东望路漫漫"，在碰到入京使以后，作者久久不语，只是默默凝视着东方，思乡的主题一上来便得到有力的揭示。步步西去，家乡越来越远，"路漫漫"三字不仅指出这种事实，而且很容易勾起"离恨恰如春草，更行更远还生"（李煜《清平乐》）一类的感触来。首句只叙事、不言情，但情感自生。第二句中的"龙钟"是沾湿的意思，全句说：揩眼泪已经揩湿了双袖，可是脸上的泪水仍旧不干。这种写法虽有夸张，却极朴素、真切地再现了一个普通人想家想到极点的情态，没有丝毫的矫揉造作。

"马上相逢无纸笔，凭君传语报平安。"这两句是写遇到入京使者时欲捎书回家报平安又苦于没有纸笔的情形，完全是马上相逢行者匆匆的口气，写得十分传神。"逢"字点出了题目，在赶赴安西的途中，遇到作为入京使者的故人，彼此都鞍马倥偬，交臂而过，一个继续西行，一个东归长安，而自己的妻子也正在长安，正好托故人带封平安家信回去，可偏偏又无纸笔，也顾不上写信了，只好托故人带个口信，"凭君传语报平安"吧。这最后一句诗，处理得很简单，收束得很干净利落，但简净之中寄寓着诗人的一片深情，寄至味于淡薄，颇有韵味。岑参此行是抱着“功名只向马上取”的雄心的，此时，心情是复杂的。他一方面有对帝京、故园相思眷恋的柔情，一方面也表现了诗人渴望建功立业的豪迈胸襟，柔情与豪情交织相融、感人至深。

这首诗语言朴素自然，充满了浓郁边塞生活气息，既有生活情趣，又有人情味，清新明快，余味深长，不加雕琢，信口而成，而又感情真挚。诗人善于把许多人心头所想、口里要说的话，用艺术手法加以提炼和概括，使之具有典型的意义。在平易之中而又显出丰富的韵味，自能深入人心，历久不忘。岑参这首诗，正是这一特色。

八月十五日夜湓亭望月

【唐】白居易

昔年①八月十五夜，
曲江池畔杏园边。
今年八月十五夜，
湓浦②沙头水馆前。
西北望乡何处③是，
东南见月几回圆。
昨风一吹无人会，
今夜清光似④往年。

注释

①昔年：往年，从前。
②湓浦：今名龙开河。源出江西瑞昌西南青山，东流经县南至九江市西，北流入长江。沙头：海滩边；沙洲边。
③何处：指哪里，什么地方。
④似：像，如同。

译文

往年八月十五的夜晚，在京城中的曲江池畔杏园边欢度佳节。

今年八月十五的夜晚，却是在被贬后的湓浦沙头水馆前度过。

向着西北望也望不到家乡，人在东南看见月亮又圆了好几次。

昨天的秋风吹过无人理会这凄凉的秋意，今晚清朗的月光还似以往。

赏析

题目的中心语“望月”，是叙述也是行为，其修饰语时间“八月十五日夜”和地点“湓亭”，它限定了望月的特定环境时，还突出“望”的动作，又强化“望”之月的圆盘貌。显然是这个“望”月引发了诗人情怀。

月亮在古典诗歌里，更多承载了怀乡思亲。“举头望明月，低头思故乡”“我寄愁心与明月，随君直到夜郎西”“明月照高楼，含君千里光”，这些诗句内涵是月亮因空间距离而被诗人寄寓感情的。不过月亮也会出现时间概念，人生代代无穷已，江月年年望相似。不知“江月待何人，但见长江送流水（张若虚《春江花月夜》）”“淮水东边旧时月，夜深还过女墙来（刘禹锡《石头城》）”“春江秋月何时了，往事知多少（李煜《虞美人》）”，这些诗句里的月亮意象无不指向时间概念，突出物是人非之感留给个体生命的怅惘痛苦。

诗歌的首颔联多层面的表现诗人的痛苦感，其实这还是生活横截面的对比，那诗歌又是如何完成内容的转折呢？从内容上颈联涉及望乡和圆月，表面上像在思乡，但是“望乡”行为反映的心理，却浸透着诗人的孤寂和凄苦，而这种心理再次强化了内在的主体孤苦体验。“见月”就是观赏中秋明月，那是一轮圆月。西北望四方眺望故乡和四野观望明月，能想象出一个人观望的心神不定和急切之情，希望能望到家乡带给自己温暖，能看到心中一轮明月留给自己关怀，却出现相反结果，徒添了诗人不尽的凄苦感。

诗歌是如此极尽曲折地突出诗人贬谪的孤寂之情，尾联诗人细节化地再现秋风月光。“秋风秋雨愁煞人”，过去的日子出现的“昨风一吹无人会”，没有人领会这凄厉秋风的凉意。能忽略这凄冷秋风的肌肤感，一定是人们沉浸在无情的喜悦里，已然忘记了秋风的凄冷，这里突出诗人过去日子的欢快感。“今夜清光似往年”，一是说今夜的月和往年是相似的，光是借代用法，突出的月亮还是昔日的月亮，暗含了人已不是昔日的意气之人了，照应诗歌前文对比的物是人非的无奈悲苦；二是言今夜的月亮似往年，但这样的月光照在身上，却令人清冷至极，置身“湓浦沙头水馆前”环境里，心内却是清冷感。

关山月[①]

【唐】李白

明月出天山[②]，
苍茫云海间。
长风几万里，
吹度玉门关[③]。
汉下[④]白登道，
胡[⑤]窥青海湾。
由来[⑥]征战地，
不见有人还。
戍客望边邑[⑦]，
思归多苦颜。
高楼当此夜，
叹息未应闲。

注释

①关山月：乐府旧题，属横吹曲辞，多抒离别哀伤之情。

②天山：即祁连山。在今甘肃、新疆之间，连绵数千里。因汉时匈奴称“天”为“祁连”，所以祁连山也叫作天山。

③玉门关：故址在今甘肃敦煌西北，古代通向西域的交通要道。此二句谓秋风自西方吹来，吹过玉门关。

④下：指出兵。白登：今山西大同东有白登山。

⑤胡：此指吐蕃。

⑥由来：自始以来，历来。

⑦边邑（yì）：边城。泛指边境地区。

译文

一轮明月从祁连山升起，穿行在苍茫云海之间。

浩荡长风掠过万里关山，来到戍边将士驻守的边关。

当年汉兵直指白登山道，吐蕃觊觎青海大片河山。

这些历代征战之地，出征将士很少能够生还。

戍守的士卒眼望着边城，那盼望归家的面容多么凄苦悲哀！

此时家中高楼上将士的妻子，大概从没停歇哀愁叹息。

赏析

《关山月》是汉代乐府歌曲之一，属于“鼓角横吹曲”，是当时守边将士经常在马上奏唱的。李白这首诗在内容上仍继承古乐府，但笔法独到，翻古意而又有所创新。诗人抒写了古代边防战士的艰难困苦，谴责非正义的战争给人民带来的苦难，借以影射批判唐代统治阶级的穷兵黩武，表现了反对侵略战争的主题。

“明月出天山，苍茫云海间。长风几万里，吹度玉门关。”四句犹如影视文学的蒙太奇手法，将“诗题”一一化出。“关”“山”“月”三个既相互独立又相互联系的诗的物象，奠定了全诗边塞苦寒的苍凉基调。

“汉下白登道，胡窥青海湾。由来征战地，不见有人还。”在写景的基础上，抒发出“由来征战地，不见有人还”的主旨。“汉下白登道，胡窥青海湾”，诗人引用典故，在“关山”自然边塞风光之上描绘出沙场点兵征战的宏大场景。

“戍客望边邑，思归多苦颜。高楼当此夜，叹息未应闲。”战士们望着边地的景象，思念家乡，脸上多现出愁苦的颜色，他们推想自家高楼上的妻子，在此苍茫月夜，叹息之声当是不会停止的。

诗人放眼于古来边塞上的漫无休止的民族冲突，揭示了战争所造成的巨大牺牲和给无数征人及其家属所带来的痛苦，但对战争并没有作单纯的谴责或歌颂，诗人像是沉思着一代代人为它所支付的沉重代价。在这样的矛盾面前，诗人、征人，乃至读者，很容易激起一种渴望。这种渴望，诗中没有直接说出，但类似“乃知兵者是凶器，圣人不得已而用之”（《战城南》）的想法，是读者在读这篇作品时很容易产生的。

这首诗描写了边塞的风光，戍卒的遭遇，更深一层转入戍卒与思妇两地相思的痛苦，开头的描写都是为后面的做渲染和铺垫，而侧重写望月引起的情思。离人思妇之情，在一班诗人笔下，往往写得纤弱与过于愁苦，与之相适应，境界也往往狭窄。但李白却用“明月出天山，苍茫云海间。长风几万里，吹度玉门关”的万里边塞图引发这种感情。这只有胸襟如李白这样浩渺的人，才会如此下笔。综观全诗，李白用广阔苍茫、深沉磅礴的图景抒发戍人思乡的意境，其实就是诗人博大的胸怀的自然流露。如果说李白的诗大多用“月”“旅”“酒”来排泄个人的愤懑的话，那么，这首写关山月的诗，就表现了他关心民生、悲天悯人的另一种情操。此诗气势博大，意境深远，读来哀婉凄凉而又雄浑悲壮。

一剪梅·舟过吴江①

【宋】蒋捷

一片春愁待酒浇②。江上舟摇，楼上帘招③。秋娘渡④与泰娘桥，风又飘飘，雨又萧萧。

何日归家洗客袍？银字笙调，心字香烧。流光容易把人抛，红了樱桃，绿了芭蕉。

注释

①吴江：今隶属于江苏省苏州市，位于江苏省东南部。
②浇：浸灌，消除。

③帘招：指酒旗。
④秋娘渡：指吴江渡。

作者名片

蒋捷（1245—1305），字胜欲，号竹山，南宋词人，宋末元初阳羡（今江苏宜兴）人。先世为宜兴大族，南宋咸淳十年（1274）进士。南宋覆灭，深怀亡国之痛，隐居不仕，人称“竹山先生”“樱桃进士”，其气节为时人所重。长于词，与周密、王沂孙、张炎并称“宋末四大家”。其词多抒发故国之思、山河之恸、风格多样，而以悲凉清俊、萧寥疏爽为主。尤以造语奇巧之作，在宋季词坛上独标一格，有《竹山词》1卷，收入毛晋《宋六十名家词》本、《强村丛书》本，又《竹山词》2卷，收入涉园景宋元明词续刊本。

译文

船在吴江上飘摇，岸上酒楼酒旗飘摇，我那满怀羁旅的春愁只能用美酒来消除了。船只经过令文人骚客遐想不尽的胜景秋娘渡与泰娘桥，江风迅疾，落雨潇潇，实在令人烦恼。

什么时候才能回到家中清洗衣袍，在家调弄镶有银字的笙，点燃熏炉里心字形的盘香呢？春光容易流逝，使人追赶不上，樱桃才红熟，芭蕉又绿了，春去夏又到。

赏析

吴江指濒临太湖东岸的吴江市。这首词主要写作者乘船漂泊在途中倦懒思归之心情。

起笔点题，指出时序，点出“春愁”的主旨。“一片春愁待酒浇”，“一片”言愁闷连绵不断。“待酒浇”，是急欲要排解愁绪，表现了他愁绪之浓。词人的愁绪因何而发，这片春愁缘何而生。接着便点出这个命题。

“江上舟摇，楼上帘招。秋娘渡与泰娘桥，风又飘飘，雨又萧萧。”上片这五句，用跳动的白描笔墨，具体描绘了“舟过吴江”的情景。这“江”，就是流经吴江市的吴淞江，即吴江。一个“摇”字，刻画出他的船正逐浪起伏地向前划动，带出了乘舟的主人公的动荡漂泊之感。一个“招”字，描写出江岸边酒楼上悬挂的酒招子正在迎风飘摆、招徕顾客，也透露了他的视线为酒楼所吸引并希望借酒浇愁的心理。这两句都着笔于景物的动态。句中特别点出了吴江的两个引人注目的地名，表现他的船已经驶过了秋娘渡和泰娘桥，以突出一个“过”字。这个渡口和桥都是用唐代著名歌女的名字命名的，船经此处，很容易使人产生联想。作者偏偏挑出这两个地名，这里透露出他触景生情，急欲思归和闺中人团聚，漂泊思归，偏偏又逢上恼人的天气。作者用“飘飘”“萧萧”描绘了风吹雨急，并连用两个“又”字。表示出他对这“不解人意”的风雨的恼意。

“何日归家洗客袍？银字笙调，心字香烧。”首句点出“归家”的情思，“何日”道出漂泊的厌倦和归家的迫切。想象归家后的温暖生活，思归的心情更加急切。“何日归家”四字，一直管着后面的三件事：洗客袍、调笙和烧香。“客袍”，旅途穿的衣服。调笙，调弄有银字的笙，烧香，点熏炉里心字形的香。这里是白描，词人想象归家之后的情景：结束旅途的劳顿，换去客袍；享受家庭生活的温馨，娇妻调弄起镶有银字的笙，点燃熏炉里心字形的香。白描是为了渲染归情，用美好和谐的家庭生活来突出思归的心绪。作者词中极想归家之后佳人陪伴之乐，思归之情段段如此。“银字”和“心字”给他所向往的家庭生活，增添了美好、和谐的意味。

下片最后三句非常精妙。“流光容易把人抛”，指时光流逝之快。“红了樱桃，绿了芭蕉”化抽象的时光为可感的意象，以樱桃和芭蕉这两种植物的颜色变化，具体地显示出时光的奔驰，也是渲染。蒋捷抓住夏初樱桃成熟时颜色变红，芭蕉叶子由浅绿变为深绿，把看不见的时光流逝转化为可以捉摸的形象。春愁是剪不断、理还乱。词中借“红”“绿”颜色之转变，抒发了年华易逝，人生易老的感叹。

词人在词中逐句押韵，读起来朗朗上口、节奏铿锵。大大地加强了词的表现力。这个节奏感极强的思归曲，读后让人有“余言绕梁，三日不绝”的意味。《一剪梅》这个词牌，有叶六平韵和逐句叶韵两种写法。作者采用了逐句叶韵的格式，读起来更加铿锵悦耳。他还充分发挥了这种格式中四组排比句式的特点，加强了作品的表现力和节奏感。这都使它更像一支悠扬动听的思归曲，增添了它的余音绕梁之美。

人日①思归

【隋】薛道衡

入春才七日②，
离家已二年。
人归落雁后，
思发在花前。

注释

①人日：古代相传农历正月初一为鸡日，初二为狗日，初三为猪日，初四为羊日，初五为牛日，初六为马日，初七为人日。

②入春才七日：即人日。把春节当成春天开始，故言“入春”。

作者名片

薛道衡（540—609），字玄卿，河东汾阴（今山西万荣）人。历仕北齐、北周。隋朝建立后，任内史侍郎，加开府仪同三司。炀帝时，出为番州刺史，改任司隶大夫。他和卢思道齐名，在隋代诗人中艺术成就最高。有集30卷，已佚。今存《薛司隶集》1卷。《先秦汉魏晋南北朝诗》录存其诗20余首，《全上古三代秦汉三国六朝文》录存其文8篇。事迹见《隋书》《北史》本传。

译文

入春才刚刚七日，离开家已经有两年了。

归家的日期落在春回大地北飞的雁群之后，但是想回家的念头却在春花开放以前就有了。

赏析

这是一首思乡诗。

诗的一开头，即以工整的对仗交代了时令及离家的时日。开头二句，诗人淡淡地说出一个事实：“入春才七日，离家已二年。”笔调平淡，似乎不带什么感情，然而低吟之际，就会感觉到一股苦涩的思乡之情弥漫在字里行间。“入春才七日”好像诗人在核对一个事实：今天是正月初七，是新年的第七天。然而一个“才”字，则透露出诗人的满腹心事。

诗人在客居生活中过了“春节”，进入了第二年。到了“人日”，入春不过才七天，不能算长。但从旧年到新春，已经跨了两个年头，因而可以说“离家已二年”。“二年”既是客观事实，又是主观感受。将“才七日”和“已二年”作了一个对比，短短的七日已让人难以忍受，离乡两年的岁月又是怎么样熬过去的呢！这两句平淡质朴的诗句中表现出诗人度日如年的心情。

后二句说春花未萌发之时，思归之念已经发动。传说鸿雁在正月里从南方飞回北方，因此在后两句中作者借这个传说来抒写自己急切的思归心情。在这个春天到来之前，他就盘算着回乡了，即“思发在花前”；可是现在新的一个春天已到来，眼看着春草将绿，春花将开，成队的鸿雁从头顶掠过，飞回北方，诗人却无法归去，所以说“人归落雁后”。这两句运用了对比手法，以归落在雁后、思生于花前对比。

诗人清醒地估计到，不可能很快回去，但只愿落在春来即行北归的大雁之后，不肯把时间设想得再晚一些了，由此可见思归之心切。这两句写得极妙。借用春雁北归之说，抒发极想回归之情，自是联想自然贴切；早已计算归期的思想活动，也极为生动感人。寥寥十字，仿佛能使我们看到诗人翘首北望归雁、屈指计算归期的生动形象；使我们感到他不能与雁同归的遗憾，及极欲早归的焦急心情。一片深沉的乡思之情，就这样形象而委婉地表达出来了。

这首五言小诗写出了远在他乡的游子在新春佳节时刻渴望回家与亲人团聚的普遍心理，诗人即景生情，以平实自然、精巧委婉的语言，表达出他深刻细腻的情感体验，把思归盼归之情融入九曲柔肠之中，景中寓情，情中带景，情景交融。并运用了对比映衬手法，叙述中有对比，含蓄宛转地表达了作者急切的思归之情，而且作者将“归”与“思”分别放在两个相对照的句子中，与题目遥相呼应，别具特色。

山中

【唐】王勃

长江悲已滞①，
万里②念将归。
况属高风③晚，
山山黄叶飞。

注释

①滞（zhì）：淹留。一说停滞，不流通。

②万里：形容归程之长。念将归：有归乡之愿，但不能成行。

③况属：何况是。属：恰逢，正当。高风：山中吹来的风。一说即秋风，指高风送秋的季节。

作者名片

王勃（649—676），字子安。绛州龙门（今山西河津）人。王勃与杨炯、卢照邻、骆宾王齐名，世称“初唐四杰”，其中王勃是“初唐四杰”之首。唐高宗上元三年（676）八月，自交趾探望父亲返回时，不幸渡海溺水，惊悸而死。王勃在诗歌体裁上擅长五律和五绝，代表作品有《送杜少府之任蜀州》等；主要文学成就是骈文，无论是数量还是质量，堪称一时之最，代表作品有《滕王阁序》等。

译文

长江好似已经滞流，在为我不停地悲伤。万里远游之人，思念着早日回归。

何况是高风送秋的傍晚时分，深山重重，黄叶在漫山飘飞。

赏析

这首诗抒发了作者久滞异地，渴望早日回乡的思想感情。全诗语言洗练，情景交融，塑造了一个天涯游子的典型形象，其丰富的意象渲染了悲凉的氛围，衬托出诗人久客思归的凄苦心境。

第一句是主观化地写景："长江悲已滞。"长江不会有悲感，有悲感的是诗人；长江日夜奔流不息，并无半点停滞，认为它滞流不畅的也是诗人。诗人为什么会有此感觉？第二句就清楚地说了出来："万里念将归。"原来，他远离家乡滞留于此地山中已太久太久。"万里念将归"直接抒情，点明自己身在他乡，想到盼望已久的万里归程而深深感叹。

从字面上看"况属高风晚，山山黄叶飞"这两句单纯是写景，但其实是通过写景，表达自己内心因思乡而凄楚的心情。诗人在山中望见了秋风萧瑟、黄叶飘零之景，这些既是实际的景物描写，同时表现诗人内心的萧瑟、凄凉。正因为诗人长期漂泊在外，所以内心因为思念家乡而分外悲凉，诗人又看到了秋大万物衰落的秋景，这就更增添了他思乡的愁绪。此二句没有一个直接表现感情的字眼，但渗透了诗人浓厚的感情。这里的秋天景色，兼寓"比""兴"之意。从"兴"的作用来看，在这样凄凉萧索的环境中，诗人的乡思是难忍和难以排解的。从"比"的作用看，这萧瑟秋风、飘零黄叶，正是诗人的萧瑟心境、飘零旅况的象征。这两句可能化用了宋玉《九辩》中的"悲哉，秋之为气也，萧瑟兮，草木摇落而变衰"的诗意，却用得没有模拟的痕迹，又使读者增添一层联想，对诗的意境起了深化作用。就整首诗来说，这两句所写之景是对一、二两句所写之情起衬映作用的，而又有以景寓情的成分。当然，这个比拟是若即若离的。同时，把“山山黄叶飞”这样一个纯景色描写的句子安排在篇末，在写法上又是以景结情。南宋沈义父在《乐府指迷》中说：“结句须要放开，含有余不尽之意，以景结情最好。”这首诗的结句就有宕出远神之妙。

从通篇的艺术构思来看，诗人采用了“兴法起结”的艺术手法。一下笔便借景兴情，结尾处又以景结情，把所要抒写的思想感情融入一个生动、开阔的画面中，让读者从画中品味。这样，便收到了语虽尽而思绪无穷的艺术效果。该诗首尾三句写景，第二句抒情叙事，采取景情景的结构。由于情在诗结尾处藏于景中，所以《山中》的意境含蓄而耐人寻味。

永遇乐·落日熔金

【宋】李清照

落日熔金，暮云合璧，人在何处。染柳烟浓，吹梅笛怨①，春意知几许。元宵佳节，融和天气，次第②岂无风雨。来相召、香车宝马③，谢他酒朋诗侣。

中州④盛日，闺门多暇，记得偏重三五⑤。铺翠冠儿，捻金雪柳⑥，簇带争济楚⑦。如今憔悴，风鬟霜鬓，怕见夜间出去。不如向帘儿底下，听人笑语。

注释

①吹梅笛怨：梅，指乐曲《梅花落》，用笛子吹奏此曲，其声哀怨。
②次第：这里是转眼的意思。

③香车宝马：这里指贵族妇女所乘坐的、雕镂工致装饰华美的车驾。
④中州：即中土、中原。这里指北宋的都城汴京，今河南开封。
⑤三五：十五日。此处指元宵节。
⑥铺翠冠儿：以翠羽装饰的帽子。雪柳：以素绢和银纸做成的头饰（详见《岁时广记》卷十一）。此二句所列举约均为北宋元宵节妇女时髦的妆饰品。
⑦簇带：簇，聚集之意。带即戴，加在头上谓之戴。济楚：整齐、漂亮。簇带、济楚均为宋时方言，意谓头上所插戴的各种饰物。

作者名片

李清照（1084—1155），号易安居士，山东省济南章丘人。宋代（南北宋之交）女词人，婉约词派代表，有“千古第一才女”之称。所作词，前期多写其悠闲生活，后期多悲叹身世，情调感伤。形式上善用白描手法，自辟途径，语言清丽。论词强调协律，崇尚典雅，提出词“别是一家”之说，反对以作诗文之法作词。能诗，留存不多，部分篇章感时咏史，情辞慷慨，与其词风不同。有《易安居士文集》《易安词》，已散佚。后人有《漱玉词》辑本。

译文

落日金光灿灿，如熔化的金水一般，暮云色彩波蓝，仿佛碧玉一样晶莹鲜艳。景致如此美好，可我如今又置身于何地？新生的柳叶如绿烟点染，《梅花落》的笛曲中传出声声幽怨。春天的气息已露端倪。但在这元宵佳节融和的天气，又怎能知道不会有风雨出现？那些酒朋诗友驾着华丽的车马前来相召，我只能报以婉言，因为我心中愁闷焦烦。

记得汴京繁盛的岁月，闺中有许多闲暇，特别看重这正月十五。帽子镶嵌着翡翠宝珠，身上带着金捻成的雪柳，个个打扮得俊丽翘楚。如今容颜憔悴，头发蓬松也无心梳理，更怕在夜间出去。不如从帘儿的底下，听一听别人的欢声笑语。

赏析

这首词是李清照晚年避难江南时的作品，写她在一次元宵节时的感受。

词的上片写元宵佳节寓居异乡的悲凉心情，着重对比客观现实的欢快和她主观心情的凄凉。起始二句“落日熔金，暮云合璧”，写晚晴，正是度节日的好天气，意境开阔，色彩绚丽。紧接“人在何处”四字，点出自己的处境：漂泊异乡，无家可归，同吉日良辰形成鲜明对照。（这里的“人”，有的评论者认为指李清照所怀念的亲人，从文意上看，似不如指作者自己为好。）前三句写当时的天气，次三句写当时的季节，“染柳烟浓，吹梅笛怨”，点出时令是初春。

词的下片着重用作者南渡前在汴京过元宵佳节的欢乐心情，来同当前的凄凉景象作对比。“中州”指北宋都城汴京，即今河南省开封市；“三五”，指正月十五日，即元宵节。当时宋王朝为了点缀太平，在元宵节极尽铺张之能事。据《大宋宣和遗事》记载，“从腊月初一直点灯到正月十六日”，真是“家家灯火，处处管弦”。其中提到宣和六年正月十四日夜的景象：“京师民有似云浪，尽头上带着玉梅、雪柳、闹蛾儿，直到鳌山看灯。”孟元老《东京梦华录》“正月十六日”条也有类似的记载。这首词里的“铺翠冠儿，捻金雪柳，簇带争济楚”，写的正是作者当年同“闺门”女伴，心情愉快，盛装出游的情景。全是写实，并非虚构。可是，好景不长，金兵入侵，自己只落得漂流异地。如今人老了、憔悴了，白发蓬乱，虽又值佳节，又哪还有心思出外游赏呢？“不如向帘儿底下，听人笑语”，更反衬出词人伤感孤凄的心境。

这首词不仅情感真切动人，语言也很质朴自然。作者在这首词的下片中，无论是用当年在汴京赏灯过节来做今昔对比也好，还是用今天的游人的欢乐来反衬自己的处境也好，都能更好地刻画出诗人当前的凄凉心情，真是语似平淡而实沉痛已极。

这首词运用今昔对照与丽景哀情相映的手法，还有意识地将浅显平易而富表现力的口语与锤炼工致的书面语交错融合，以极富表现力的语言写出了浓厚的今昔盛衰之感和个人身世之悲。这首词的艺术感染力如此之强，以至于南宋著名词人刘辰翁会每诵此词必“为之涕下”。

秋兴八首·其一

【唐】杜甫

玉露凋伤①枫树林，
巫山巫峡气萧森②。
江间波浪兼天涌③，
塞上风云接地阴④。
丛菊两开他日⑤泪，
孤舟一系故园⑥心。
寒衣处处催刀尺，
白帝城高急暮砧。

注释

①玉露：秋天的霜露，因其白，故以玉喻之。凋伤：使草木凋落衰败。
②巫山巫峡：即指夔州（今奉节）一带的长江和峡谷。萧森：萧瑟阴森。
③兼天涌：波浪滔天。兼天：连天。
④塞上：指巫山。接地阴：风云盖地。“接地”又作“匝地”。
⑤丛菊两开：杜甫此前一年秋天在云安，此年秋天在夔州，从离开成都算起，已历两秋，故云“两开”。“开”字双关，一谓菊花开，又言泪眼开。他日：往日，指多年来的艰难岁月。
⑥故园：此处当指长安。

译文

枫树在深秋露水的侵蚀下逐渐凋零、残伤，巫山和巫峡也笼罩在萧瑟阴森的迷雾中。

巫峡里面波浪滔天，上空的乌云则像是要压到地面上来似的，天地一片阴沉。

花开花落已两载，看着盛开的花，想到两年未曾回家，就不免伤心落泪。小船还系在岸边，虽然我不能东归，飘零在外的我，心却长系故园。

又在赶制冬天御寒的衣服了，白帝城上捣制寒衣的砧声一阵紧似一阵。看来又一年过去了，我对故乡的思念也愈加凝重，愈加深沉。

赏析

第一首是组诗的序曲，通过对巫山巫峡的秋色秋声的形象描绘，烘托出阴沉萧森、动荡不安的环境气氛，令人感到秋色秋声扑面，抒发了诗人忧国之情和孤独抑郁之感。这一首开门见山，抒情写景，波澜壮阔，感情强烈。诗意落在“丛菊两开他日泪，孤舟一系故园心”两句上，下启第二、三首。

首章对秋而伤羁旅，是全诗的序曲，总写巫山巫峡的秋声秋色。用阴沉萧瑟、动荡不安的景物环境衬托诗人焦虑抑郁、伤国伤时的心情。亮出了“身在夔州，心系长安”的主题。

起笔开门见山叙写景物之中点明地点时间。“玉露”即白露，秋天，草木摇落，白露为霜。“巫山巫峡”，诗人所在。二句下字密重，用“凋伤”“萧森”给意境笼罩着败落景象，气氛阴沉，定下全诗感情基调。

接着用对偶句展开“气萧森”的悲壮景象。“江间”承“巫峡”，“塞上”承“巫山”，波浪在地而兼天涌，风云在天而接地阴，可见整个天地之间风云波浪，极言阴晦萧森之状。

颈联由继续描写景物转入直接抒情，即由秋天景物触动羁旅情思。与上二句交叉承接，“丛菊”承“塞上”句，“孤舟”承“江间”句。“他日”即往日，去年秋天在云安，今年此日在夔州，均对丛菊，故云“两开”，“丛菊两开他日泪”，表明去年对丛菊掉泪，今年又对丛菊掉泪；两开二字，实乃双关，既指菊开两度，又指泪流两回，见丛菊而流泪，去年如此，今年又如此，足见羁留夔州心情的凄伤。

尾联在时序推移中叙写秋声。西风凛冽，傍晚时分天气更是萧瑟寒冷，意味冬日即将来临，人们在加紧赶制寒衣，白帝城高高的城楼上，晚风中传来急促的砧声。

全诗以“秋”作为统帅，写暮年漂泊、老病交加、羁旅江湖，面对满目萧瑟的秋景而引起的国家兴衰、身世蹉跎的感慨；写长安盛世的回忆，今昔对比所引起的哀伤；写关注国家的命运、目睹国家残破而不能有所为、只能遥忆京华的忧愁抑郁。

全诗于凄清哀怨中，具沉雄博丽的意境。格律精工，词彩华茂，沉郁顿挫，悲壮凄凉，意境深宏，读来令人荡气回肠，表现了典型杜律的特有风格，有很高的艺术成就。

端　居①

【唐】李商隐

远书归梦两悠悠，
只有空床敌素秋②。
阶下青苔③与红树，
雨中寥落④月中愁。

注释

①端居：闲居。
②素秋：秋天的代称。
③青苔：指阴湿的地方生长的绿色的苔藓植物。
④寥落：冷落，冷清。

作者名片

李商隐（813—858），字义山，号玉溪（谿）生、樊南生，唐代著名诗人，祖籍河内（今河南省焦作市）沁阳，出生于郑州荥阳。他擅长诗歌写作，骈文文学价值也很高，是晚唐最出色的诗人之一，和杜牧合称“小李杜”，与温庭筠合称为“温李”，因诗文与同时期的段成式、温庭筠风格相近，且三人都在家族里

排行第十六，故并称为“三十六体”。

译文

盼望妻子远书不至，寻觅归梦慰藉不成，两者皆悠悠，只有那空荡荡的床榻与那寂寥清冷的素秋默默相对。

台阶下的青苔和庭中被秋霜染红的树叶，在迷蒙的秋雨以及冷冷的清月笼罩下，越发勾起我那悠长的愁绪。

赏析

这是作者滞留异乡、思念妻子之作。题目“端居”，即闲居之意。

诗人远别家乡和亲人，时间已经很久。妻子从远方的来信，是客居异乡寂寞生活的慰藉，但已很久没有见到它的踪影了。在这寂寥的清秋之夜，得不到家人音书的空廓虚无之感变得如此强烈，为寂寞所咬啮的灵魂便自然而然地想从“归梦”中寻求慰藉。即使是短暂的梦中相聚，也总可稍慰相思。但“路迢归梦难成”（李煜《清平乐》），一觉醒来，竟是悠悠相别经年，魂魄未曾入梦。“远书归梦两悠悠”，正是诗人在盼远书而不至、觅归梦而不成的情况下，从心灵深处发出的一声长长的叹息。“悠悠”二字，既形象地显示出远书、归梦的杳邈难期，也传神地表现出希望两皆落空时怅然若失的意态。而双方山川阻隔、别后经年的时间、空间远隔，也隐见于言外。

次句写中宵醒后寂寥凄寒的感受。“敌”字不仅突出“空床”与“素秋”默默相对的寂寥清冷的氛围,而且表现出空床独寝的人无法承受“素秋”的清冷凄凉的情状，抒发了难以言状的凄怆之情。素秋，是秋天的代称。但它的暗示色彩却相当丰富。它使人联想起洁白清冷的秋霜、皎洁凄寒的秋月、明澈寒冽的秋水，联想起一切散发着萧瑟清寒气息的秋天景物。

三、四两句从室内的“空床”移向室外的“青苔”“红树”。但并不是客观地描绘，而是移情入景，使客观景物对象化，带上浓厚的主观色彩。

全诗四句，表达了作者思念家乡亲人的感情。前两句写诗人得不到家人音书而产生归家之梦，以及中宵醒后寂寥凄寒的感受；后两句借助对“青苔”“红树”以及“雨”景、“月”色的描写，营造出了冷寂、凄清的氛围，表达了悲愁，孤寂和思亲的情感。此诗借景抒情，格律工整，具有一种回环流动之美。

长安春望

【唐】卢纶

东风吹雨过青山[1]，
却望千门草色[2]闲。
家在梦中何日到，
春生[3]江上几人还？
川原[4]缭绕浮云外，
宫阙参差落照间。
谁念为儒逢世难[5]，
独将衰鬓客秦关[6]。

注释

①“东风”句：语从陶渊明《读山海经》“微雨从东来，好风与之俱”化出。
②草色：一作“柳色”。
③春生：一作“春归”，一作“春来”。
④川原：即郊外的河流原野，这里指家乡。
⑤逢世难：一作“多失意”，意即遭逢乱世。
⑥秦关：秦地关中，即长安所在地。

作者名片

卢纶（739—799），字允言，河中蒲州（今山西永济市）人。唐代大历十才子之一。唐玄宗天宝末年举进士，遇乱不第；唐代宗朝又应举，屡试不第。大历六年，经宰相元载举荐，授阌乡尉；后由宰相王缙荐为集贤学士，秘书省校书郎，升监察御史。出为陕州户曹、河南密县令。

之后元载、王缙获罪，遭到牵连。唐德宗朝，复为昭应县令，出任河中元帅浑瑊府判官，官至检校户部郎中。不久去世。著有《卢户部诗集》。

译文

东风吹着那细细春雨洒过青山，回望长安城中房舍叠嶂、草色闲闲。

故园就在梦中，可是何时才能归还？那春天的江面上来来往往的人，有几个是回去的呢？

极目远望，家乡在浮云之外，长安城中，宫阙参差错落，笼罩在一片残阳之中。

又有谁理解我这位读书人，生逢乱世，孤身一人，满头白发，形容憔悴，漂泊流荡在荒远的秦关。

赏析

“东风吹雨过青山，却望千门草色闲。”开篇紧扣题目，写在长安“春望”。“东风”句，侧重写望中所见。卢纶是河中蒲人（今山西永济市人），家乡刚好位于长安的东面，说“东风吹雨”，是说东风从家乡吹来，自然引出思乡之情。“却望”，是回头望。“千门”，泛指京城。“草色闲”的“闲”字用得巧，春草之闲正好与人心之愁形成强烈对比，给人以深刻的印象。首联是登高而望，在景语之中，流露出复杂感情。

“家在梦中何日到，春来江上几人还？”这两句为全诗的警句，是春望时所产生的联想。出句是恨自己不能回去，家乡只能在梦中出现，对句是妒他人得归，恨自己难返，语中有不尽羡慕之意。“大历十才子”擅长描写细微的心理情态。（《小澥草堂杂论诗》）他们伤时感乱的情绪，常通过“醉”和“梦”表现出来，像“我有惆怅词，待君醉时说”（李端《九日寄司空文明》），“别后依依寒梦里，共君携手在东田”（《送冷朝阳还上元》），“宿蒲有归梦，愁猿莫夜鸣”（钱起《早下江宁》）等。他们写醉，是因为清醒时感到痛苦而无奈，只有在醉中才会稍微得到解脱。写梦，是感到时代动乱，浮生短促，或者想在梦中召回一些因战乱丧失的美好事物，这种心情相当悲哀、细微。

“川原缭绕浮云外，宫阙参差落照间。”“川原”即家乡，这句说极目远望，家乡在浮云之外，渺不可见，远不可及。“宫阙”句又接至眼前近景，只见长安的宫殿，错落有致，笼罩在一片夕阳之中，这一联表面上写景很壮观，其实隐含着一种衰飒之意。

“谁念为儒逢世难，独将衰鬓客秦关。”大意是说：自己以一儒生遭遇世难，独自客居长安，又有谁来怜悯我呢。“衰鬓”，并非指衰老，而是表现一种衰颓感伤的神态。沈德潜说“遭乱意上皆蕴含，至末点出”，确实如此。

此诗写感时伤乱，抒发了诗人在乱离中的思家望归之情。此诗寓情于景，情景交融，写景抒情，笔法老辣，体现了大历十才子诗中的阴柔之美。

长干行①·君家何处住

【唐】崔颢

君家何处住，
妾②住在横塘③。
停船暂④借问⑤，
或恐⑥是同乡。

注释

①长干行：乐府曲名。是长干里一带的民歌，长干里在今江苏省南京市南面。
②妾：古代女子自称的谦词。
③横塘：现江苏省南京市江宁区。
④暂：暂且，姑且。
⑤借问：请问一下。
⑥或恐：也许。

译文

请问你的家在何方，我家是住在建康的横塘。

停下船暂且借问一声，听口音也许咱们是同乡。

赏析

这首抒情诗抓住了人生片断中富有戏剧性的一刹那，用白描的手法，寥寥几笔，就使人物、场景跃然纸上，栩栩如生。它不以任何色彩映衬，似墨笔画；它不用任何妆饰烘托，是幅素描；它不凭任何布景借力，犹如一曲男女声对唱；它截头去尾，突出主干，又很像独幕剧。题材平凡，而表现手法不凡。

一个住在横塘的姑娘，在泛舟时听到邻船一个男子的话音，于是天真无邪地问一下：你是不是和我同乡？就是这样一点简单的情节，只用“妾住在横塘”五字，就借女主角之口点明了说话者的性别与居处。又用“停舟”二字，表明是水上的偶然遇合，用一个“君”字指出对方是男性。那些题前的叙事，用这种一石二鸟的手法，就全部省略了。诗一开头就单刀直入，让女主角出口问人，现身纸上，而读者也闻其声如见其人，绝没有茫无头绪之感。从文学描写的技巧看，“声态并作”，达到了“应有尽有，应无尽无”，既凝练集中而又玲珑剔透的艺术高度。

在寥寥二十字中，诗人仅用口吻传神，就把女主角的音容笑貌，写得活灵活现。他不像杜牧那样写明“娉娉袅袅十三余”，也不像李商隐那样点出“十五泣春风，背面秋千下”。他只采用了问话之后，不待对方答复，就急于自报“妾住在横塘”这样的处理，自然地把女主角的年龄从娇憨天真的语气中反衬出来了。在男主角并未开口，而这位小姑娘之所以有“或恐是同乡”的想法，不正是因为听到了对方带有乡音的片言只语吗？这里诗人又省略了“因闻声而相问”的关节，这是文字之外的描写，所谓“不写之写”。

这首诗还表现了女主角境遇与内心的孤寂。单从她闻乡音而急于“停舟”相问，就可见她离乡背井，水宿风行，孤零无伴，没有一个可与共语之人。因此，他乡听得故乡音，且将他乡当故乡，就这样的喜出望外。诗人不仅在纸上重现了女主角外露的声音笑貌，而且深深开掘了她的个性和内心。诗的语言朴素自然，犹如民歌，却拥有无尽的艺术感染力。

题稚川山水

【唐】戴叔伦

松下茅亭①五月凉②，
汀沙③云树④晚苍苍⑤。
行人无限秋风思⑥，
隔水青山似故乡。

注释

①松下茅亭：放眼亭外。
②凉：传达了给人以舒畅之感
③汀沙：指靠近水边的沙洲。
④云树：高大的树木
⑤苍苍：深青色，幽暗。
⑥思：指的是思乡的感情。

译文

五月，松下的茅草亭里却凉爽宜人，白沙覆盖的汀州和远处的繁茂树林融入了暮色，呈现出一片苍苍茫茫。

路上的行人兴起了无限的思乡之情，此处的青山绿水也仿佛是自己的故乡了。

赏析

这是一首描写江南山水风光的写景诗，又是一首典型的旅游诗，作于诗人宦游途中，写行旅中偶遇之景色。诗中热情赞颂了稚川山水风光的优美，并巧妙抒写了思乡之情。

一、二句，描画“行人”傍晚小憩于茅亭的所见，也是对稚川山水的点染。作为一个赶路的宦游人，在“五月”仲夏的暑热中整日跋涉，直到傍晚才突然发现一个“松下茅亭”，岂不喜出望外；憩息亭中，只感到清幽的凉意阵阵拂来，又怎不感到痛快。再纵目远眺，那江中汀州的白沙，那云烟缭绕的绿树，在暮色映照下显得一片苍茫。上句从小处下笔，工笔描画；下句从大处着眼，泼墨涂染。前后相映，构成一幅意境淡远的松亭晚眺图，含蕴着稚川山水给予异乡“行人”的快感和美感。

三、四两句，抒发“行人”于松亭晚眺之中突然唤起的一种油然而生的乡情，实际也在表达对于稚川山水的盛赞。“行人无限秋风思”，是稚川山水给予“行人”的一种无可名状的感发。“行人”二字，在此点出，补明上两句均是“行人”眼中之所见；“秋风思”代指乡愁归思，唤起诗人对故乡一切熟悉亲爱的事物的深切忆念。

此诗的妙处不在于它写出一种较为普遍的思想感情，而在于它写出了这种思想感情独特的发生过程，从而传达出一种特殊的生活况味，耐人含咏。

阴雨

【唐】白居易

岚雾①今朝重，
江山此地②深。
滩声秋更急，
峡气③晓多阴。
望阙④云遮眼，
思乡雨滴心。
将何慰幽独⑤，
赖此北窗琴⑥。

注释

①岚（lán）雾：二者实一物，在江曰雾，在山曰岚。
②此地：指忠州。
③峡气：指雾气。
④望阙：眷念朝廷。阙：宫门楼观，代指朝廷。
⑤幽独：寂寞孤独。
⑥北窗琴：晋陶渊明曾置无弦琴一张，又喜卧北窗下，此句化用此事。

译文

今天的山中雾气特别的重，天涯广阔，自己却身处如此偏僻遥远的地方。

滩头江水带来的秋意扑面而来，山谷的气候湿润，晴天也多像阴天。

望向帝京但是云雾遮住了双眼，思念着故乡，雨声落地滴滴打在心头。

用什么来安慰我这幽深彷徨的思绪，只能依靠这北窗下的琴排解心中孤独了。

赏析

这是白居易诏授忠州刺史时写的一首诗。诗人通过对山岚雾霭、滩头江水、峡气弥漫的描述，抒发了自己浓浓的思乡之切和郁闷之情，也寄托了诗人愿早日回京报效朝廷的拳拳之心。

诗中前四句写景，寥寥数语展现出此时此地的景象：山岚雾霭特别浓重，江山辽阔，自己却身处如此偏僻遥远的地方。滩头江水带来的秋意扑面而来，山谷中气候湿润，晴天也多像阴天。

后四句则笔锋一转，写到自己望向帝京，表达了自己心中对故乡的思念；最后两句化用晋陶渊明置无弦琴的故事，说自己只能依靠这北窗下的琴来排解心中孤独了，表达了自己不甘寂寞而又无可奈何的心情。

诗中所写，虽是溯江西上所经历的美丽而又险峻的风光，却恰如其分地透露了诗人萦绕心头的宦海波澜，其中"滩声秋更急，峡气晓多阴。望阙云遮眼，思乡雨滴心。"写得情景交融，将澎湃于心间的万千波涛，同三峡所见的逆风惊浪完全吻合，情溢于景，动人心扉，这也正是白居易山水吟咏的特有风采。

鹧鸪天·寒日萧萧上琐窗

【宋】李清照

寒日萧萧上琐窗①，梧桐应恨夜来霜。酒阑更喜团茶②苦，梦断偏宜瑞脑③香。

秋已尽，日犹长，仲宣④怀远更凄凉。不如随分尊前⑤醉，莫负东篱菊蕊黄⑥。

注释

①萧萧：凄清冷落的样子。原为象声词，如风声、雨声、草木摇落声、马蹄声。《诗经·小雅·车攻》有“萧萧马鸣”，《楚辞·九怀·蓄英》有“秋风兮萧萧”，《史记·刺客列传》有“风萧萧兮易水寒”。琐窗：镂刻连锁纹饰之窗户。多本作锁窗，当以琐窗为胜。

②酒阑：酒尽，酒酣。阑：残，尽，晚。司马迁《史记·高祖本纪》有“酒阑”，裴骃集解曰：“阑，言希也。谓饮酒者半罢半在，谓之阑。”文选·谢庄《宋孝武宣贵妃诔》有“白露凝兮岁将阑”，李善注曰“阑，犹晚也”。团茶：团片状之茶饼，饮用时则碾碎之。宋代有龙团、凤团、小龙团等多种品种，比较名贵。欧阳修《归田录》卷二：“茶之品，莫贵于龙凤，谓之团茶，凡八饼重一斤。”

③瑞脑：即龙脑，一名龙脑香。

④仲宣：王粲，字仲宣，汉末文学家，“建安七子”之一。其《登楼赋》抒写去国怀乡之思，驰名文坛。

⑤随分：随便，随意。尊前：指宴席上。尊：同“樽”。

⑥东篱菊蕊黄：化用陶渊明《饮酒二十首》的“采菊东篱下”句。

译文

深秋惨淡的阳光渐渐地照到镂刻着花纹的窗子上，梧桐树也应该怨恨夜晚来袭的寒霜。酒后更喜欢品尝团茶的浓酽苦味，梦中醒来特别适宜嗅龙脑香那沁人心脾的余香。

秋天快要过去了，依然觉得白昼非常漫长。比起王粲《登楼赋》所抒发的怀乡情，我觉得更加凄凉。不如学学陶渊明，沉醉酒中以摆脱忧愁，不要辜负东篱盛开的菊花。

赏析

这首词写秋景，寄乡愁，是一首典型的易安晚期作品。通篇从醉酒写乡愁，悲慨有致，凄婉情深。此词开头两句写寒日梧桐，透出无限凄凉。“萧萧”这里是萧条、寂寞之意。“琐窗”是雕有连锁图案的窗棂。“上”字写出寒日渐渐升高，光线慢慢爬上窗棂，含着一个时间的过程，表明作者久久地观看着日影，见出她的百无聊赖。梧桐早凋，入秋即落叶，“恨霜”即恨霜落其叶。草木本无知，所以，梧桐之恨，实为人之恨。从而借景抒情，绘出了作者的孤独和寂寥。因为心情不好，只好借酒排遣，饮多而醉，不禁沉睡，醒来唯觉瑞脑熏香，沁人心脾。三、四两句分别着一“喜”字、一“宜”字，似乎写欢乐，实际它不是写喜而是写悲。“酒阑”谓饮酒结束的时候。“团茶”即茶饼，宋代有为进贡而特制的龙团、凤团，印有龙凤纹，最为名贵。茶能解酒；特喜苦茶，说明酒饮得特别多；酒饮得多，表明愁重。“瑞脑”，熏香名，又名龙脑，以龙脑木蒸馏而成。“宜”表面似乎是说香气宜人，实则同首句的寒日一样，是借香写环境之清寂，因为只有清冷寂静的环境中，熏香的香气才更易散发，因而变得更深更浓，更能使人明显感觉到。

上片叙事，主写饮酒之实，“秋已尽，日犹长”写作者个人对秋的感受。“仲宣”句用典，以王粲思乡心情自况。王粲，字仲宣，山阳高平（今山东邹县）人，十七岁时因避战乱，南至荆州依刘表，不受重视，曾登湖北当阳县城楼，写了著名的《登楼赋》，抒发壮志未酬、怀乡思归的抑郁心情。这两句透露出词人孤身漂泊、思归不得的幽怨之情。深秋本来使人感到凄清，加以思乡之苦，心情自然更加凄凉。“犹”“更”这两个虚词，一写主观错觉，一写内心实感，都是加重描写乡愁。结句是为超脱语。时当深秋，篱外丛菊盛开，金色的花瓣光彩夺目，使她不禁想起晋代诗人陶潜“采菊东篱下，悠然见南山”的诗句，自我宽解起来：归家既是空想，不如对着尊中美酒，随意痛饮，莫辜负了这篱菊笑傲的秋光。“随分”犹云随便、随意。下片写饮酒之因，是对上片醉酒的说明：本来是以酒浇愁，却又故作达观之想，而表面上的达观，实际隐含着无限乡愁。李清照的这首词是其晚年流寓越中所作，词中表露的乡愁因和故国沦丧、流离失所的悲苦结合起来，其中的忧愤更深。

旅次朔方①

【唐】刘皂

客舍并州已十霜②，
归心日夜忆咸阳。
无端③更渡桑干水，
却望并州是故乡。

注释

①旅：旅行。次：临时住宿。朔方：古都名，自西汉始建，至唐代，辖区多变，治所不一。桑干河以北，属朔方地区。
②舍：居住。并州：即今太原一带。十霜：一年一霜，故称十年为“十霜”。
③无端：没有缘由，不知为什么。

作者名片

刘皂，咸阳（今陕西咸阳市）人，贞元间（785—805）在世，身世无可考。《全唐诗》录存其诗五首。

译文

离开家乡后客宿在并州这个地方已经有十年，我回归的心日日夜夜在思念着故乡咸阳。

当初为了博取功名图谋出路，千里迢迢渡过桑干河，现在并州已经成了我的第二家乡。

赏析

在许多诗集中，这首诗都归在贾岛名下，其实是错误的。因为贾岛是范阳（今北京市大兴区）人，不是咸阳（今陕西省咸阳市）人，而在贾岛自己的作品以及有关这位诗人生平的文献中，从无他在并州作客十年的记载。又此诗风格沉郁，与贾诗之以清奇僻苦见长者很不相类。《元和御览诗集》认为它出于贞元间诗人刘皂之手。虽然今天对刘皂的生平也不详知，但元和与贞元时代相接，《元和御览诗集》的记载应当是可信的。因此定其为刘作。

此诗题目，或作《渡桑干》，或作《旅次朔方》。诗的前半写久客并州的思乡之情。十年是一个很久的时间，十年积累起的乡愁，对于旅人来说，显然是一个沉重的负担。所以每天每夜、无时无刻不想回去。无名氏《杂诗》云："浙江轻浪去悠悠，望海楼吹望海愁。莫怪乡心随魄断，十年为客在他州。"虽地理上有西北与东南之异，但情绪相同，可以互证。后半写久客回乡的中途所感。诗人由山西北部（并州、朔方）返回咸阳，取道桑干流域。无端，即没来由。更渡，即再渡。这"无端更渡"四字，乃是关键，要细细体会。十年以前，初渡桑干，远赴并州，是为的什么呢？诗中没有说。而十年以后，更渡桑干，回到家乡，又是为的什么呢？诗中说了，说是没来由，也就是自己也弄不清楚是怎么一回事。果真如此吗？不过是极其含蓄地流露出当初为了博取功名、图谋出路，只好千里迢迢，跑到并州作客，而十年过去，一事无成，终于仍然不得不返回咸阳家乡这种极其抑郁难堪之情罢了。但是，出乎诗人意外的是，过去只感到十年的怀乡之情，对于自己来说，是一个沉重的负担，而万万没有想到，由于在并州住了十年，在这久客之中，又不知不觉地对并州也同样有了感情。事实上，它已经成为诗人心中第二故乡，所以当再渡桑干，而回头望着东边愈去愈远的并州的时候，另外一种思乡情绪，即怀念并州的情绪，竟然出人意料地、强烈地涌上心头，从而形成了另外一个沉重的负担。前一矛盾本来似乎是唯一的，而"无端更渡"以后，后一矛盾就突了出来。这时，作者和读者才同样感到，"忆咸阳"不仅不是唯一的矛盾，而且"忆咸阳"和"望并州"在作者心里，究竟哪一边更有分量，也难于断言了。以空间上的并州与咸阳，和时间上的过去与将来交织在一处，而又以现在桑干河畔中途所感穿插其中，互相映衬，宛转关情，表达了诗人心中对故乡的怀念。

晚次①鄂州②

【唐】卢纶

云开远见汉阳城③，
犹是孤帆一日程④。
估客⑤昼眠知浪静，
舟人⑥夜语⑦觉潮生。
三湘愁鬓逢秋色，
万里归心对月明。
旧业已随征战尽，
更堪江上鼓鼙⑧声。

注释

①晚次：指晚上到达。
②鄂州：唐时属江南道，在今湖北省鄂州市。
③汉阳城：今湖北汉阳，在汉水北岸，鄂州之西。
④一日程：指一天的水路。
⑤估客：商人。
⑥舟人：船夫。
⑦夜语：晚上说话。
⑧鼙（pí）：中国古代军队中用的小鼓。

译文

雾散云开远远望见汉阳城，孤舟漂游还要走一日路程。
商贾在白日睡觉知道风平浪静，船夫在夜间说话感到潮起潮落。
看三湘秋色两边鬓发衰白，望万里明月思归心意更增。
家乡旧业已经被战乱毁尽，哪堪再听见江上鼓角声声。

赏析

这是一首即景抒怀的诗。首联写“晚次鄂州”的心情。浓云散开，江天晴明，举目远眺，汉阳城依稀可见，因为“远”，还不可及，船行尚需一天。这样，今晚就不得不在鄂州停泊了。诗人由江西溯长江而上，必须经过鄂州（治所在今湖北武汉市武昌），直抵湖南。汉阳城在汉水北岸，鄂州之西。起句即点题，述说心情的喜悦，次句突转，透露沉郁的心情，用笔腾挪跌宕，使平淡的语句体现微妙的思致。诗人在战乱中动荡漂泊，对行旅生涯早已厌倦，巴不得早些得个安憩之所。因此，一到云开雾散，见到汉阳城时，怎能不喜。“犹是”两字，突显诗人感情的骤落。这二句，看似平常叙事，却仿佛使人听到诗人在拨动着哀婉缠绵的琴弦，倾诉着孤凄苦闷的心曲，透纸贯耳，情韵不匮。

次联写“晚次鄂州”的景况。诗人简笔勾勒船舱中所见所闻：同船的商贾白天水窗倚枕，不觉酣然入梦，不言而喻，此刻江上扬帆，风平浪静；夜深人静，忽闻船夫相唤，杂着加缆扣舷之声，不问而知夜半涨起江潮来了。诗人写的是船中常景，然而笔墨中却透露出他昼夜不宁的纷乱思绪。所以尽管这些看惯了的舟行生活，似乎也在给他平增枯涩乏味的生活感受。

三联写“晚次鄂州”的联想。诗人情来笔至，借景抒怀：时值寒秋，正是令人感到悲凉的季节，无限的惆怅已使我两鬓如霜了；我人往三湘去，心却驰故乡，独对明月，归思更切！“三湘”，指湖南境内，即诗人此行的目的地。而诗人的家乡则在万里之遥的蒲州（今山西永济）。秋风起，落叶纷下，秋霜落，青枫凋，诗人无赏异地的秋色之心，却有思久别的故乡之念。一个“逢”字，将诗人的万端愁情与秋色的万般凄凉联系起来，移愁情于秋色，妙合无垠。“万里归心对月明”，其中不尽之意见于言外，有迢迢万里不见家乡的悲悲戚戚，亦有音书久滞萦怀妻儿的凄凄苦苦，真可谓愁肠百结，煞是动人肺腑。

末联写“晚次鄂州”的感慨，写诗人有家不可归，只得在异域他乡颠沛奔波的原因。最后二句，把忧心愁思更加深化了：田园家计，事业功名，都随着不停息的战乱丧失殆尽，而烽火硝烟未灭，江上仍然传来干戈鸣响，战鼓声声。诗人虽然远离了沦为战场的家乡，可是他所到之处又无不是战云密布，这就难怪他愁上加愁了。诗的最后两句，把思乡之情与忧国愁绪结合起来，使此诗具有更大的社会意义。

这首诗，诗人只不过截取了漂泊生涯中的一个片断，却反映了广阔的社会背景，写得连环承转、意脉相连，而且迂徐从容，曲尽情致。在构思上，不用典故来支撑诗架；在语言上，不用艳藻来求其绮丽；在抒情上，不用泼墨来露出筋骨。全诗淡雅而含蓄，平易而炽热，读来觉得舒畅自若、饶有韵味。

于长安归还扬州九月九日①行薇山亭②赋韵③

【南北朝】江总

心逐南云④逝⑤，
形⑥随北雁⑦来。
故乡篱⑧下菊，
今日几花开。

注释

①九月九日：指重阳节。
②薇山亭：亭名，所在不详。
③赋韵：犹言赋诗。
④逐：追赶，追随。南云：南去之云。
⑤逝：往，去。
⑥形：身。
⑦北雁：北来的大雁。
⑧篱：篱笆。

作者名片

江总（519—594），著名的南朝陈大臣、文学家。字总持，祖籍济阳考城（今河南兰考）。出身高门，幼聪敏，有文才。年十八，为宣惠武陵王府法曹参军，迁尚书殿中郎。侯景之乱后，避难会稽，流寓岭南，至陈文帝天嘉四年（563）才被征召回建康，任中书侍郎。陈后主时，官至尚书令，故世称“江令”。任上“总当权宰，不持政务，但日与后主游宴后庭”，“由是国政日颓，纲纪不立”（《陈书·江总传》）。隋文帝开皇九年（589）灭陈，江总入隋为

上开府，后放回江南，去世于江都（今江苏扬州）。

译文

心追逐南去的白云飘逝，身体跟随着北飞的大雁回来。

家乡篱笆下的菊花，如今又有多少株盛开？

赏析

这首诗是作者晚年回归故乡时路过薇山亭时所作。该诗主要通过南云、北雁寄托自己对家乡的思恋，通过单独询问故乡篱笆下菊花抒发了诗人思乡欲归的急迫心情。全诗即景抒情，感情比较含蓄。

诗的首句就云“心逐南云逝”，在这一句当中，寄寓了丰富的含义。首先是诗人对家乡的思念，然而思念却不得归还，于是仰天长叹，寄情于南去的白云，就是陆机所说的“指南云以寄款”。但是指云去而未去，思乡之情愈苦，只得心追逐南去的白云飘逝。

第二句是“形随北雁来”，在上句表达思乡之苦和归乡之焦急之后，这一句流露了一种来到南方的欣喜。伴随那从北而来的轻快的大雁，诗人来到了南方。因为归家乡的愿望就要实现了，所以欣喜；因为心中欣喜，因而脚步也就轻快。“形随北雁来”五字显得自在而飘逸。

前二句加在一起，就产生了第一个波折，从对比中表现出诗人对家乡的深深的思念。从格律和用词上看，这二句对仗工整，表现出诗人语言技巧的高妙；在语势上，语句轻快急促如行云流水，很好地表现了诗人归家的心情。

后二句是“故乡篱下菊，今日几花开”，作者通过这个问题，把思乡的感情变得深沉了。在回故乡的途中，在思乡之情急切的时候，也是在家乡就快要出现在眼前的时候，诗人突然想到了故乡篱墙下的菊花，这种思维过程非常符合感情发展的逻辑。篱墙下的菊花是一个具体的物象，而且是诗人在故乡时常常能见到的东西，给诗人留下了深刻的印象，这种印象埋藏在诗人的潜意识当中，所以在归乡的愿望就要实现的时候，它就突然从潜意识里跳了出来，诗人对故乡的印象也清晰起来。诗人这时想到了篱下菊，但并不是只想到了篱下菊，从前常常见到的物象必然附着着许多其他的事件、感情，所以想起了篱下菊，那些篱下菊上的附着物也自然就联想起来了。因此，诗人通过对一个单一而具体的物件的回忆一下子唤起了对家乡的整个的印象。可见这两句诗使全诗的感情得到了深化。而此二句的语势变得缓慢，也正好衬托了这种深化的感情。

戏答元珍

【宋】欧阳修

春风疑不到天涯①，
二月山城②未见花。
残雪压枝犹有橘，
冻雷惊笋欲抽芽③。
夜闻归雁生乡思，
病入新年感物华④。
曾是洛阳花下客，
野芳虽晚不须嗟。

注释

①天涯：极边远的地方。诗人贬官夷陵（今湖北宜昌市），距京城已远，故云。
②山城：亦指夷陵。
③“残雪”二句：诗人在《夷陵县四喜堂记》中说，夷陵“又有橘柚茶笋四时之味”。残雪：初春雪还未完全融化。冻雷：初春时节的雷，因仍有雪，故称。
④“夜闻”二句一作“鸟声渐变知芳节，人意无聊感物华”。归雁：春季雁向北飞，故云。隋薛道衡《人日思归》：“人归落雁后，思发在花前。”感物华：感叹事物的美好。物华：美好的景物。

作者名片

欧阳修（1007—1072），字永叔，号醉翁，晚号“六一居士”。吉州永丰（今江西省永丰县）人，因吉州原属庐陵郡，以“庐陵欧阳修”自居。谥号文忠，世称欧阳文忠公。北宋政治家、文学家、史学家，与韩愈、柳宗元、王安石、苏洵、苏轼、苏辙、曾巩合称“唐宋八大家”。后人又将其与韩愈、柳宗元和苏轼合称“千古文章四大家”。

译文

我真怀疑春风吹不到这边远的山城，已是二月，居然还见不到一朵花。

有的是未融尽的积雪压弯了树枝，枝上还挂着去年的橘子；寒冷的天气，春雷震动，似乎在催促着竹笋赶快抽芽。

夜间难以入睡，阵阵北归的雁鸣惹起我无穷的乡思；病久了又逢新春，眼前所有景色，都触动我思绪如麻。

我曾在洛阳见够了千姿百态的牡丹花，这里的野花开得虽晚，又有什么可以感伤，可以嗟讶？

赏析

以浅近自然的语言写景抒情，但琢磨很细，意脉完足，有一种亲切流畅的风格。首二句是欧阳修很得意的。据《苕溪渔隐丛话》引《西清诗话》，他曾对人说：“若无下句，则上句不见佳处，并读之，便觉精神顿出。”后人也说它“起得超妙”。这两句一果一因，语气连贯；次序上先以“疑”领起，引出对于“疑”的解释，因此显得有波折而不平板；另外，它还寓含着诗人在受贬谪时期待和失望的心情。所以，虽说是有如口语的句子，其实写得很讲究。全诗的关系，也是一联紧接一联，意脉含蓄而绵细。唐人律诗多用平列的意象、断续或跳跃的衔接，欧阳修则力图将八句诗构成流动而连贯的节奏，这无疑是唐诗之后的一条新路。

这首《戏答元珍》是欧阳修的律诗名作，此诗作于宋仁宗景祐三年（1036）。此年欧阳修因事左迁峡州夷陵（今湖北宜昌）县令，与峡州军事判官丁宝臣（字元珍）交好。丁曾有诗赠欧阳修，欧阳修乃于此年作诗以答。此诗首联写山城荒僻冷落；颔联承前细写山城荒凉之景，写出残雪累累、寒雷殷殷中蕴孕的生机一片。后两联抒情。颈联写作者多病之身在时光变迁、万物更迭中产生的客子之悲；尾联写自己早年作客洛阳，稔熟洛阳牡丹，今日山城野花虽晚，但自己全不在意。欧阳修在这样一首普通的诗中表达了决不屈服的昂扬之志，道出了作者哲理性的人生思考。正是在这一点上，欧阳修的这首诗体现了宋诗注重理趣的革新特征。

秋日登吴公台①上寺远眺

【唐】刘长卿

古台摇落②后，
秋日望乡心。
野寺③来人少，
云峰隔水深。
夕阳依④旧垒⑤，
寒磬⑥满空林。
惆怅南朝事，
长江独至今。

注释

①吴公台：在今江苏省江都市，原为南朝沈庆之所筑，后陈将吴明彻重修。
②摇落：零落。凋残。这里指台已倾废。语出宋玉《九辨》："悲哉秋之为气也，萧瑟兮摇落而变衰。"
③野寺：位于偏地的寺庙。这里指吴公台上寺。
④依：靠，这里含有"依恋"之意。
⑤旧垒：指吴公台。垒：军事工事。按：吴公台本为陈将吴明彻重筑的弩台。
⑥磬：寺院中敲击以召集众僧的鸣器，这里指寺中报时拜神的一种器具。因是秋天，故云"寒磬"。寒磬：清冷的磬声。

作者名片

刘长卿（709—789），字文房，宣城（今属安徽）人。后迁居洛阳，河间（今属河北）为其郡望。唐玄宗天宝年间进士。肃宗至德中官监察御史，苏州长洲县尉，代宗大历中任转运使判官，知淮西、鄂岳转运留后，又被诬再贬睦州司马。因刚而犯上，两度迁谪。德宗建中年间，官终随州刺史，世称刘随州。

译文

古台破败草木已经凋落，秋天景色引起我的乡思。
荒野的寺院来往行人少，隔水眺望云峰更显幽深。
夕阳依恋吴公台缓缓下落，空林中回荡着阵阵磬声。
南朝往事不胜惆怅感伤，只有长江从古到今奔流。

赏析

此诗作于刘长卿旅居扬州之时。安史之乱爆发后，刘长卿长期居住的洛阳落入乱军之手，诗人被迫流亡到江苏扬州一带，秋日登高，来到吴公台，写下这首吊古之作。

这是一首咏怀古迹的吊古诗。首联是写因观南朝古迹吴公台而发感慨，即景生情。第二联一写近景，一写远景，第三联以夕阳衬旧垒，以寒磬衬空林，旧日辉煌的场所如今是衰草寒烟，十分凄凉。在一个秋风萧瑟的日子里，诗人登上南朝旧垒吴公台。台上的寺庙已经荒凉，人踪稀少；远望山峦，皆在云罩雾缭之中。傍晚的太阳沿着旧日的堡垒缓缓下落，寺院中传出的钟磬之声慢慢向空林中扩散。秋风四起，这钟磬之声也似带有一种寒意。南朝故迹尚存，人去台空，只有长江之水，在秋日的夕阳中独自流淌。末联写江山依旧，人物不同。最后两句有“大江东去，浪淘尽，千古风流人物”之气韵。

此诗将凭吊古迹和写景思乡融为一体。对古今兴废的咏叹苍凉深邃。全诗写“远眺”，而主导情绪则是“悲秋”。通过对深秋景象的描绘，熔铸了诗人对人生、社会、时代的凄凉感受。此诗文笔简淡，意境深远，乃“五言长城”的上乘之作。

黄河夜泊

【明】李流芳

明月黄河夜，
寒沙①似战场。
奔流聒②地响，
平野③到天荒④。
吴会⑤书难达，
燕台⑥路正长。
男儿少为客，
不辨是他乡。

注释

①寒沙：寒冷的沙滩。
②聒：声音嘈杂，使人厌烦。
③平野：平坦的旷野。
④天荒：极言空间无尽或历时久远。
⑤吴会：吴地的会稽，即作者故乡。
⑥燕台：指燕京，今北京。明朝的京城。

作者名片

李流芳（1575—1629），书画家。字长蘅，一字茂宰，号檀园、香海、古怀堂、沧庵，晚号慎娱居士、六浮道人。歙县（今属安徽）人，侨居嘉定（今属上海市）。三十二岁中举人，后绝意仕途。诗文多写景酬赠之作，风格清新自然。与唐时升、娄坚、程嘉燧合称“嘉定四先生”。擅画山水，学吴镇、黄公望，峻爽流畅，为“画中九友”之一。亦工书法。

译文

月光下黄河横淌，寒冷的沙滩好似战场。
轰隆隆的奔流翻腾不息，荒野伸向无尽的远方。

书信难寄遥远的会稽，去燕台的路啊还很漫长。

我这样长年的四处漂泊，竟再也不觉得是客居他乡。

赏析

一、二句以写意笔法挥洒出一幅幽美壮阔的黄河月夜图。“明月黄河夜，寒沙似战场。”首句应题而起，点明时间地点，用语平淡无奇，如随口吟出，却神清气爽，境界浑然，可谓发兴高远。诗人伫立月下，凝神遥望，但见黄河东去，没入苍茫夜色之中；沿河两岸，铺展着一片沙滩，由于月光映照，沙滩显得格外空阔绵远，冷寂凄凉。眼前景象激起诗人沉思遐想，“似战场”，则表明思之所向。寥寥三字，突兀而来，挟带着深沉的叹息，表达出诗人对国事时局的忧虑，隐隐透出一片报国之意。

三、四句从视觉与听觉两方面渲染水流的气势。“奔流”句承上联“黄河”，“奔流”一词在此有二用：一是以“奔”之“流”指代黄河，从而避免字面重复；二是状水势的湍急迅猛，道出黄河的特性。“黄河之水天上来，奔流到海不复回。”（李白《将进酒》）其景象已经十分壮观，再加之声音动地，就更令人心惊魄动，望河兴叹了。“平野”句承上文“寒沙”，描绘大河两岸辽阔而苍凉的景象。平坦如砥的原野向四方延展，广大荒远，似与天接，尤其在星月辉映的夜里，更给人以浩茫无垠的感觉。这一联看似纯写景物，其实也融会着深沉的情思。那奔腾不息的河水，震天动地的水声，像金戈铁马、千军突进，似乎激起诗人心潮的波荡、轰鸣；那连接着远天的广漠原野，像一幅巨人的历史画卷，闪现着王朝兴衰、逐鹿争战的情景，牵动着诗人的神经。二句中，有动景有静景，有物象有心声，动静相配，心与物合，极富于神韵。

五、六句写作者面对喧嚣的黄河发出的感叹。刘勰云：“春秋代序，阴阳惨舒，物色之动，心亦摇焉。”（《文心雕龙》）王夫之也说：“夫景以情合，情以景生。”（《姜斋诗话》）正是由于眼前奔腾喧嚣的黄河，似战场的寒沙平野，刺激着诗人的感官，触发他对时局和社会人生的思考，才使他慨然发出“吴会书难达，燕台路正长”的感叹。“燕台路”，指作者进身受任、报国建功之路。“书难达”，见离乡之遥远；“路正长”，言前途之渺茫，真切表露诗人对家乡亲朋的思念和忧国伤事之情。有家难归，有国难投，举步维艰，诗人的境遇可算是困窘到极点了。此二句直抒胸臆，全是写情，但透过诗句表层，南国的辽远，北野的苍茫和诗人南顾北望、引领长叹的情态都鲜明可见。这种寓景于情的写法，丰富了情感的内涵，增强了诗的形象性。

七、八句写作者对自己长期漂泊感到伤感。“寄卧郊扉久，何年致此身？”（马戴《灞上秋居》）漂泊已非一日，然而还得漂流下去。难以名状的悲哀涌上心头，诗人不禁发出痛苦的呻吟：“男儿少为客，不辨是他乡！”沉重的语调中，充满宿志难酬的怨愤和无可奈何的伤感。全诗在哀叹中结束，留下深厚的余味让人品尝。

全诗由写景入手，从视觉、听觉的感受中展示黄河夜景，动静相映成趣，既衬托出心境的凄清，心潮的激烈，又触发起对自己处境的联想。“书难达”“路正长”语意双关，怅叹深重，既透露出怀乡却难归的无奈，也暗示了仕进目的的不易达到。作者还由此宕开一步，用欲擒故纵的手法，以久客异乡之心竟“麻木”不辨，反衬出乡情的深挚。诗中运用白描的手法，质朴简练的语言，浅近率直的方式抒发游子的复杂感情，耐人寻味。

八声甘州·对潇潇暮雨洒江天

【宋】柳永

对潇潇①暮雨洒江天，一番洗清秋②。渐霜风凄紧③，关河冷落，残照当楼。是处红衰翠减，苒苒④物华休。惟有长江水，无语东流。

不忍登高临远，望故乡渺邈⑤，归思难收。叹年来踪迹，何事苦淹留⑥！想佳人、妆楼颙望⑦，误几回、天际识归舟⑧。争⑨知我，倚阑杆处，正恁⑩凝愁！

注释

①潇潇：风雨之声。
②一番洗清秋：一番风雨，洗出一个凄清的秋天。
③霜风凄紧：秋风凄凉紧迫。霜风：秋风。凄紧：一作“凄惨”。
④苒（rǎn）苒：渐渐。
⑤渺邈：遥远。
⑥淹留：久留。
⑦颙（yóng）望：抬头远望。
⑧误几回、天际识归舟：多少次错把远处驶来的船当作心上人回家的船。语出谢朓《之宣城郡出新林浦向板桥》：“天际识归舟，云中辨江树。”
⑨争：怎。
⑩恁（nèn）：如此。凝愁：忧愁凝结不解。

作者名片

柳永（987—1053），北宋著名词人，婉约派代表人物。汉族，崇安（今福建武夷山）人，原名三变，字景庄，后改名永，字耆卿，排行第七，又称柳七。宋仁宗朝进士，官至屯田员外郎，故世称柳屯田。他自称“奉旨填词柳三变”，以毕生精力作词，并以“白衣卿相”自诩。其词多描绘城市风光和歌妓生活，尤长于抒写羁旅行役之情，创作慢词独多。婉约派最具代表性的人物之一，对宋词的发展有重大影响，代表作《雨霖铃》《八声甘州》。

译文

面对着潇潇暮雨从天空洒落在江面上，一场秋雨洗出一个凄清的秋天，分外寒凉清朗。凄凉的霜风一阵紧似一阵，关山江河一片冷清萧条，落日的余光照耀在高楼上。到处红花凋零翠叶枯落，一切美好的景物渐渐地衰残。只有那滔滔的长江水，不声不响地向东流淌。

不忍心登高遥看远方，眺望渺茫遥远的故乡，渴求回家的心思难以收拢。叹息这些年来的行踪，为什么苦苦地长期停留在异乡？想起美人，正在华丽的楼上抬头凝望，多少次错把远处驶来的船当作心上人回家的船。她哪会知道我，倚着栏杆，愁思正如此的深重。

赏析

此词开头两句写雨后江天，澄澈如洗。一个“对”字，已写出登临纵目、望极天涯的境界。当时，天色已晚，暮雨潇潇，洒遍江天，千里无垠。其中“雨”字，“洒”字，和“洗”字，三个上声，循声高诵，定觉素秋清爽，无与伦比。

自“渐霜风”句起，以一个“渐”字，领起四言三句十二字。“渐”字承上句而言，当此清秋复经雨涤，于是时光景物，遂又生一番变化。这样词人用一“渐”字，神态毕备。秋已更深，雨洗暮空，乃觉凉风忽至，其气凄然而遒劲，直令衣单之游子，有不可禁当之势。一“紧”字，又用上声，气氛声韵写尽悲秋之气。再下一“冷”字，上声，层层逼紧。而“凄紧”“冷落”，又皆双声叠响，具有很强的艺术感染力量，紧接一句“残照当楼”，境界全出。这一句精彩处“当楼”二字，似全宇宙悲秋之气一起袭来。

“是处红衰翠减，苒苒物华休。”词意由苍莽悲壮，而转入细致沉思，由仰观而转至俯察，又见处处皆是一片凋落之景象。“红衰翠减”，乃用玉溪诗人之语，倍觉风流蕴藉。“苒苒”，正与“渐”字相为呼应。一“休”字寓有无穷的感慨愁恨，接下“惟有长江水，无语东流”写的是短暂与永恒、改变与不变之间的这种直令千古词人思索的宇宙人生哲理。“无语”二字乃“无情”之意，此句蕴含百感交集的复杂心理。

“不忍”句点明背景是登高临远，云“不忍”，又多一番曲折、多一番情致。至此，词以写景为主，情寓景中。但下片妙处于词人善于推己及人，本是自己登高远眺，却偏想故园之闺中人，应也是登楼望远，伫盼游子归来。“误几回”三字更觉灵动。结句篇末点题。“倚阑干”，与“对”，与“当楼”，与“登高临远”，与“望”，与“叹”，与“想”，都相关联、相辉映。词中登高远眺之景，皆为“倚闺”时所见；思归之情又是从“凝愁”中生发；而“争知我”三字化实为虚，使思归之苦，怀人之情表达更为曲折动人。

这首词章法结构细密，写景抒情融为一体，以铺叙见长。词中思乡怀人之意绪，展衍尽致。而白描手法，再加通俗的语言，将这复杂的意绪表达得明白如话。这样，柳永的《八声甘州》终成为词史上的丰碑，得以传颂千古。全词景中有情，情中带景。上片于壮丽的秋景之中含有凄凉伤感之柔情，下片于缠绵的离情中带有伤感之景，前后情景交相辉映。上片写观景，虽未点明登楼而登楼之意自明；下片于“依栏杆处”再点登楼，起到了首尾呼应作用。笔法之高妙，于此可见，作者不愧为慢词的奠基人。

春兴

【唐】武元衡

杨柳阴阴①细雨晴，
残花落尽见流莺②。
春风一夜吹乡梦③，
又逐春风到洛城④。

注释

①阴阴：形容杨柳幽暗茂盛。
②流莺：即莺。流：谓其鸣声婉转。南朝梁沈约《八咏诗·会圃临东风》：“舞春雪，杂流莺。”
③乡梦：美梦；甜蜜的梦境。乡：一作“香”。
④又：一作“梦”。洛城：洛阳，诗人家乡缑氏在洛阳附近。

作者名片

武元衡（758—815），唐代诗人、政治家，字伯苍。缑氏（今河南偃师东南）人。武则天曾侄孙。建中四年，登进士第，累辟使府，至监察御史，后

改华原县令。德宗知其才，召授比部员外郎。岁内，三迁至右司郎中，寻擢御史中丞。顺宗立，罢为右庶子。宪宗即位，复前官，进户部侍郎。元和二年，拜门下侍郎平章事，寻出为剑南节度使。元和八年，征还秉政，早朝被平卢节度使李师道遣刺客刺死。赠司徒，谥忠愍。《临淮集》十卷，今编诗二卷。

译文

雨后初晴，细雨冲刷过的柳树苍翠欲滴，残花凋谢落尽，黄莺在枝头啼鸣。

一夜春风吹起了我的思乡梦，在梦中我追逐着春风飞回了洛阳城。

赏析

此诗是集春景、乡思、归梦于一身的作品。前二句述写异乡的春天已经过去，隐含了故乡的春色也必将逝去的感慨；后二句想象春风非常富有感情而且善解人意，仿佛理解了诗人的心情而特意为他殷勤吹送乡梦。

“杨柳阴阴细雨晴，残花落尽见流莺。”这是一个细雨初晴的春日。杨柳的颜色已经由初春的鹅黄嫩绿转为一片翠绿，枝头的残花已经在雨中落尽，露出了在树上啼鸣的流莺。这是一幅典型的暮春景物图画。

“春风一夜吹乡梦，又逐春风到洛城。”这是两个出语平易自然，而想象却非常新奇、意境也非常美妙的诗句。在诗人笔下，春风变得特别多情，它仿佛理解诗人的乡思，特意来殷勤吹送乡梦，为乡梦做伴引路；而无形的乡梦，也似乎变成了有形的缕缕丝絮，抽象的主观情思，完全被形象化了。

不难发现，在整首诗中，“春”扮演了一个贯串始终的角色。它触发乡思，引动乡梦，吹送归梦，无所不在。由于春色春风的熏染，这本来不免带有伤感怅惘情调的乡思乡梦，也似乎渗透了春的温馨明丽色彩，而略无沉重悲伤之感了。诗人的想象是新奇的，奇妙的想象将强烈的乡思形象化、具体化了。在诗人的意念中，这种随春风而生、逐春风而归的梦，是一种心灵的慰藉和美的享受，末句的“又”字，不但透露出乡思的深切，也流露了诗人对美好梦境的欣喜愉悦。

唐代诗人写过许多出色的思乡之作。悠悠乡思，常因特定的情景所触发；又往往进一步发展成为悠悠归梦。武元衡这首《春兴》，就是春景、乡思、归梦三位一体的佳作。这首诗所写的情事本极平常：看到暮春景色，触动了乡思，在一夜春风的吹拂下，做了一个还乡之梦。而诗人却在这平常的生活中提炼出一首美好的诗来，在这里，艺术的想象起了决定性的作用。

从军北征

【唐】李益

天山雪后海风寒，
横笛偏吹行路难[①]。
碛[②]里征人三十万，
一时回首[③]月中看。

注释

①偏：一作“遍”。行路难：乐府曲调名，多描写旅途的辛苦和离别的悲伤。
②碛（qì）：沙漠的意思。这里指边关。
③回首：一作“回向”。月中：一作“月明”。

译文

天山下了一场大雪，从青海湖刮来的风更添寒冷。行军途中，战士吹起笛曲《行路难》。

听到这悲伤的别离曲，驻守边关的三十万将士，都抬起头来望着东升的月亮。

赏析

诗的首句“天山雪后海风寒”，是这幅画的背景，只七个字，就把地域、季节、气候一一交代清楚，有力地烘托出了这次行军的环境气氛。这样，接下来不必直接描述行军的艰苦，只用“横笛遍吹”一句就折射出了征人的心情。《行路难》是一个声情哀怨的笛曲，这里用了“遍吹”两字，更点明这时传来的不是孤孤单单、声音微弱的独奏，而是此吹彼和、响彻夜空的合鸣，从而把读者带进一个悲中见壮的境界。

诗的后两句“碛里征人三十万，一时回首月中看”，是这一片笛声在军中引起的共感。句中的“碛里”“月中”，也是烘染这幅画的背景的，起了加重首句的作用，说明这支远征军不仅在雪后的天山下、刺骨的寒风里，而且在荒漠上、月夜中，这就使人加倍感到环境的荒凉、气氛的悲怆。也许有人对这两句中“三十万”的数字和“一时回首”的描写，感到不大真实，因为一支行军队伍未必如此庞大，更不可能全军都听到笛声并在同一时间回首顾望。但是，植根于生活真实的诗歌，在反映真实时决不应当只是依样画葫芦，为了托出一个特定境界，收到最大艺术效果，有时不但容许而且需要运用夸张手法。李益的这两句诗，只有像这样写，才能充分显示这片笛声的哀怨和广大征人的心情，使这支远征队伍在大漠上行军的壮观得到最好的艺术再现，从而获致王国维所说的“境界全出”的艺术效果。

诗人通过虚写笛声导致征人行为举止的细微变化，实写征人的心理感受。在肃杀苦寒的边塞，思亲怀乡是征人共同的感受。这种感受长期积郁胸中，无处表达，这是一种多么痛苦的煎熬。在行军途中，突然听到一阵阵哀怨、凄切的笛声响起，征人们久郁胸中的思亲怀乡之情奔涌而出。诗中展现的是一幅聚焦完全一致的画面，悲壮中显出凄苦，哀怨中显出无奈，把征人的心理刻画得栩栩如生。

听安万善吹觱篥①歌

【唐】李颀

南山截竹为觱篥，
此乐本自龟兹②出。
流传汉地曲转奇，
凉州③胡人为我吹。
傍邻闻者多叹息，
远客④思乡皆泪垂。
世人解听不解赏，
长飙⑤风中自来往。
枯桑老柏寒飕飗⑥，
九雏鸣凤⑦乱啾啾。
龙吟虎啸一时发，
万籁⑧百泉相与秋。
忽然更作渔阳掺⑨，
黄云⑩萧条白日暗。
变调如闻杨柳⑪春，
上林繁花照眼新⑫。
岁夜⑬高堂列明烛，
美酒一杯声⑭一曲。

注释

①觱篥（bì lì）：又名“笳管”。簧管古乐器，似唢呐，以竹为主，上开八孔（前七后一），管口插有芦制的哨子。汉代由西域传入，今已失传。

②龟兹（qīu cí）：古西域城国名，在今新疆库车、沙雅一带。

③凉州：在今甘肃一带。

④远客：漂泊在外的旅人。

⑤飙：暴风，这里用如形容词。

⑥飕飗：拟声词，风声。

⑦九雏鸣凤：典出古乐府“凤凰鸣啾啾，一母将九雏”，形容琴声细杂清越。

⑧万籁：自然界的各种天然音响。百泉：百道流泉之声音。相与：共同、一起。

⑨渔阳掺：渔阳一带的民间鼓曲名，这里借代悲壮、凄凉的之声。

⑩黄云：日暮之云。李白《乌夜啼》：“黄云城边乌欲栖，归飞哑哑枝上啼。”萧条：寂寥、冷落。

⑪杨柳：指古曲名《折杨柳》，曲调轻快热闹。

⑫上林：即上林苑，古宫苑名，有两处：一为秦都咸阳时置，故址在今陕西西安市西；一为东汉时置，故址在今河南洛阳市东。新：清新。

⑬岁夜：除夕。

⑭声：动词，听。谭嗣同《仁学》：“目不得而色，耳不得而声，口鼻不得而臭味。”

作者名片

李颀（690—751），东川（今四川三台）人（有争议）。少年时曾寓居河南登封。开元十三年进士，做过新乡县尉，诗以写边塞题材为主，风格豪放，慷慨悲凉，七言歌行尤具特色。

译文

从南山截段竹筒做成觱篥，这种乐器本来是出自龟兹。

流传到汉地曲调变得新奇，凉州胡人安万善为我奏吹。

座旁的听者个个感慨叹息，思乡的游客人人悲伤落泪。

世人只晓听曲不懂得欣赏，乐人就像独行于暴风之中。

又像风吹枯桑老柏沙沙响，还像九只雏凤鸣叫啾啾啼。

好似龙吟虎啸同时都爆发，又如万籁齐响秋天百泉汇。

忽然变作“渔阳掺”低沉悲壮，顿使白日变昏暗乌云翻飞。

变为《杨柳枝》一样热闹欢快的曲调，仿佛看到上林苑繁花似锦令人耳目一新。

除夕夜高堂上摆放闪烁的明烛，喝杯美酒再欣赏一曲觱篥。

赏析

李颀最著名的诗有三类，一是送别诗，二是边塞诗，三是音乐诗。李颀有三首涉及音乐的诗。一首写琴（《琴歌》），以动静二字为主，全从背景着笔；一首写胡笳（《听董大弹胡笳声兼语弄寄房给事》），以两宾托出一主，正写胡笳；这一首写觱篥，以赏音为全诗筋脊，正面着墨。三首诗的机轴，极容易相同，诗人却写得春兰秋菊，各极一时之妙。这首诗的转韵尤为巧妙，全诗共十八句，根据诗情的发展，变换了七个不同的韵脚，声韵意境，相得益彰。

“南山截竹为觱篥”，先点出乐器的原材料，“此乐本自龟兹出”说明乐器的出处。两句从来源写起，用笔质朴无华、选用入声韵，与琴歌、胡笳歌起笔相同，这是李颀的特点，写音乐的诗，总是以板鼓开场。接下来转入低微的四支韵，写觱篥的流传，吹奏者及其音乐效果，“流传汉地曲转奇，凉州胡人（指安万善）为我吹，傍邻闻者多叹息，远客思乡皆泪垂”，写出乐曲美妙动听，有很强的感染力量，人们都被深深地感动了。下文忽然提高音节，用高而沉的上声韵一转，说人们只懂得随便听听而不能欣赏乐声的美妙，以至于安万善所奏觱篥仍然不免寥落之感，独来独往于暴风之中。“长飙风中自来往”这一句中的“自”字，着力尤重。行文至此，忽然咽住不说下去，而转入流利的十一尤韵描摹觱篥的各种声音了。觱篥之声，有的如寒风吹树，飕飗作声；树中又分阔叶落叶的枯桑，细叶常绿的老柏，其声自有区别，用笔极细。有的如凤生九子，各发雏音，有的如龙吟，有的如虎啸，有的还如百道飞泉和秋天的各种声响交织在一起。四句正面描摹变化多端的觱篥之声。接下来仍以生动形象的比拟来写变调。先一变沉着，后一变热闹。沉着的以《渔阳掺》鼓来相比，恍如沙尘满天、云黄日暗，用的是往下咽的声音；热闹的以《杨柳枝》曲来相比，恍如春日皇家的上林苑中，百花齐放，用的是生机盎然的十一真韵。接着，诗人忽然从声音的陶醉之中，回到了现实世界。杨柳繁花是青春景象，而此时却不是这个季节。“岁夜”二字点出这时正是除夕，而且不是做梦，清清楚楚是在明烛高堂，于是诗人产生了“浮生若梦，为欢几何”的想法：尽情地欣赏吧。“美酒一杯声一曲”，写出诗人对音乐的喜爱，与上文伏笔“世人解听不解赏”一句呼应，显出诗人与“世人”的不同，于是安万善就不必有长飙风中踽踽凉凉自来往的感慨了。由于末了这两句话是写“汲汲顾影，惟日不足”的心情，所以又选用了短促的入声韵，仍以板鼓收场，前后相应，见出诗人的着意安排。

满江红·点火樱桃

【宋】辛弃疾

点火樱桃，照一架、荼蘼①如雪。春正好，见龙孙穿破，紫苔苍壁②。乳燕引雏③飞力弱，流莺唤友④娇声怯。问春归、不肯带愁归，肠千结⑤。

层楼望，春山叠；家何在？烟波隔。把古今遗恨，向他谁说？蝴蝶不传千里梦，子规⑥叫断三更月。听声声、枕上劝人归，归难得。

注释

①荼蘼：亦称酴醾，以色似酴醾酒而名。落叶小灌木，春末夏初开白花。一架：荼蘼枝细长而攀缘，立架以扶，故称一架。
②龙孙：竹笋的别名。紫苔苍壁：长满青紫色苔藓的土阶。
③乳燕引雏：母燕引着雏燕试飞。
④流莺唤友：黄莺呼叫伴侣。
⑤肠千结：以千结形容愁肠难解。
⑥蝴蝶梦：庄子梦见自己化为蝴蝶，后人造以蝴蝶称梦。子规：亦名杜鹃。

作者名片

辛弃疾（1140—1207），原字坦夫，改字幼安，别号稼轩，汉族，历城（今山东济南）人。出生时，中原已为金兵所占。21岁参加抗金义军，不久归南宋。历任湖北、江西、湖南、福建、浙东安抚使等职。一生力主抗金。曾上《美芹十论》与《九议》，条陈战守之策。其词抒写力图恢复国家统一的爱国热情，倾诉壮志难酬的悲愤，对当时执政者的屈辱求和颇多谴责；也有不少吟咏祖国河山的作品。题材广阔又善化用前人典故入词，风格沉雄豪迈又不乏细腻柔媚之处。由于辛弃疾的抗金主张与当政的主和派政见不合，后被弹劾落职，退隐江西带湖。

译文

似火樱桃，如雪荼蘼，映辉斗艳。春色正浓，喜见春笋破土而出。母燕引着雏燕试飞，黄莺呼叫伴侣。春带愁来，不带愁去，令人伤怀。

登楼望家国，有层山叠水相隔，炊烟已经被山挡住了，家在哪里呢？古今家国之恨，向谁倾诉。乡梦恐怕难以传到千里之外了，唯闻子规啼三更月。杜鹃声声劝归，人却难以归去。

赏析

此词描写词人因春归而想家的悲凉情绪，它以春景为媒介，充分体现了自家身世和国家命运都很悲惨的感叹，是一首饱含政治色彩的上乘之作。它之所以流传下来，为人所喜欢，不仅在于它饱含深情厚谊，更在于作者在写词时不是枯燥地、直通通地诉说，而在生动鲜活的意境描写中创造了幽远深邃的抒情境界。

上片即景伤春。“点火樱桃，照一架、荼蘼如雪”二句，犹如彩色影片的特写镜头，园林之中灿烂的春色被推到读者的眼前。一株株樱桃，硕果累累，红得像着了火，分外娇艳。“春正好”是一句简洁深情的赞语。春天好，好就好在生机勃勃。春笋穿破了长满青苔的土阶，蓬勃地向上生长；春燕牵引着初产的幼雏，在缓缓地飞翔；流莺呼朋引伴，娇音恰恰，就像奏响了一首首春之抒情曲。也许正是因为预感到春之短暂，乳燕才飞得没有兴致，其翱翔之力“弱”了下来；那些自在的流莺，也因此而歌声不畅，它们的啼音竟然使人有“怯”的感觉。自然景观的变化和季节的无情推移，牵动了词人满怀的愁恨，于是词人向春天发出了怨愤之语：“问春归、不肯带愁归，肠千结。”这三句与词人的名篇《祝英台近·晚春》的结拍“是他春带愁来，春归何处，却不解、带将愁去”，用语和含义都很相似，只是这里语调更为急促，意思更为直截了当一些。这一串怨春之语，无理之极，然而有情之极，“肠千结”三字，尤能夸张地表达出词人抑郁不堪的烦乱心绪。

词的下片，具体而细致地抒写这被春天触动的愁和恨。换头的四个三字句：“层楼望，春山叠；家何在？烟波隔。”承“肠千结”一句而来，点明词人内心所郁积的，并不是春花秋月的哀愁，而是怀念家山的深沉悲痛。接下来“把古今遗恨，向他谁说”二句，愁怀浩渺，语意悲怆，英雄的孤独感生于纸面。所谓“古今遗恨”，按字面之义自然是指从古至今的恨事，但怀古是为了伤今，因而这里的“古今”，偏重于指“今”。今之恨，莫过于中原沦陷、祖国分裂之恨。

由此可见，这两句是向人们说明：词人之“恨”的内容，绝非一般文人士大夫风花雪月的小恨，而是深沉悲痛的家国大恨；而词人为雪此大恨而奋斗，响应都寥寥无几，此恨几乎无处可以倾诉，这又是自己满腔愁恨之更深一层。紧接“蝴蝶”二句，化用唐人崔涂的“蝴蝶梦中家万里，子规枝上月三更”一联而变其意。千里梦，指自己的想家梦。子规的叫声像是在说“不如归去”。这两句，是就情造境的哀婉之笔，以深夜不寐的痛苦情景，来将上文所抒写的内容进一步向广阔的时空延伸。一个“不传”，一个“叫断”，是点铁成金之语，使得这两句比崔涂原诗更为凄切地表达出思家念远之悲。还须指出的是，从词人的生平、思想及上文的“古今遗恨”等来综合判断，这里的所谓思家，不是思念其江南地区的寓所，而是思念远在北方金人统治之下的山东济南老家。全阕的结拍云：“听声声、枕上劝人归，归难得。”“声声”，承“子规叫断”而来，可谓善于呼应，构锁严密。“劝人归，归难得”二语，修辞学上称为“顶真格”，其作用在于文气贯通地倾泻自己的苦痛之怀。这里以情语结束，但由于与前面的形象描写相联系，并且语意真挚感人，所以这个结尾仍然富有韵味，令人对这位爱国志士有家难归的痛楚油然而生共鸣之感。

京师①得家书

【明】袁凯

江水②三千里，
家书③十五行。
行行④无别语，
只道早还乡。

注释

①京师：指都城。
②江水：指长江之水。
③家书：书信，家中的来信。
④行行：每行。

作者名片

袁凯，生卒年不详，字景文，号海叟，明初诗人，以《白燕》一诗负盛名，人称袁白燕。松江华亭（今上海市松江区）人，洪武三年（1370）任监察御史，后因事为朱元璋所不满，伪装疯癫，以病免职回家，终“以寿终”。著有《海叟集》4卷。

译文

绵绵的江水有三千里长，家书有十五行那么长。

行行之间没有其他的言语，只是告诉家人我要尽早回到故乡。

赏析

这首诗是一首思乡诗。

袁凯的诗作，言及现实甚少，只于个别篇内有隐晦、曲折的表露。其成功之作多为抒发个人情怀，描述旅人思乡之篇。

江水三千里长，家书有十五行长，每行没有其他的话语，只是告诉亲人我要早日回到家乡去。

新年作

【唐】刘长卿

乡心新岁切，
天畔[1]独潸然[2]。
老至居人下[3]，
春归在客[4]先。
岭[5]猿同旦暮，
江柳共风烟。
已似长沙傅[6]，
从今又几年。

注释

①天畔：天边，指潘州南巴，即今广东茂名。
②潸（shān）然：流泪的样子。
③居人下：指官人，处于人家下面。
④客：诗人自指。
⑤岭：指五岭。作者时贬潘州南巴，过此岭。
⑥长沙傅：指贾谊。曾受谗被贬为长沙王太傅，这里借以自喻。

译文

新年来临，思乡的心情格外迫切，想到自己漂泊在外不禁潸然落泪。

年老了反而被贬谪居于人下，连春天也脚步匆匆走在我的前头。

在岭南早晚只能与猿猴相依做伴，或与江边杨柳共同领受风烟侵吹。

我已和被贬为长沙太傅的贾谊同遭遇，不知今后还要几年才能还乡？

赏析

在唐代，长沙以南地域都很荒凉，潘州一带的艰苦可想而知，诗人受冤被贬，从鱼肥水美的江南苏州迁至荒僻的潘州，委屈之心不言而喻。

“乡心新岁切，天畔独潸然。”这两句是说新年已至，自己与亲人们相隔千里，思乡之心，自然更切。“乡心”，思乡之情；“新岁”，新年；每逢佳节倍思亲，诗人的思乡之情自然更加迫切难抑了。“天畔”，天边，这里指岭南；“潸然”，泪流的样子；独处异乡，又逢新年，思乡情切的诗人怎能不黯然神伤，老泪纵横呢？开篇的“切”和“独”，奠定全诗孤苦悲凄的情感基调。

“老至居人下，春归在客先。”是由薛道衡“人归落雁后，思发在花前”化出，在前人单纯的思乡之情中，融入仕宦身世之感，扩大了容量，增强了情感的厚度。“老”“居人下”是诗人自况；一个“至”字，满含年老失时的辛酸和仕途失意的悲愤：刚正到老，却落了个受人陷害、寄人篱下的下场！沉痛之情平淡道出反而更显沉痛；“客”，指诗人自己；“春归”，春回大地、回故乡，有拟人意；一个“先”字，既有羡慕：要是自己能像春天一样，早早回到故乡，那该多好啊！更有埋怨：我还在天涯漂泊，春天怎么就先行回归了呢？年老失意，春归己留，正是诗人“潸然”的原因。

“岭猿同旦暮，江柳共风烟。”这两句描绘天畔荒山水乡节序风光。猿啼积淀着哀伤的诗歌意象。“岭猿”，岭南山间的猿猴；“旦暮”，从早到晚；“风烟”，晨风暮霭；“同”“共”二字，写尽了诗人孤独无告、迷惘无依的凄苦情状：谪居异乡，只能同无情的动物为伍，只能与无感的植物结伴，岭猿声哀，江柳意迷，纵有万般心事，又何处得说？自身遭遇的凄苦，前途未卜的迷惘，全在景中。

“已似长沙傅，从今又几年？”这里借用贾谊的典故，洛阳才子贾谊，有济世匡国之志，脱颖初露，而为权贵宿老谗毁，疏放为长沙太傅。诗人这次遭贬，也是以功蒙过，怏怏哀怨，时有流露：“地远明君弃，天高酷吏欺。”（《初贬南巴至鄱阳题李嘉祐江亭》）故引贾谊为同调，而有“同是天涯沦落人”的“已似”之感。而自忤权门，担心滞此难返，不免生出“从今又几年”的忧虑。至此诗人引颈遥望长安，归心不已，步履迟迟的徘徊背影已如在眼前；似可听见深深的长吁短叹。

凡是写景抒情的诗，用字遣词总是十分讲究。或是一句写景，一句说情，或在一句中既写景又抒情，或是前联写景，后联写情。此诗伤感的成分较多，因此抒情语句较多。前两句是情，三句是景，四句有景有情，五、六两句是即景生情，七、八句又是抒情。其中“新岁”是景，“几年”是情。无限离愁，跃然纸上。

诗的情感哀切深至，颔联意绪剀切，首尾感叹往复。唯颈联写景，淡密而不显焕，情致悱恻。全诗结体深沉，有“绪缠绵而不断，味涵咏而愈旨”（卢文昭语）的风致。就其风骨而言，则属大历家数，呈露顿衰之象。

南乡子①·烟漠漠②

【五代】李珣

烟漠漠，雨凄凄③，岸花零落鹧鸪④啼。远客扁舟临野渡⑤，思乡处，潮退水平春色暮。

注释

①南乡子：原唐教坊曲名，后用作词牌名。原为单调，有二十七字、二十八字、三十字各体，平仄换韵。

②漠漠：烟雾迷蒙的样子。杜甫《茅屋为秋风所破歌》：“俄顷风定云墨色，秋天漠漠向昏黑。”

③凄凄：寒凉貌。《诗经·郑风·风雨》：“风雨凄凄，鸡鸣喈喈。”
④鹧（zhè）鸪（gū）：鸟名。形似雌雉，头如鹑，胸前有白圆点，如珍珠。背毛有紫赤浪纹。足黄褐色。以谷粒、豆类和其他植物种子为主食，兼食昆虫。为中国南方留鸟。古人谐其鸣声为“行不得也哥哥”，诗文中常用以表示思念故乡。
⑤扁（piān）舟：小船。临野渡：靠近荒野渡口处。

作者名片

李珣，生卒年均不详，约唐昭宗乾宁中前后在世。五代词人，字德润，其祖先为波斯人。居家梓州（四川省三台）。少有时名，所吟诗句，往往动人。妹舜弦为王衍昭仪，他尝以秀才预宾贡。又通医理，兼卖香药，可见他还不脱波斯人本色。蜀亡，遂亦不仕他姓。珣著有琼瑶集，已佚，今存词五十四首，（见《唐五代词》）多感慨之音。

译文

烟雾苍茫，风雨凄迷。岸边的花儿已凋谢，只听得鹧鸪声声啼。远方的来客乘着一叶扁舟靠近荒野渡口。这种地方最容易引发阵阵乡愁。看江上潮水已退水面平静，时间已到暮春时候。

赏析

这首《南乡子》，是一幅着墨不多的水墨画，一片江乡暮春景色，却被作者弄得满纸春愁。说起来，烟当然漠漠，而雨却未见得人人都觉得凄凄。以愁眼看世界，雨不免凄凄。至于岸花零落，当然是自然现象，但斯时也故有斯落也。它自落它的，根本不买任何人的账，看落花泛乡愁的人，即使给他看花开，他也只会看到“愁”。有人说，这是点明时间，却没有想到乡愁与时间全不相干，没有任何人可以证明，乡愁只能在某个时间段才会产生。作者只是把他无处发泄的思乡之情，像喷泉一样喷射，谁碰上也免不了变成“愁根恨苗”。作者的感情，使这些烟枝雨叶改变了它们的本来面目。只有这样，才能从这些被扭曲了的事物身上表现出作者内心的感情。

此词给读者的是“愁云恨雨，满目凄清”的感觉，而拆碎下来，却是烟、雨、落花与鹧鸪的叫声而已。但就在开头这十三个字里，却使人觉得这些碎玉零珠滚滚而来，既是互相连贯，又能互相配合。说到底，这都是作者那条感情丝线上悬挂的琼瑶，它们是由感情组织在一起的。

这首词属于“单调小令”，但它有个特色，那就是前十三字用平韵，后十七字换仄韵。从韵脚的改变，使人产生一种分了上下片的错觉。实际上这首词在行文方面也的确如此。前十三字，以比兴见作者情思；后十七字，用叙述方式说明上文的情思是自己的乡愁。在韵脚上似断，而在文字和内容上却一气呵成。

野渡扁舟，水平潮退，是不得不思乡处；客路风雨，又值春意阑珊，又是不得不思乡之时。野渡凄寂无人，不堪鹧鸪之啼也。前后照应，结构完整，字少思深，平易感人。

日夕出富阳浦口和朗公诗

【南北朝】何逊

客心愁日暮，
徙倚[1]空望归。
山烟涵树色，
江水映霞晖[2]。
独鹤凌空逝，

注释

①徙倚：徘徊。
②霞晖：霞光。

双凫③出浪飞。
故乡千余里，
兹④夕寒无衣⑤。

③凫：野鸭。
④兹：现在。
⑤无衣：没有衣着。

作者名片

何逊，南朝梁诗人，字仲言，东海郯（今山东省苍山县长城镇）人，何承天曾孙，宋员外郎何翼孙，齐太尉中军参军何询子。八岁能诗，弱冠州举秀才，官至尚书水部郎。诗与阴铿齐名，世号阴何。文与刘孝绰齐名，世称何刘。其诗善于写景，工于炼字。为杜甫所推许，有集八卷，今失传，明人辑有何水部集一卷。后人称“何记室”或“何水部”。

译文

作客他乡，愁思满腹，虽归心似箭，然归期难卜，唯有在江边目断归舟，流连徘徊而已。

时已黄昏，烟霭四起，在山间弥漫，将树色吞没。黄昏的江面，放眼四顾，没有比那翻光倒影、绚烂多彩的晚霞，更引人注意了。

江面独鹤凌空飞过，成对的野鸭还在浪花中嬉戏。

傍晚凉意侵袭，我仍站在岸边不想离去，千里之外的故乡啊什么时候才能回去。

赏析

首句“客心愁日暮”，起调平稳，而包笼颇大。诗人作客他乡，愁思满腹，虽归心似箭，然归期难卜，唯有在江边目断归舟，流连徘徊而已。时已黄昏，烟霭四起，在山间弥漫，将树色吞没。面对如此景象，使人不能不产生“日暮乡关何处是？烟波江上使人愁”（崔颢《黄鹤楼》）的慨叹。是以“客心”一句，实使“山烟”一句不呼自来，所谓因情生景是也。但是，诗人眼前虽不得归，归期却未必无望，所以他的内心，也不尽是悲凉。“山烟”一句色调太暗沉，于是“江水映霞晖”，诗意又振起。黄昏的江面，放眼四顾，没有比那翻光倒影、绚烂多彩的晚霞，更引人注意了。这晚霞一及江面，一江流动着的，便似乎不是水，而是万匹锦绣。这一句色调明丽鲜亮，正是诗人心中希望的象征。“独鹤”二句的两两相对，机杼又与上二句相同。独鹤凌空，形单影只，则使人生一身漂泊之悲；双凫出浪，相亲相近，则使人生夫妇相聚、举家团圆的向往。不过，这二句与上二句对比手法虽同，但笔致一阔大、一灵动，其趣亦不相同，而分别可喜可玩。诗最后以离乡千里、天寒无衣，凄然作结，回应到首句，则全诗浑然一体。

这首诗，写景流丽，言情婉转，不作艳词丽句，能以本色见佳。尤其是其中间四句，对仗精切，音调谐婉，缀句连篇，宛如唐律，是全诗最胜之处。即此一斑，亦可知老杜“苦学阴何”之语，实非虚谈，若何逊之诗，真有可学之处。

生查子①·关山②魂梦长

【宋】晏几道

关山魂梦长，鱼雁③音尘④少。两鬓可怜青，只为相思老。

归梦碧纱窗，说与人人道。真个别离难，不似相逢好。

注释

①生查子：唐教坊曲名，后用为词调。文人词始见于晚唐韩偓所作。《考正白香词谱》注云："本名《生楂子》，其后从省笔作'查'。五言八句，唐时作者，平仄多无定格……至宋以后始奉魏承班一首为律。"此高速异名颇多，有《楚云深》《陌上郎》《愁风月》等。

②关山：泛指关隘和山川。

③鱼雁：指书信。《乐府诗集·相和歌辞十三·饮马长城窟行之一》："呼儿烹鲤鱼，中有尺素书。"《汉书·苏武传》："教使者谓单于，言天子射上林中，得雁，足有系帛书。"后因以"鱼雁"代称书信。

④音尘：音信，消息。

作者名片

晏几道（1038—1110），字叔原，号小山，抚州临川文港沙河（今属江西省南昌市进贤县）人。晏殊第七子。历任颍昌府许田镇监、乾宁军通判、开封府判官等。性孤傲，中年家境中落。与其父晏殊合称"二晏"。词风似父而造诣过之。工于言情，其小令语言清丽，感情深挚，尤负盛名。表达情感直率。多写爱情生活，是婉约派的重要作家。有《小山词》留世。

译文

荒漠凄凉的关山，常常令我魂牵梦萦，那远在塞外的亲人难以寄家信回来。可惜我两鬓秀美的青丝，只因为日日盼望、夜夜相思而渐渐变白了。

到他回来的时候，我要依偎在他怀里，傍着碧绿的纱窗共诉衷肠。我一定要告诉他："那别离的凄苦真是难耐，哪有团聚在一起好度时光。"

赏析

这首词抒写相思怀远之情。上片怀旧，以"关山"总领词人怀归思亲之根由。词人以显贵公子远涉关山，突感孤单寂寞，魂牵梦系于家中亲人，欲归不得，遂怨关山太长；又不见亲人书信得以慰藉，遂怨替人传递书信的鱼雁太少。以痴语写真情，令人莞尔。“两鬓”二句写词人闷时对镜，见两鬓青青，正是青春华茂，遂觉远离家乡实为虚耗青春，便突发感慨：“哎，可怜哟！我这满头青丝，就要为相思变老喽！”故作夸张，憨态可掬，情趣盎然，颇见性情。下片梦归，纯由想象生发。词人怀归情切，于是忽然“梦归碧纱窗”，与爱侣在碧纱窗之闺阁梦中相见，大感快慰，遂向亲爱的人儿倾诉衷肠：“离别实在太难太苦，真不如相逢团聚好！”这是词人亲身感受的一句实话，也是向爱侣表达思慕的一句痴语：“可想死你了！”此又是词人至性痴情的直率发露。此词以简约的文辞抒写至痴真情，真实而亲切，于平淡中见韵味。

西亭①春望

【唐】贾至

日长风暖柳青青②，
北雁归飞入窅冥③。
岳阳城上闻吹笛，
能使春心④满洞庭。

注释

①西亭：岳阳楼上的西边亭阁。
②青青：柳丝茂盛的样子。
③窅（yǎo）冥（míng）：深远难见的样子。
④春心：指春来雁去而触发的旅愁归心。

作者名片

贾至（718—772），字幼麟，贾曾之子。生于唐玄宗开元六年，卒于唐代宗大历七年，年五十五岁。擢明经第，为军父尉。安禄山乱，从唐玄宗幸蜀，知制诰，

历中书舍人。时肃宗即位于灵武，玄宗令至作传位册文。至德中，将军王去荣坐事当诛，肃宗惜去荣材，诏贷死。至切谏，谓坏法当诛。广德初，为礼部侍郎，封信都县伯。后封京兆尹，兼御史大夫。卒，谥文。至著有文集三十卷，《唐才子传》有其传。

译文

春日白昼渐长，风和日暖，柳丝嫩绿，北方的大雁回故乡飞进深远的天空。

在岳阳楼上听到吹竹笛的声音，这笛声能使我的旅愁归心洒遍洞庭湖。

赏析

全诗围绕“满”字而展开，前两句先描写日长风暖、柳色青青、北雁南飞，消失在远方的景色；后两句以洞庭湖上传来阵阵笛声，抒发诗人的旅愁。全诗取景微妙，格调高远，音律谐和。

诗的一、二句“日长风暖柳青青，北雁归飞入窅冥。”都写眼前景，关合诗题“春望”。首句写岳州之春，“日长风暖”正是雁群北飞的天气，“柳青青”又开始了折枝惜别、吹笛伤行的时节。这句看来总写春景之美，自然浑成，却又对下边景物的出现起到挈绪分缕的作用。至于诗人的意兴如何，单从这句自然风光的美感是难以捉摸的，因为诗人是“南迁”之客，春和景明反而会生愁惹恨。“北雁归飞”，诗人望断归雁，却还站在那里凝想。至此才可略知诗人的“西亭春望”乃是黯然销魂的“春望”。这里，自由高翔的归雁和沦落久羁的诗人形成了两个鲜明对照的形象。

第三句“岳阳城上闻吹笛”更宕出新境，把诗人的羁愁抒发到又一高度。古人笛曲中有离别之歌，而惜别之情又洋溢于折杨柳歌的笛声。全诗首句既以“柳青青”为“闻笛”作了环境的铺垫，岳阳城头的笛声当也是折柳之曲。末句的“春心”就是倦客伤春之情。“满洞庭”一语使抽象的心绪被物化而得到生动的表现，无论理解为此情伴随着笛声飞扬飘散于烟波浩渺之中，还是想象为客愁恰似春涨的湖水游漫洞庭，都能得其情致。巴陵洞庭，“迁客骚人，多会于此”，用“满”字其实还概括了这个典型环境中许多“沦落人”的共鸣。让读者看到了封建时代宦海浮沉的知识分子形象和他们见柳伤情、望雁断魂、闻笛怆怀的共同心态。所有这些都寄托于富有特征性的景物，而以绵密的章法，自然组合，一气呵成，艺术上也是高明的。

全诗虽是写景，但层层深入，宛转地表达了诗人的春望之心。

望江南①·超然台作

【宋】苏轼

春未老，风细柳斜斜。试上超然台②上看，半壕③春水一城花，烟雨暗千家。

寒食④后，酒醒却咨嗟⑤。休对故人思故国⑥，且将新火⑦试新茶⑧。诗酒趁年华。

注释

①望江南：原唐教坊曲名，后用为词牌名。又名“忆江南”。
②超然台：筑在密州（今山东诸城）北城上，登台可眺望全城。
③壕：护城河。
④寒食：节令。旧时清明前一天（一说二天）为寒食节。
⑤咨嗟：叹息、慨叹。
⑥故国：这里指故乡、故园。

⑦新火：唐宋习俗，清明前二天起，禁火三日。节后另取榆柳之火称“新火”。
⑧新茶：指清明前采摘的“明前茶”。

译文

春天还没有过去，微风细细，柳枝斜斜随之起舞。试着登上超然台远远眺望，护城河内半满的春水微微闪动，满城处处春花明艳，迷迷蒙蒙的细雨飘散在城中，千家万户皆看不真切。

寒食节过后，酒醒反而因思乡而叹息不已。不要在老朋友面前思念故乡了，姑且点上新火来烹煮一杯刚采的新茶，作诗醉酒都要趁年华尚在啊。

赏析

宋神宗熙宁七年（1074）秋，苏轼由杭州移守密州（今山东诸城）。次年八月，他命人修葺城北旧台，并由其弟苏辙题名“超然”，取《老子》“虽有荣观，燕处超然”之义。熙宁九年（1076）暮春，苏轼登超然台，眺望春色烟雨，触动乡思，写下了此作。这首豪迈与婉约相兼的词，通过春日景象和作者感情、神态的复杂变化，表达了词人豁达超脱的襟怀和“用之则行，舍之则藏”的人生态度。词的上片写登台时所见暮春时节的郊外景色。

这首词为双调，比原来的单调的《望江南》增加了一叠。上片写登台时所见景象，包括三个层次。

“春未老，风细柳斜斜。”这首词开头两句是说，登上超然台远眺，春色尚未褪尽，和风习习，吹起柳丝千条细。首先以春柳在春风中的姿态——“风细柳斜斜”，点明当时的季节特征：春意暮而未老。“试上超然台上看，半壕春水一城花。”这一湾护城河水绕了半座城，满城内皆是春花灿烂。其次，三、四句直说，直说登临远眺，而“半壕春水一城花”，在句中设对，以春水、春花，将眼前图景铺排开来。“烟雨暗千家。”五句是说，迷迷蒙蒙的细雨飘散在城中。

三个层次显示有一个特写镜头导入，再是大场面的铺叙，最后，居高临下，说烟雨笼罩着千家万户。满城风光，尽收眼底。这是上片，写春景。

下片写情，乃触景生情，与上片所写之景，关系紧密。“寒食后，酒醒却咨嗟”，进一步将登临的时间点明。寒食，在清明前二日，相传为纪念介子推，从这一天起，禁火三天；寒食过后，重新点火，称为“新火”。此处点明“寒食后”，一是说，寒食过后，可以另起“新火”，二是说，寒食过后，正是清明节，应当返乡扫墓。但是，此时却欲归而归不得。以上两句，词情荡漾，曲折有致，寄寓了作者对故国、故人不绝如缕的思念之情。“休对故人思故国，且将新火试新茶。”写作者为摆脱思乡之苦，借煮茶来作为对故国思念之情的自我排遣，既隐含着词人难以解脱的苦闷，又表达出词人解脱苦闷的自我心理调适。

“诗酒趁年华”，进一步申明：必须超然物外，忘却尘世间一切，而抓紧时机，借诗酒以自娱。“年华”，指好时光，与开头所说“春未老”相应合。全词所写，紧紧围绕着“超然”二字，至此，进入了“超然”的最高境界。这一境界，便是苏轼在密州时期心境与语境的具体体现。

这首词从“春未老”说起，既是针对时令，谓春风、春柳、春水、春花尚未老去，仍然充满春意，生机勃勃，同时也是针对自己老大无成而发的，所谓春未老而人空老，可见内心是不自在的。从这个意义上看，苏东坡实际上并不真能超然，这种似是非是的境界，真是苏东坡精神世界的真实体现。

这首词上片写景，下片抒情，是典型的借景抒情。上片之景，有“以乐景衬哀情”的成分，寄寓作者对有家难回、有志难酬的无奈与怅惘。更重要的是，整首词表达思乡的感情，作者以茶聊以慰藉尤其突出。

商山[1]早行

【唐】温庭筠

晨起动征铎[2]，
客行悲故乡。
鸡声茅店月，
人迹板桥霜。
槲[3]叶落山路，
枳花明驿墙。
因思杜陵梦，
凫雁满回塘。

注释

①商山：山名，又名尚阪、楚山，在今陕西商洛市东南山阳县与丹凤县辖区交汇处。作者曾于大中（唐宣宗年号，847—860）末年离开长安，经过这里。

②动征铎：震动出行的铃铛。征铎：车行时悬挂在马颈上的铃铛。铎：大铃。

③槲（hú）：陕西山阳县盛长的一种落叶乔木。叶子在冬天虽枯而不落，春天树枝发芽时才落。每逢端午用这种树叶包出的槲叶粽也成了当地特色。

作者名片

温庭筠（812—866），本名岐，字飞卿，太原祁（今山西祁县东南）人。富有天才，文思敏捷，每入试，押官韵，八叉手而成八韵，所以也有“温八叉”之称。然恃才不羁，又好讥刺权贵，多犯忌讳，取憎于时，故屡举进士不第，长被贬抑，终生不得志。官终国子助教。精通音律。工诗，与李商隐齐名，时称“温李”。

译文

黎明起床，车马的铃铎已震动；踏上遥遥征途，游子悲思故乡。

鸡声嘹亮，茅草店沐浴着晓月的余晖；板桥弥漫清霜，先行客人足迹显现。

枯败的槲叶，落满了荒山的野路；淡白的枳花，鲜艳地开放在驿站的泥墙边。

回想昨夜梦见杜陵的美好情景，一群群鸭雁，正嬉戏在岸边的湖塘里。

赏析

这首诗之所以为人们所传诵，是因为它通过鲜明的艺术形象，真切地反映了封建社会里一般旅人的某些共同感受。此诗描写了旅途中寒冷凄清的早行景色，抒发了游子在外的孤寂之情和浓浓的思乡之意，字里行间流露出人在旅途的失意和无奈。整首诗正文虽然没有出现一个“早”字，但是通过霜、茅店、鸡声、人迹、板桥、月这六个意象，把初春山村黎明特有的景色，细腻而又精致地描绘出来。全诗语言明净，结构缜密，情景交融，含蓄有致，字里行间都流露出游子在外的孤寂之情和浓浓的思乡之情，是唐诗中的名篇，也是文学史上写羁旅之情的名篇，历来为诗词选家所重视，尤其是诗的颔联：“鸡声茅店月，人迹板桥霜。”更是脍炙人口，备受推崇。

“晨起动征铎”，写早晨旅店中的情景。“晨起”，点题“早行”。诗人在开首给我们描绘了这样一幅画面：清晨起床，旅店里外已经响起了叮当的车马铃声。这一句话极为简练概括。从“征铎”声我们可以联想到，旅客们有的正在忙着套马，有的正在驾车向外走，热闹非凡。

“客行悲故乡”，这句虽然出自诗人之口，但代表了许多旅客的心声。过去交通不便，身处他乡人情浅薄，总之，当时人们安土重迁，怯于远行。“悲”字，表明客人们离家渐远、前途未卜的悲凉心情。

“鸡声茅店月，人迹板桥霜。”这两句是脍炙人口的名句。两句诗皆用名词，代表了十种景物：鸡、声、茅、店、月、人、迹、板、桥、霜。内容涵盖丰富，画面多重组合，可以形成各种景象。例如“鸡声”，“鸡”和“声”结合起来，诗人想起雄鸡引颈啼鸣的形象。同样，“茅店”“人迹”“板桥”也会使人联想到不同的画面。

古时旅客为保证安全，一般都是“未晚先投宿，鸡鸣早看天”。而本诗写的是早行，那么鸡声和月，就是很有特征性的景物。茅店又是具有山区特征的景物。“鸡声茅店月”五个字，便把旅客住在茅店里，听见鸡鸣就爬起来看天色、看见天上有月亮，就收拾行囊，准备赶路等很多内容，都绘声绘色地表现了出来。同样板桥、霜和霜上的人迹也都是具有特征性的景物。雄鸡报晓，夜色朦胧时，诗人就起床出发，没想到此时外面已经到处都是人迹，自己已经不算早行了。这两句将早行的情景写得有声有色，形象生动，历历在目。

同样，对于早行者来说，板桥、霜和霜上的人迹也都是有特征性的景物。作者于雄鸡报晓、残月未落之时上路，也算得上“早行”了；然而已经是“人迹板桥霜”，这真是“莫道君行早，更有早行人”啊！这两句纯用名词组成的诗句，写早行情景宛然在目，确实称得上“意象具足”的佳句。

“槲叶落山路，枳花明驿墙。”写的是刚上路的景色。商县、洛南一带，枳树、槲树很多。槲树的叶片很大，冬天虽干枯，却存留枝上；直到第二年早春树枝将发嫩芽的时候，才纷纷脱落。而这时候，枳树的白花已在开放。因为天还没有大亮，驿墙旁边的白色枳花，就比较显眼，所以用了个“明”字。可以看出，诗人始终没有忘记“早行”二字。

旅途早行的景色，使诗人想起了昨夜在梦中出现的故乡景色：“凫雁满回塘。”春天来了，故乡杜陵，回塘水暖，凫雁自得其乐；而自己，却离家日远，在茅店里歇脚，在山路上奔波。“杜陵梦”，补出了夜间在茅店里思家的心情，与“客行悲故乡”首尾照应；而梦中的故乡景色与旅途上的景色又形成鲜明的对照。眼里看的是“槲叶落山路”，心里想的是“凫雁满回塘”。“早行”之景与情，都得到了完美的表现。

菩萨蛮[1]·平林[2]漠漠烟如织

【唐】李白

平林漠漠烟如织，寒山一带伤心碧。暝色入高楼，有人楼上愁。

玉阶空伫立，宿鸟归飞急。何处是归程？长亭更短亭。

注释

①菩萨蛮，唐教坊曲名。又名《菩萨篁》《重叠金》《花间意》《梅花句》等。《杜阳杂编》说：“大中初，女蛮国入贡，危髻金冠，璎珞被体，号为菩萨蛮，当时倡优遂制《菩萨蛮曲》，文士亦往往声其词。”后来，《菩萨蛮》便成了词人用以填词的词牌。但据《教坊记》 载开元年间已有此曲名。到底孰是，今不可考。

②平林：平原上的林木。《诗经·小雅·车辇》：“依彼平林，有集维鷮。”毛传：“平林，林木之在平地者也。”

译文

远处舒展的树林之上暮烟笼罩一片迷蒙，翠绿苍碧的山色深到极致。夜色弥漫进高高的闺楼，有人正在楼上独自忧愁。

玉石的台阶上，徒然侍立盼望。那回巢的鸟儿，在归心催促下急急飞翔。哪里是我返回的路程？只看到道路上的长亭连着短亭。

赏析

这首词通过描写平林、寒山的深秋景色，和想象家人盼归的形象，抒发了游子思妇的两地相思之情。此词层次清晰、跌宕有序。移情于景，情景相生。既有鲜明的形象描写，又有细致的心理刻画。句子简约而不晦涩，文字质朴而不平板，可为唐代文人词中上乘之作。

“平林漠漠烟如织”，是写游子眼中之景物。“平林”，不是“平地的树林”；而是山丘上的树林。林木依山而生，高低错落，本不会“平”，而着一“平”字，不仅准确地写出了游子自高楼下视所见之远景，而且表现了阔大而高远的意境。“如织”二字，一言烟雾密度之大，一是衬托游人离愁之浓。如果说这一句仅仅是情景交融的话，那么下一句词人便把自己的主观色彩尽情地涂抹于景物之上，似乎已把大自然人格化了。这里的“伤心碧”，语义双关，一是极言寒山之碧，二是说寒山似乎因伤心而碧透。山犹如此，人何以堪。秋天，本是文人墨客伤感的季节，又加上寒山日暮，烟锁雾封，所以游子的思归之情已达极致。因此，接下二句“暝色入高楼，有人楼上愁”中的“愁”字的逼出，自是水到渠成。“暝色”，即暮色。暝色本不会动，而曰“入高楼”，不仅十分形象地写出了夜色渐近的过程，而且似乎暗示随着夜幕的降临愁意也闯入了游子的心头。以上是上片，主要是写景，但景中有情。先写自然之景，后写人工建筑，最后写楼中之人，由远及近，极有次第。

下片立足于主观的感受上。在暮霭沉沉之中，主人公久久地站立在石阶前，感到的只是一片空茫。“空”也是上片所勾画的景物感染下的必然结果。主观情绪并不是孤立存在着的，它立刻又融入了景物之中——“宿鸟归飞急”。这一句插得很巧妙。作者用急飞的宿鸟与久立之人形成强烈的对照。一方面，南宿鸟急归反衬出人的落拓无依；另一方面，宿鸟急归无疑地使抒情主人公的内心骚动更加剧烈。于是，整个情绪波动起来。如果说上片的“愁”字还只是处于一种泛泛的心理感受状态，那么，现在那种朦胧泛泛的意识逐渐明朗化了。

它是由宿鸟急归导发的。所以下面就自然道出了："何处是归程？"主人公此刻也急于寻求自己的归宿，来挣脱无限的愁绪。可是归程在何处呢？只不过是"长亭连短亭"，并没有一个实在的答案。有的仍然是连绵不断的落拓、惆怅和空寞，在那十里五里、长亭短亭之间。征途上无数长亭短亭，不但说明归程遥远，同时也说明归期无望，以与过片"空伫立"之"空"字相应。如此日日空候，思妇的离愁也就永无穷尽了。结句不怨行人忘返，却愁道路几千，归程迢递，不露哀怨，语甚蕴藉。韩元吉《念奴娇》词云，"尊前谁唱新词，平林真有恨，寒烟如织。"短短的一首词中，掇取了密集的景物：平林、烟霭、寒山、暝色、高楼、宿鸟、长亭、短亭，借此移情、寓情、传情，手法极为娴熟，展现了丰富而复杂的内心世界活动，反映了词人在客观现实中找不到人生归宿的无限落拓惆怅的愁绪。

历来解说此词，虽然有不少论者认为它是眺远怀人之作，但更多的人却说它是羁旅行役者的思归之辞。

绝句二首·其二

【唐】杜甫

江碧鸟①逾白，
山青花欲燃②。
今春③看又过，
何日是归年④。

注释

①鸟：指江鸥。
②花欲燃：花红似火。
③今春：今年春天。
④何日：哪一天，什么时候。归年：回家的日子。

译文

碧绿的江水把鸟儿的羽毛映衬得更加洁白，山色青翠欲滴，红艳的野花似乎将要燃烧起来。

今年春天眼看就要过去，何年何月才是我归乡的日期？

赏析

这首诗抒发了羁旅异乡的感慨。“江碧鸟逾白，山青花欲燃。”这是一幅镶嵌在镜框里的风景画，濡饱墨于纸面，施浓彩于图中，有令人目迷神夺的魅力。漫江碧波荡漾，显露出白翎的水鸟掠翅江面，一派怡人的风光。满山青翠欲滴，遍布的朵朵鲜花红艳无比，简直就像燃烧着一团旺火，十分旖旎、十分灿烂。

以江碧衬鸟翎的白，碧白相映生辉；以山青衬花葩的红，青红互为竞丽。一个“逾”字，将水鸟借江水的碧色衬底而愈显其翎毛之白，写得深中画理；而一个“欲”字，则在拟人化中赋花朵以动态，摇曳多姿。两句诗状江、山、花、鸟四景，并分别敷碧绿、青葱、火红、洁白四色，景象清新，令人赏心悦目。可是，诗人的旨意却不在此，紧接下去，笔路陡转，慨而叹之。“今春看又过，何日是归年？”句中“看又过”三字直点写诗时节。春末夏初景色不可谓不美，然而可惜岁月荏苒，归期遥遥，非但引不起游玩的兴致，却反而勾起了漂泊的感伤。此诗的艺术特点是以乐景写哀情，唯其极言春光融洽，才能对照出诗人归心殷切。它并没有让思归的感伤从景象中直接透露出来，而是以客观景物与主观感受的不同来反衬诗人乡思之深厚，别具韵致。

宿建德江[①]

【唐】孟浩然

移舟[②]泊烟渚[③]，

日暮客愁新。

注释

①建德江：在浙江省，新安江流经建德的一段。

②移舟：靠岸。

③烟渚：弥漫雾气的沙洲。

野旷④天低树，

江清月近人⑤。

④野：原野。旷：空阔远大。
⑤月近人：倒映在水中的月亮好像在靠近人。

译文

我把船停泊在暮烟笼罩的小洲，
茫茫暮色给游子新添几分乡愁。
旷野无垠远处天空比树木还低，
江水清澈更觉月与人情投意合。

作者名片

孟浩然（689–740），本名不详（一说名浩），字浩然，襄州襄阳（今湖北襄阳）人，世称“孟襄阳”。浩然，少好节义，喜济人患难，工于诗。年四十游京师，唐玄宗诏咏其诗，至“不才明主弃”之语，玄宗谓：“卿自不求仕，朕未尝弃卿，奈何诬我？”因放还未仕，后隐居鹿门山，著诗二百余首。孟浩然与另一位山水田园诗人王维合称为“王孟”。

赏析

这是一首刻画秋江暮色的诗。先写羁旅夜泊，再叙日暮添愁；然后写到宇宙广袤宁静，明月伴人更亲。一隐一现，虚实相间，两相映衬，互为补充，构成一个特殊的意境。诗中虽不见“愁”字，然野旷江清，“秋色”历历在目。全诗淡而有味，含而不露；自然流出，风韵天成，颇有特色。

“移舟泊烟渚”，一面点题，一面为下文的写景抒情作准备。“日暮客愁新”中的“日暮”显然和上句的“泊”“烟”有联系，因为日暮，船需要停宿。“野旷天低树”中“低”和“旷”是相互依存、相互映衬的。“江清月近人”中“近”和“清”也是相互依存、相互映衬的。第二句就点出“客愁新”，三、四句好似在写诗人怀着愁心，在这广袤而宁静的宇宙之中，经过一番上下求索，终于发现了还有一轮孤月此刻和他是那么亲近。寂寞的愁心似乎寻得了慰藉，诗也就戛然而止了。

然而，言虽止，意未尽。诗人曾带着多年的准备、多年的希望奔入长安，而今却只能怀着一腔被弃置的忧愤南寻吴越。此刻，他孑然一身，面对着这四野茫茫、江水悠悠、明月孤舟的景色，那羁旅的惆怅、故乡的思念、仕途的失意、理想的幻灭、人生的坎坷……千愁万绪，不禁纷来沓至，涌上心头。

次①北固山②下

【唐】王湾

客路③青山外，
行舟绿水前。
潮平两岸阔④，
风正⑤一帆悬⑥。
海日⑦生残夜，
江春⑧入旧年。
乡书⑨何处达？
归雁⑩洛阳边。

注释

①次：旅途中暂时停宿，这里是停泊的意思。
②北固山：在今江苏镇江北，三面临长江。
③客路：旅途。
④潮平两岸阔：潮水涨满时，两岸之间水面宽阔。
⑤风正：顺风。
⑥悬：挂。
⑦海日：海上的旭日。
⑧江春：江南的春天。
⑨乡书：家信。
⑩归雁：北归的大雁。

作者名片

王湾（693—751），字号不详，洛阳（今河南洛阳）人。玄宗先天年间（712）进士及第，授荥阳县主簿。后由荥阳主簿受荐编书，参与集部的编撰辑集工作，书成之后，因功授任洛阳尉。王湾“词翰早著”，现存诗10首，其中最出名的是《次北固山下》。

译文

郁郁葱葱的山外是旅客的道路，船行于碧绿的江水之间。

潮水涨满，两岸之间水面宽阔，顺风行船恰好把帆儿高悬。

夜幕还没有褪尽，旭日已在江上冉冉升起，还在旧年时分，江南已有了春天的气息。

我的家书应该送到什么地方呢？北去的归雁啊，请给我捎回洛阳那边！

赏析

这是一首五律诗，颈联被明代胡应麟赞为“形容景物，妙绝千古”。时序匆匆交替，这怎不让身在“客路”的诗人顿生思乡之情？诗中“生”“入”用了拟人手法。是人物一说理。却在描写景物中蕴含理趣，表现出具有普遍意义的生活哲理，给人乐观积极向上的力量。

诗以对偶句发端，既工丽，又跳脱。“客路”，指作者要去的路。“青山”点题中“北固山”。作者乘舟，正朝着展现在眼前的“绿水”前进，驶向“青山”，驶向“青山”之外遥远的“客路”。这一联先写“客路”而后写“行舟”，其人在江南、神驰故里的漂泊羁旅之小景是难得出现的。

“潮平两岸阔”中“阔”，是表现“潮平”的结果。春潮涌涨，江水浩渺，放眼望去，江面似乎与岸平了，船上人的视野也因之开阔。这一句，写得恢宏阔大，下一句“风正一帆悬”，便愈见精彩。“悬”是端端直直地高挂着的样子。诗人不用“风顺”而用“风正”，是因为光“风顺”还不足以保证“一帆悬”。风虽顺，却很猛，那帆就鼓成弧形了。只有既是顺风，又是和风，帆才能够“悬”。那个“正”字，兼包“顺”与“和”的内容。这一句写小景已相当传神。但还不仅如此，如王夫之所指出，这句诗的妙处，还在于它“以小景传大景之神”（《姜斋诗话》卷上）。可以设想，如果在曲曲折折的小河里行船，老要转弯子，这样的小景是难得出现的。如果在三峡行船，即使风顺而风和，却依然波翻浪涌，这样的小景也是难得出现的。诗句妙在通过“风正一帆悬”这一小景，把平野开阔、大江直流、风平浪静等等的大景也表现出来了。

读到第三联，就知道作者是于岁暮腊残，连夜行舟的。潮平而无浪，风顺而不猛，近看可见江水碧绿，远望可见两岸空阔。这显然是一个晴明的、处处透露着春天气息的夜晚，孤舟扬帆，缓行江上，不觉已到残夜。这第三联，就是表现江上行舟，即将天亮时的情景。

这一联历来脍炙人口，说：“‘海日生残夜，江春入旧年’，诗人已来少有此句。张燕公（张说）手题政事堂，每示能文，令为楷式。”（《河岳英灵集》）明代胡应麟在《诗薮·内编》里说，“海日”一联“形容景物，妙绝千古”。当残夜还未消退之时，一轮红日已从海上升起；当旧年尚未逝去，江上已呈露春意。“日生残夜”“春入旧年”，都表示时序的交替，而且是那样匆匆不可待，这怎不叫身在“客路”的诗人顿生思乡之情呢？这两句炼字炼句也极见功夫。作者从炼意着眼，把“日”与“春”作为新生的美好事物的象征，提到主语的位置而加以强调，并且用“生”字“入”字使之拟人化，赋予它们以人的意志和情思。妙在作者无意说理，却在描写景物、节令之中，蕴含着一种自然的理趣。海日生于残夜，将驱尽黑暗；江春，那江上景物所表现的“春意”，闯入旧年，将赶走严冬。不仅写景逼真，叙事确切，而且表现出具有普遍意义的生活真理，给人以乐观、积极、向上的艺术鼓舞力量。此句与“沉舟侧畔千帆过，病树前头万木春”有异曲同工之妙。

海日东升，春意萌动，诗人放舟于绿水之上，继续向青山之外的客路驶去。这时候，一群北归的大雁正掠过晴空。雁儿正要经过洛阳的啊！诗人想起了“雁足传书”的故事，还是托雁捎个信吧：雁儿啊，烦劳你们飞过洛阳的时候，替我问候一下家里人。这两句紧承三联而来，遥应首联，全篇笼罩着一层淡淡的乡思愁绪。

这首诗抒写诗人泛舟东行，停船北固山下，见潮平岸阔、残夜归雁而引发的怀乡情思，熔写景、抒情、说理于一炉。全诗和谐优美，妙趣横生。堪称千古名篇。这首题为《次北固山下》的五律，最早见于唐人芮挺章编选的《国秀集》。唐人殷璠选入《河岳英灵集》时题为《江南意》，但有不少异文："南国多新意，东行伺早天。潮平两岸失，风正数帆悬。海日生残夜，江春入旧年。从来观气象，惟向此中偏。"本文系据长期传诵的《次北固山下》。

王湾是洛阳人，一生中，"尝往来吴楚间"。"北固山"，在今江苏镇江市以北，三面临江。上引《江南意》中首二句为"南国多新意，东行伺早天。"其"东行"，当是经镇江到江南一带去。诗人一路行来，当舟次北固山下的时候，潮平岸阔，残夜归雁，触发了心中的情思，吟成了这一千古名篇。诗以对偶句发端，既工丽，又跳脱。"客路"，指作者要去的路。"青山"点题中"北固山"。作者乘舟，正朝着展现在眼前的"绿水"前进，驶向"青山"，驶向"青山"之外遥远的"客路"。这一联先写"客路"而后写"行舟"，其人在江南、神驰故里的漂泊羁旅之情，已流露于字里行间，与末联的"乡书""归雁"，遥相照应。

这首五律虽然以第三联驰誉当时、传诵后世，但并不是只有两个佳句而已；诗作整体，也是相当和谐优美的。

思佳客[1]·癸卯[2]除夜

【宋】吴文英

自唱新词送岁华。鬓丝添得老生涯。十年[3]旧梦无寻处，几度新春不在家。

衣懒换，酒难赊。可怜此夕看梅花。隔年昨夜青灯在，无限妆楼尽醉哗[4]。

注释

①思佳客：词牌名，即《鹧鸪天》，首见于北宋宋祁之作，至晏几道填此调最多。《词谱》卷十一说："宋人填此调者，字、句、韵悉同。"因贺铸词有"化出白莲千叶花"句，故又名《千叶莲》，又因其有"梧桐半死清霜后"句，故又名《半死桐》，又名《于中好》《思越人》《看瑞香》《第一花》《禁烟》《翦朝霞》《骊歌一叠》《锦鹧鸪》《避少年》《鹧鸪引》《醉梅花》。双调，五十五字，上片四句，下片五句，上下片各三平韵。前片第三、四句，与过片三言两句多作对偶。

②癸卯：宋理宗淳祐三年（1243）。根据夏承焘《吴梦窗系年》，当时词人四十四岁，尚在苏州。

③十年：是计整数，并非确数，其实词人从公元1232年（宋理宗绍定五年）到苏州仓幕，至癸卯年（1243）已有十一年了。

④醉哗：一作"翠华"。

作者名片

吴文英（1200—1260），字君特，号梦窗，晚年又号觉翁，四明（今浙江宁波）人。原出翁姓，后出嗣吴氏。与贾似道友善。有《梦窗词集》一部，存词三百四十余首，分四卷本与一卷本。其词作数量丰沃，风格雅致，多酬答、伤时与忆悼之作，号"词中李商隐"。而后世品评却甚有争论。

译文

自己唱着新作的词，送走一年的时光。两鬓白发预示着人生步入老年时光。十年旧梦没有地方寻，多少个新春我都不在家。

衣服懒得换，酒也很难赊。可怜今夜看着梅花。昨夜的青灯亮了半夜跨入新年，周围无数的妆楼都是酒桌上的喧哗。

赏析

上片开头"自唱"两句，意思是说："在癸卯除夕守岁之时，我创作了这首《思佳客》的新词，用来送旧迎新。"以此感叹自己的双鬓又添上了白发，而仍旧羁旅在外，不得返归故乡。“十年”，两句是说：“我继续叹息：从前美好的遗踪已经难以寻觅，又痛惜好多年的春节，自己都无法返归家中，与家人共叙天伦之乐。”

下片“衣懒换”三句，写自己的生活潦倒，又生性疏狂。此言虽然现在是过大年，但是自己却无法添置新衣，所以索性连旧衣也懒得换洗；又因为贫穷所以连酒也不能赊来借以独酌守岁。那怎么办呢？只好折来些梅枝，用赏花来度过这漫漫除夕之夜吧。这里也可见词人虽然贫穷，却不失雅人本色。“隔年”两句，内外对比，更见自身的困穷。此言除夕夜尽，一元复始。在大年初一的清晨词人面对的仍是那盏照明用的隔年孤灯；而外面处处高楼，却飘响着酒醉后人们的喧哗声。作结两句形成了强烈的贫富反差，也是词人对这个不平等的社会的一种无声控诉。有杜甫“朱门酒肉臭，路有冻死骨”的意境。

从这首词中，读者可探测出此时（癸卯除夕）苏姬大约已经离开了词人处，所以词人被搞得家不成家矣。

在京思故园见乡人问

【唐】王绩

旅泊①多年岁，
老去不知回。
忽逢门前客，
道发故乡来。
敛眉②俱握手，
破涕共衔杯③。
殷勤访④朋旧，
屈曲⑤问童孩。

注释

①旅泊：漂泊，这里指在外做官，未能归乡。
②敛眉：皱起了眉，这里指掉泪动容，是表达思乡之情。
③衔杯：喝酒。
④访：询问。
⑤屈曲：详细周到。

衰宗[6]多弟侄，
若个赏池台。
旧园今在否，
新树也应栽。
柳行疏密布，
茅斋[7]宽窄裁。
经移何处竹，
别种几株梅。
渠当无绝水，
石计总生苔[8]。
院果谁先熟，
林花那后开。
羁心[9]只欲问，
为报不须猜。
行当驱下泽[10]，
去剪故园莱[11]。

⑥衰宗：衰微的宗族，是一种自谦的说法，犹言“寒家”。
⑦茅斋：茅草房。
⑧苔：苔藓植物的一类。根、茎、叶的区别不明显，常贴在阴湿的地方生长。
⑨羁（jī）心：羁旅的情怀。
⑩下泽：车名，是一种适于沼田行驶的短毂车。
⑪莱：草名，又名藜。一种一年生草本植物。嫩苗可食，生田间、路边、荒地、宅旁等地，为古代贫者常食的野菜。

作者名片

王绩(约590—644)，字无功，号东皋子，绛州龙门（今山西河津）人。隋末举孝廉，除秘书正字。不乐在朝，辞疾，复授扬州六合丞。时天下大乱，弃官还故乡。唐武德中，诏以前朝官待诏门下省。贞观初，以疾罢归河渚间，躬耕东皋，自号“东皋子”。性简傲，嗜酒，能饮五斗，自作《五斗先生传》，撰《酒经》《酒谱》。其诗近而不浅，质而不俗，真率疏放，有旷怀高致，直追魏晋高风。律体滥觞于六朝，而成形于隋唐之际，无功实为先声。

译文

已在外漂泊多年，年纪大了还不能回乡。

在门前忽然遇到一位客人，他说是从故乡来的。

皱着眉头一起握手，停止了哭泣，露出笑容一起饮酒。

情意恳切地询问旧朋友，详细周到地问起孩子们。

衰微的家族有很多兄弟侄儿，哪个去观赏园池亭台？

旧日的庭园如今是否依然存在？新树也该栽上了。

柳行植得疏密合适，茅草房修剪得宽窄错落。

从哪里移来的竹子？又栽种了几棵梅树？

渠沟里不该断绝水流，爱生青苔的石头是否依旧？

院中的果实哪一种先熟？林中的花哪一种后开？

客居的心情只想多询问，为我回答不要让我猜。

不久将乘坐下泽车驱马而行，回去铲除旧院中的杂草。

赏析

这是一首思乡诗。作者在外居官多年，思念故乡之情油然而生。这时，遇见了家乡来的人，便殷勤问起亲戚朋友、居室池台、园林植树等情况，表达了恋念故乡的情思。

这首诗是写王绩在他乡遇到故人，内容虽然质朴平淡，但是意境隽永。开篇便营造了一种意境，将读者带入诗人寄居的大都当中。据考证，此处所说的旅泊多年的城市应当是长安城，城里车水马龙、房屋鳞次的繁华留住了诗人的脚步，所以诗人才有感而发，到老了仍然没有想着回家。

全诗质朴，并无雕砌的痕迹，平淡中见真味，含蓄中有深情，言浅而韵味无穷，一扫初唐诗坛的迤逦浮华的靡靡风气，正是王绩诗歌最主要的特色之一。王维的《杂诗》：“君自故乡来，应知故乡事，来日绮窗前，塞梅著花未。”显然是受了王绩此诗的影响。特别是前两句和最后一句，与王绩的《在京思故园见乡人问》意思几近相同，末句同样采用提问法。但是，王维的《杂诗》所表达的乡情寄托在“塞梅”之上，而王绩的这首诗寄托情感的意象却比较多。

王绩的思想虽然受老庄影响颇深，不少诗作都流露出对封建礼教的不满和渴望自由遗世的意思，这首诗亦有些许逃避的意思。然而，诗中的画面和真情却打动人心，充满了对人情事理的热爱和依恋，显然并非牢骚之作，实则读来娓娓动人、余韵不绝。

南中①咏雁诗

【唐】韦承庆

万里人南去，
三春②雁北飞。
不知何岁月③，
得与尔同归④？

注释

①南中：指岭南地区。
②三春：春季三个月，农历正月称孟春，二月称仲春，三月称季春。
③岁月：年月。泛指时间。
④尔：你，一作“汝”。同归：一同返回。

作者名片

韦承庆（639—705），字延休，唐代河内郡阳武县（今河南原阳）人，唐朝宰相，纳言韦思谦之子。性谨畏，事继母笃孝。第进士。累迁至凤阁舍人，在朝屡进谠言。转天官侍郎，凡三掌选，铨授平允。703年左右拜凤阁侍郎，同平章事。张易之诛，承庆以素附离，流岭表。岁余，以秘书员外少监召，兼修国史，封扶阳县子。迁黄门郎，未拜卒，谥曰温。承庆著有文集六十卷，《两唐书志》传于世。

译文

我被贬谪到万里之外、险恶湿热的南方，春暖花开之际，大雁正朝北飞去。

不知道要等到何年何月，我才能与你们一道回到北方？

赏析

因为徇私犯法，发配岭南，诗人心中的追悔、痛苦自不言而喻。加上本来他是颇受宠幸的，痛苦无疑更甚。所以，被贬途中，当他看到成群的大雁向北飞去，不禁睹物伤情、悲从中来。“万里人南去，三春雁北飞。”在这美好的春天，群雁北归，寻其自由安乐之所，而自己却要跨越千山万水，远赴万里之遥到那险恶湿热的南方瘴疠之地。其间旅途的坎坷、虫兽的侵袭、疾病的折磨，都要忍受。

末二句，“未知何岁月，得与尔同归。”紧扣归雁，进一层抒发内心的悲愤与痛悔。雁在北方安家落户，因此，古人称北飞的雁为归雁。隋代薛道衡《人日思归》“人归落雁后，思发在花前”两句写人见归雁而自然生归家之情。诗人此时身处南中，凝望那阵阵北归的群雁，也不禁动了归乡这个念头：不知什么时候，我才能和你们这些自由的大雁同返家园？古时北方人不适应南方的湿热气候，被贬谪南地的人往往凶多吉少，加之路途遥远艰辛，更是生死难料。

诗中作者把无情的大雁当作可以告语的知己，向它们倾诉自己的情怀，情真意切，出语自然。这里表现了一个“行迈靡靡，中心摇摇”的疲惫不堪的旅人，他踽踽独行，凝望那北归的群雁逐渐消失在远方，他的心也随之很沉很沉地堕了下去。值得庆幸的是，韦承庆不到一年便被召回，继续做官，兼修国史，颇受唐中宗称善，官至黄门侍郎而卒，可谓善终。大概从这次贬谪中，作者是吸取了某种人生的教训的，加强了个人品行的修养。宋之问有一首诗《题大庾岭北驿》，和这首诗比较相似，其前四句云："阳月南飞雁，传闻至此回。我行殊未已，何日复归来。"在人雁对比中，写思家之情。但宋之问终未能从贬所归来，唐玄宗时竟被赐死。大概因为宋之问的人品太差，先谄事张易之，后有依附武三思，在知贡举时，竟然收取贿赂，且不知悔悟，遂引起时人的公愤，连皇帝也讨厌他，于是把他赐死了事。反映在诗歌里，韦承庆的贬谪思归之苦，更能博得后人的同情。末二句自然、真挚，脱口而出，毫无矫揉装束之态，深得后世诗论家的好评。

这首诗，通篇用叙述的笔调，语言直白、通俗，如话家常。短短二十字中，运用对比手法，把作者那深切的贬谪之痛，完满地表现了出来，自具动人的力量。

九月九日登玄武山[①]

【唐】卢照邻

九月九日眺山川，
归心归望积风烟[②]。
他乡共酌金花酒[③]，
万里同悲鸿雁天[④]。

注释

①九月九日：即重阳节。玄武山：蜀地山名。
②积风烟：极言山川阻隔，风烟弥漫。
③金花酒：即菊花酒。菊花色黄，称黄花，又称金花。重阳节饮菊花酒，是传统习俗。
④鸿雁天：鸿雁飞翔的天空。

作者名片

卢照邻，初唐诗人。字升之，自号幽忧子，幽州范阳（治今河北省涿州市）人，其生卒年史无明载，卢照邻望族出身，曾为王府典签，又出任益州新都（今四川成都附近）尉，在文学上，他与王勃、杨炯、骆宾王以文词齐名，世称"王杨卢骆"，号为"初唐四杰"。有7卷本的《卢升之集》、明张燮辑注的《幽忧子集》存世。卢照邻尤工诗歌骈文，以歌行体为佳，不少佳句传颂不绝，如"得成比目何辞死，愿作鸳鸯不羡仙"等，更被后人誉为经典。

译文

九月九日眺望那故乡的山川，思乡归心飞越那层层山川与弥漫的风烟。

远在他乡和大伙喝着菊花酒，身与家乡相隔万里，伤心望着雁飞南天。

赏析

这首七言绝句写诗人在旅途中过重阳，登高远望所见所感，抒发浓浓的思归的情怀。

首句点明题旨：九月九日重阳节登高远望。九月九日重阳节，自古以来就有登高的习俗。游子在外，都难免思乡思归，登高远望时，当然会遥望故乡的山川。这一句非常确切地写出了游子此时此地的望乡动态。次句由动态转写心情，这种“归心归望”的情怀，不是直抒胸臆抒发出来，而是寄寓在“风烟”中，一个“积”字很有分量，道出了归心归望的程度。风烟有多浓多广，那么诗人的“归心归望”也就有多浓多广。这样表现了诗人的归思归望是浓浓的厚厚的。

最后两句写诗人远在他乡的高山上，和大家一起喝着节日的菊花酒，而这里与故乡身隔万里，只能伤心地望着鸿雁飞向南天。重阳登高喝菊花酒是习俗，饮酒是叙事，而游子此时思归，难免多饮几杯，借以消乡愁，这就是事中寓情；饮酒消乡愁，叙事中寄寓了乡愁之情。“鸿雁天”是写景，是鸿雁南飞之景，而诗人是范阳人，雁南飞而反衬人不能北归，这就是景中含情了。

杨慎举出此诗与王勃《蜀中九日》“九月九日望乡台，他席他乡送客杯。人今已厌南中苦，鸿雁那从北地来？”认为两诗雷同。实际上，王诗与此诗正好可以参读。王、卢的《九日》诗，虽然题材相同，构思相似，但是王诗的结句，问得痴情，问得无理而妙，表现诗人对南方生活的厌倦。而卢诗的结句，是以雁南飞反衬人不可北归的乡思。都是脍炙人口的名句，但艺术特色不同，非抄袭雷同可比。这两首诗，立意清新，情感真切，构思细密，结构完整，是唐人绝句中的名篇。所谓“王、扬、卢、骆当时体”也。其实卢照邻的诗，以“适意为宗”“不以繁辞为贵”，题材广泛，深情流丽，雄劲自然，富有奇崛的幻想色彩，无论是在“初唐四杰”中还是在整个唐初诗坛，都是十分突出的。

贼平①后送人北归

【唐】司空曙

世乱同南去，
时清②独北还。
他乡生白发，
旧国见青山③。
晓月过残垒④，
繁星宿故关。
寒禽与衰草，
处处伴愁颜。

注释

①贼平：指平定“安史之乱”。
②时清：指时局已安定。
③“旧国”句：意为你到故乡，所见者也惟有青山如故。旧国：指故乡。
④残垒：战争留下的军事壁垒。

作者名片

司空曙（生卒年不详），字文初（《唐才子传》作文明，此从《新唐书》），广平府（今河北省永年县。唐时广平府辖区为现在的广平县和永年县等。依《永年县志》记载，司空曙为今天的永年县）人，约唐代宗大历初前后在世。司空曙为人磊落有奇才，与李约为至交。他是大历十才子之一，同时期作家有卢纶、钱起、韩翃等。他的诗多幽凄情调，间写乱后的心情。诗中常有好句，如后世传诵的“乍见翻疑梦，相悲各问年”，像是不很着力，却是常人心中所有。

译文

战乱时我和你一同逃到南方，时局安定你却独自北归家园。

流落他乡头上已经生出白发，战后的家乡也只能见到青山。

晓行要经过许多残破的营垒，夜里只能披星露宿荒凉故关。

旷野里的飞禽与枯黄的野草，将处处伴随着你的悲苦愁颜。

赏析

这首诗写于平定“安史之乱”之后，意在伤己独留南方，不能与朋友同来同返，并抒发了对乱后形势的忧虑之情。

诗题为“贼平后送人北归”。“贼平”，指公元763年夏历正月，叛军首领史朝义率残部逃到范阳，走投无路，自缢身亡，“安史之乱”最终被朝廷平定。

“世乱同南去，时清独北还。”首联交代送人北归的原因，抒写自己不能还乡的痛苦，“世乱”之时，司空曙和友人一起逃到江南避难，如今天下已经太平，友人得以回去，自己仍滞留他乡，“独”字含义丰富，一指友人独自北还，一指自己独不得还，含有无限悲感。

“他乡生白发，旧国见青山。”上句“生白发”亦有双重涵义：一是形容乱离中家国之愁的深广，一是说时间的漫长，从战乱开始到结束，前后历时九年。“旧国”指故乡，“见青山”是说假如友人回到故乡，田园庐舍肯定是一片废墟，所见也唯有青山如故。从这句起，以下都是想象北归人途中的心情和所见的景物。律诗讲究“起承转合”，一般在第三联转折，此诗却在第二联完成“承”“转”，章法上别具一格。

“晓月过残垒，繁星宿故关。”颈联及尾联单从友人方面落笔。“晓月”句想象其早行情景，“繁星”句虚拟其晚宿情景。这一联点明“残垒”，即残破的壁垒，泛指战争遗留下来的痕迹。“故关”，为兵家必争之地，估计也残破不堪了。因而这一联着重写“贼平”后残破、荒凉之景，笔力所致，“描尽乱离之后荒乱风景”（王文濡《历代诗评注读本》）。

“寒禽与衰草，处处伴愁颜。”尾联继续虚写友人归途中所见所感。上句写景，“禽”和“草”本无知觉，而曰“寒禽”“衰草”，正写出诗人心中对乱世的感受。下句直接写“愁”，言愁无处不在，“愁”既指友人之愁，也兼含作者之愁，这里与一、二两联遥相呼应，针线细密，用笔娴熟。

这是一首酬赠诗，这类题材在“大历十才子”集中比比皆是，但多数思想平庸，艺术才力贫乏，缺少真情实感，这首诗却能独辟蹊径，通过送北归的感伤写出“旧国残垒”“寒禽衰草”的乱后荒败之景，由送别的感伤推及时代的感伤、民族的感伤。

与浩初上人同看山寄京华亲故①

【唐】柳宗元

海畔尖山似剑铓②，
秋来处处割愁肠。
若为化得身千亿，
散上峰头望故乡。

注释

①与：同。浩初：作者的朋友，潭州（今湖南长沙）人，龙安海禅师的弟子。时从临贺到柳州会见柳宗元。上人：对和尚的尊称。山：指柳州附近山峰。京华：京城长安。亲故：亲戚、故人。

②海畔：畔，边。柳州在南方，距海较近，故称海畔。剑铓（máng）：剑锋，剑的顶部尖锐部分。

作者名片

柳宗元（773—819），字子厚，唐代河东（今山西运城）人，杰出诗人、哲学家、儒学家乃至成就卓著的政治家，唐宋八大家之一。著名作品有《永州八记》等六百多篇文章，经后人辑为三十卷，名为《柳河东集》。因为他是河东人，人称柳河东，又因终于柳州刺史任上，又称柳柳州。柳宗元与韩愈同为中唐古文运动的领导人物，并称“韩柳”。在中国文化史上，其诗、文成就均极为杰出，可谓一时难分轩轾。

译文

海边的高耸突出的尖山好像利剑锋芒，到秋天处处割断人的愁肠。

假如能将此身化作万万千千身，定要散落到每个峰顶眺望故乡！

赏析

此诗表现了作者对故乡的深切思念之情，同时也表达了作者被贬谪的愤慨不平之意。前两句以剑喻山峰，谓其割人愁肠，“割”字照应上句“剑铓”的比喻，突出作者愁苦之深；后两句由峭拔似剑铓的群峰进一步产生出一个奇特的幻想，期望身化千亿，散上诸峰以望故乡。全诗因景生情、融情入景、想象奇特、比喻新颖，作者谪居的愁苦与望乡的悲哀在短短二十八字里表达得深挚感人，具有很强的艺术感染力。

诗的第一句是写登览所见的景色，广西独特的风光之一是奇特突兀的山峰。苏轼说：“仆自东武适文登，并行数日。道旁诸峰，真如剑铓。诵子厚诗，知海山多奇峰也。”（《东坡题跋·书柳子厚诗》）可见“海畔尖山似剑芒”，首先是写实，是贴切的形容。不仅仅是形容，同时又是引起下句奇特的联想的巧妙的设喻。剑芒似的尖山，这一惊心动魄的形象，对荒远之地的逐客，真有刺人心肠的感觉。

三、四句则由“尖山”进一步生出一个离奇的想象。前面已谈到，广西的山水别具风格，多山峰，山峰又多拔地而起，不相联属。韩愈诗云“山如碧玉簪”即由山形设喻。登高远望时，无数山峰就像无数巨大的石人，伫立凝望远方。由于主观感情的强烈作用，在诗人眼中，这每一个山峰都是他自己的化身。

此诗与《登柳州城楼寄漳汀封连四州》一样，都是寄怀之作，通过登临所见，触景伤情，抒发怀念友人和故乡之情，只是在表现形式和手法上有所不同。《登柳州城楼寄漳汀封连四州》是七律，诗中托景抒怀、曲折传情、意在言外。这首诗是七绝，诗中融情入景，用浅显的语言来描写内心中隐情，表现得鲜明突出。二诗异曲同工、各臻其妙。

这首诗中诗人跳动飞溅的情感波澜无法抑制，恰如“山洪陡发，瀑布奔流”，奔迸而出，因而产生了强烈的艺术感染力。

菩萨蛮·人人尽说江南好

【唐】韦庄

人人尽说江南好，游人只合江南老①。春水碧于天②，画船听雨眠。

垆边③人似月，皓腕凝霜雪④。未老莫还乡，还乡须断肠⑤。

注释

①游人只合江南老：这里指漂泊江南的人，即作者自谓。只合：只应。江南好：白居易《忆江南》词首句为“江南好”。

②碧于天：一片碧绿，胜过天色。

③垆边：指酒家。垆：旧时酒店用土砌成酒瓮卖酒的地方。《史记·司马相如列传》记载，司马相如妻卓文君长得很美，曾当垆卖酒：“买一酒舍沽就，而令文

君当垆。”

④皓腕凝霜雪：形容双臂洁白如雪。凝霜雪：像霜雪凝聚那样洁白。

⑤未老莫还乡，还乡须断肠：年尚未老，且在江南行乐。如还乡离开江南，当使人悲痛不已。须：必定，肯定。

译文

人人都说江南好，来到这儿的游人只想在江南慢慢变老。春天的江水清澈碧绿更胜天空的碧蓝，还可以在有彩绘的船上听着雨声入眠。

江南酒家卖酒的女子美丽无比，盛酒撩袖时露出的双臂洁白如雪。年华未衰之时不要回乡，回到家乡后必定要愁肠寸断。

赏析

这首诗是《菩萨蛮五首》中的第二首，对第一首的回应。难道主人公不愿意回到家中吗？可是自己求取功名不得，又怎能轻言回去呢？“人人尽说江南好。游人只合江南老。”写得多美！但这种美，不是靠意象的美来烘托，却是靠浓挚的情感，而且是经过理性的浸润后的浓挚的情感。江南之美，甲于天下，但寓居在此，逃避战乱的人，又怎么会有归属感？故这两句是沉郁的。“春水碧于天”是江南风景之美，江南水的碧绿，比天色的碧蓝更美。“画船听雨眠”是江南生活之美，在碧于天的江水上，卧在画船之中听那潇潇雨声，这种生活和中原的战乱比较起来，是何等的闲适自在。前二句的沉郁，与后二句的空灵，就形成了难以言喻的艺术张力。

过片暗用卓文君之典。汉时蜀人司马相如，与巨富卓王孙之女卓文君私奔，因卓王孙宣布与文君断绝关系，司马相如就令文君当垆，自己穿着短裤，在大街上洗涤酒器。所以“垆边人似月。皓腕凝霜雪”，垆就是酒垆，垆边人指的就是自己的妻子，也就是上一首中“绿窗人”。主人公何尝不思念这位面如皎月、肤色赛霜雪的妻子？

最后两句是抒情，抒发了想回故乡却又归不得的盘旋郁结的苦衷。

这抒情体现了花间词特点，虽直抒胸臆，却又婉转含蓄，饶有韵致。说“莫还乡”实则正由于想到了还乡，他没有用“不”字，用的是有叮嘱口吻的“莫”字，表现出了一种极深婉而沉痛的情意，你想还乡，而现在没有老，不能还乡，表现了对故乡欲归不得的盘旋郁结的苦衷。后面说“还乡须断肠”，这正是别人之所以敢跟你说“游人只合江南老”的理由，因为你回到那弥漫着战乱烽火的故乡，只会有断肠的悲哀。讲到这里再回头看“人人尽说江南好，游人只合江南老”，就会明白陈廷焯为什么赞美韦庄词“似直而纡，似达而郁”了。

这首词描写了江南水乡的风光美和人物美，既表现了诗人对江南水乡的依恋之情，也抒发了诗人漂泊难归的愁苦之感。

和晋陵[1]陆丞早春游望

【唐】杜审言

独有宦游人[2]，
偏惊物候[3]新。
云霞出海曙，
梅柳渡江春。
淑气[4]催黄鸟，
晴光转绿蘋[5]。
忽闻歌古调[6]，
归思欲沾巾[7]。

注释

①和：指用诗应答。晋陵：现江苏省常州市。
②宦游人：离家做官的人。
③物候：指自然界的气象和季节变化。
④淑气：和暖的天气。
⑤绿蘋（pin）：浮萍。
⑥古调：指陆丞写的诗，即题目中的《早春游望》。
⑦巾：一作“襟”。

作者名片

杜审言（645—708），字必简，襄州襄阳人，是大诗人杜甫的祖父。唐高宗咸亨进士，唐中宗时，因与张易之兄弟交往，被流放峰州（今越南越池东南）。曾任隰城尉、洛阳丞等小官，累官修文馆直学士，少与李峤、崔融、苏味道齐名，称“文章四友”，是唐代“近体诗”的奠基人之一，作品多朴素自然。其五言律诗，格律谨严。

译文

只有远离故里外出做官之人，特别敏感自然物候转化更新。
海上云霞灿烂旭日即将东升，江南梅红柳绿江北却才回春。
和暖的春风催促着黄莺歌唱，晴朗的阳光下浮萍绿色转深。
忽然听到你歌吟古朴的曲调，勾起归思情怀令人落泪沾襟。

赏析

这是一首和诗，作者是用原唱同题抒发自己宦游江南的感慨和归思。江南早春天气，和朋友一起游览风景，本是赏心乐事，但诗人却像王粲登楼那样，“虽信美而非吾土”，不如归去。所以这首和诗写得别有情致，惊新而不快、赏心而不乐，感受新鲜而思绪凄清，景色优美而情调淡然，甚至于伤感，有满腹牢骚在言外。

诗一开头就发感慨，说只有离别家乡、奔走仕途的游子，才会对异乡的节物气候感到新奇而大惊小怪。言外即谓，如果在家乡，或是当地人，则习见而不怪。

中间二联即写“惊新”。表面看，这两联写江南新春伊始至仲春二月的物候变化特点，表现出江南春光明媚、鸟语花香的水乡景色；实际上，诗人是从比较故乡中原物候来写异乡江南的新奇的，在江南仲春的新鲜风光里有着诗人怀念中原暮春的故土情意，句句惊新而处处怀乡。

“云霞”句是写新春伊始。在中原，新春伊始的物候是“东风解冻，蛰虫始振，鱼上冰”（《礼记·月令》），风已暖而水犹寒。而江南水乡近海，春风春水都暖，并且多云。所以诗人突出地写江南的新春是与太阳一起从东方的大海升临人间的，像曙光一样映照着满天云霞。

“梅柳”句是写初春正月的花木。同是梅花柳树，同属初春正月，在北方是雪里寻梅，遥看柳色，残冬未消；而江南已经梅花缤纷，柳叶翩翩，春意盎然，正如诗人在同年正月作的《大酺》中所形容的：“梅花落处疑残雪，柳叶开时任好风。”所以这句说梅柳渡过江来，江南就完全是花发木荣的春天了。

接着，写春鸟。“淑气”谓春天温暖气候。“黄鸟”即黄莺，又名仓庚。仲春二月“仓庚鸣”（《礼记·月令》），南北皆然，但江南的黄莺叫得更欢。西晋诗人陆机说：“蕙草饶淑气，时鸟多好音。”（《悲哉行》）“淑气催黄鸟”，便是化用陆诗，而以一个“催”字，突出了江南二月春鸟更其欢鸣的特点。

然后，写水草。“晴光”即谓春光。“绿苹”是浮萍。在中原，季春三月“萍始生”（《礼记·月令》）；在江南，梁代诗人江淹说：“江南二月春，东风转绿苹。”（《咏美人春游》）这句说“晴光转绿苹”，便是化用江诗，也就暗示出江南二月仲春的物候，恰同中原三月暮春，整整早了一个月。

总之，新因旧而见奇，景因情而方惊。惊新由于怀旧，思乡情切，更觉异乡新奇。这两联写眼中所见江南物候，也寓含着心中怀念中原故乡之情，与首联的矛盾心情正相一贯，同时也自然地转到末联。

“古调”是尊重陆丞原唱的用语。诗人用“忽闻”以示意外语气，巧妙地表现出陆丞的诗在无意中触到诗人心中思乡之痛，因而感伤流泪。反过来看，正因为诗人本来思乡情切，所以一经触发，便伤心流泪。这个结尾，既点明归思，又点出和意，结构谨严缜密。

前人欣赏这首诗，往往偏爱首、尾二联，而略过中间二联。其实，它的构思是完整而有独创的。起结固然别致，但是如果没有中间两联独特的情景描写，整首诗就不会如此丰满、贯通而别有情趣，也不切题意。从这个意义上说，这首诗的精彩处，恰在中间二联。

尾联点明思归和道出自己伤春的本意。诗采用拟人手法，写江南早春，历历如画，对仗工整，结构细密，字字锤炼。

这首诗造语警策。体例上韵脚分明，平仄和谐，对仗工整，已是成熟的律诗作品。结构上，首联一个意群，颔联颈联一个意群，尾联又一个意群，并且首尾呼应、中间展开。这种行文方式是初唐律诗乃至此后的唐律中常用的格式。因此，这首诗可谓初唐时期完成近体诗体式定格的奠基之作，具有开源辟流的意义。

解连环·孤雁

【宋】张炎

楚①江空晚。怅离群万里，恍然②惊散。自顾影③欲下寒塘④，正沙净草枯，水平天远。写不成书⑤，只寄得相思一点儿。料因循⑥误了，残毡拥雪，故人心眼。

谁怜旅愁荏苒。谩长门夜悄，锦筝弹怨。想伴侣犹宿芦花，也曾念春前，去程应转。暮雨相呼，怕蓦地玉关重见。未羞他双燕归来，画帘半卷。

注释

①楚：泛指南方。
②恍然：失意貌。
③自顾影：顾影自怜，对自己的孤单表示怜惜。
④下寒塘：崔涂《孤雁》诗："暮雨相呼失，寒塘欲下迟。"
⑤写不成书：雁飞行时行列整齐如字，孤雁而不成字，只像笔画中的"一点儿"，故云。这里还暗用了苏武雁足传书的故事。

⑥因循：迟延。

作者名片

张炎（1248—1320？），字叔夏，号玉田，晚年号乐笑翁。祖籍陕西凤翔。六世祖张俊，宋朝著名将领。父张枢，“西湖吟社”重要成员，妙解音律，与著名词人周密相交。张炎是勋贵之后，前半生居于临安，生活优裕，而宋亡以后则家道中落，晚年漂泊落拓。著有《山中白云词》，存词302首。张炎另一重要的贡献在于创作了中国最早的词论专著《词源》，总结整理了宋末雅词一派的主要艺术思想与成就，其中以“清空”“骚雅”为主要主张。

译文

在空阔的楚江夜晚，我的痛心突然被惊散，发现自己已脱离雁群万里之远。顾影自怜，想到飞下寒塘，只见地面一片草枯沙净，江水平阔伸向遥远天边。孤单影只的我无法排成字形，只能寄去相思情意的一点儿。还生怕这样徘徊迁延会耽误北地吞毡嚼雪的故人，传达他们眷念故园的心愿。

有谁会可怜我长途飞行的艰难？让我想起深夜孤居长门宫的皇后，锦筝弹着心中无限的幽怨。料想自己的伴侣还栖宿在芦花中，他们是否正惦念我在春前，会转程从旧路飞回北边。我仿佛听到他们在暮雨中声声呼唤，只怕在边塞突然相见。这样当双燕归来后栖息于画帘半卷的房檐，我也不会羞愧。

赏析

《解连环·孤雁》是宋亡后之作，是一篇著名的咏物词。它构思巧妙，体物较为细腻。在写其外相的同时，又寄寓了深微的含意。

这首词可以透视出张炎词深厚的艺术功力。作者揉咏雁、怀人、自怜而为一，抒发了他的家国之痛、漂泊之苦，凄婉动人。词咏孤雁，实则借孤雁寄托作者宋亡后的伤感，也反映了宋遗民普遍生活体验及感触，具有典型意义。

上阕前三句写孤雁失群；接着写失群后的孤独。

从对上阕简单的分析中可以看到，作者无论写景还是状物，都能“不滞留于物”（《词源·咏物》），特别是对孤雁外部形象的描写和琐屑事件的叙述，即使是最简单的交代都省略了，而是摄神遗貌，紧紧抓住最能表现孤雁内心情感的神态（如“欲下”），把笔触伸向孤雁的内心世界（如“怅、惊、料”），栩栩如生地刻画出孤雁孤寂索漠的内心世界，给人一种艺术上的去芜存精的澄净感，而作者的思想感情也在此得到了曲折委婉的表达，即所谓“调感怆于融会之中”。

下阕更以化实为虚的方式体现了张炎词的“清空”本色。叹息北去的南宋宫室艰难险恶的处境，而孤雁只能在夜雨中哀鸣，若是能在玉门关重新见到离失的伴侣，该是何等的惊喜！

由于作者在这首词里没有刻意于静态的摹写，而着重从孤雁内心情感的发展变化上——由“怅”而“怨”，由“怨”而“呼”而“怕”，写出了动感，因此，在意脉和情感节奏上，于自然流转之中包含着起伏跌宕，于空灵之中见出流动，从而给人以和谐的美的享受。

通观全篇，状物言情极尽精巧而不着雕饰痕迹，词人遣词炼意、体物抒情的精湛造诣淋漓尽现。全词多处用典，堪称咏雁佳句。陈廷焯在《白雨斋词话》中曰：“玉田《高阳台》，凄凉幽怨，郁之至，厚之至，与碧山如出一手，乐笑翁集中亦不多见。”张炎词善于咏物。从咏物词的整个方法、风格和寄意来说，这首咏孤雁的《解连环》更有代表性。词人刻画孤雁的形象妙肖传神，在咏物的方法上，紧扣一“孤”字展开描写，烘托渲染，以物喻人，将咏物与抒情合而为一，通过对孤雁的描绘，把家国之痛和身世之感尽蕴含在对孤雁这一形象的描绘中。

阮郎归·天边金掌①露成霜

【宋】晏几道

天边金掌露成霜。云随雁字②长。绿杯③红袖④趁重阳。人情似故乡。

兰佩紫⑤，菊簪黄⑥。殷勤⑦理⑧旧狂⑨。欲将沉醉换悲凉。清歌⑩莫断肠。

注释

①金掌：铜铸的仙人掌。
②雁字：大雁群飞时多排成一字或人字形状，故称雁字。
③绿杯：代指美酒。
④红袖：指歌舞女。
⑤兰佩紫：即佩紫兰，身佩紫茎秋兰。
⑥菊簪黄：即黄花，指头上插黄菊。
⑦殷勤：急。
⑧理：温习，重提。
⑨旧狂：昔日的疏狂。
⑩清歌：凄凉的歌。

译文

天边金铜仙人掌上的托盘里，露水已凝结成霜，雁行一去是那么遥远，唯见云阔天长。绿酒杯，红袖女，趁着重阳佳节，大家来乐一场；人情之温暖，倒有几分像在家乡。

我佩戴着紫茎的兰花，把几朵黄菊插在头上，竭力再做出从前那种狂放的模样。我想要用沉醉来换取悲凉，动人的歌声啊，千万别撩起我心中的哀伤！

赏析

本词写重阳佳节时诗人狂放状态，看似旷达，实则注入了人生失意之感。

起首两句以秋景写起，意象微妙，非寻常景语。点出地点是在京城汴梁，时序是在深秋，为下文的“趁重阳”作衬垫。汉武帝在长安建章宫前建神明台，上铸铜人，手托承露盘以储露水。承露金掌是帝王宫中的建筑物，词以“天边金掌”指宋代汴京景物。“露成霜”三字，取自《诗·秦风·蒹葭》“蒹葭苍苍，白露为霜”。总之，词作者有意不从眼前实景着笔，而是从悠远的历史记忆中，引出秋气萧瑟之意，从而使词一开始就有一种特定气氛。首句“天边”与次句秋云之景紧紧相关，而“金掌”之上寒露成霜又给人以冷凝之感。二句所写，更见想象之妙，情味之长。这是诗的语言，绝不能以常情常理去领会。大雁南飞，牵动绵绵思乡之情，“雁字长”乃心之长。这两句一出，已满纸悲凉。

三、四两句落到重阳，“绿杯红袖”写出了人情的丰厚，为“人情似故乡”作垫。姑趁重阳令节一作欢娱，满腔幽怨，无可奈何，一“趁”字尽之。将客居心情与思乡之情交织来写，吞吐往返，真挚深厚。一个“似”字，既赞美故乡人情之美，表达出思乡心切的情怀，同时又赞美了重阳友情之美。

过片出处紧承上意，上阕“绿杯红袖”指他人他物，而“兰佩紫，菊簪黄”则写到了自己。从《离骚》中的“纫秋兰以为佩”和杜牧“尘世难逢开口笑，菊花须插满头归”化出的“兰佩紫，菊簪黄”两句，不仅切中秋景重阳，也写出了人物之盛与服饰之美，渲染了宴饮的盛况。接下来“殷勤理旧狂”一句，写词人仕宦连蹇，陆沉下位，情绪低落，不得不委屈处世，难得放任心情，今日偶得自在，于是不妨再理旧狂，甚至“殷勤”而“理”。他“磊隗权奇，疏于顾及，文章翰墨，自立规摹”的性情，在重阳宴会友人的盛情中再次得以释放。

“欲将沉醉换悲凉”作“殷勤理旧狂”的注脚，极为中肯。但内心之悲凉，却非沉醉所能轻易“换”得。席间的“清歌”一举，不禁又有

“断肠”之感，只因已有聊作疏狂之意，便只得自宽自解。一个“莫”字，包含万般无奈而聊作旷达的苦楚——“清歌莫断肠”，这最末一句，又加深了一层感情的回环曲折，将前面所写之情意，推到一个更深广的心理世界中去，使此词竟体空灵，留下了不尽的余意。

秋　思

【宋】陆游

利欲驱①人万火牛，
江湖浪迹②一沙鸥。
日长似岁闲方觉，
事大如天醉亦休③。
砧杵敲残深巷月，
井梧④摇落故园秋。
欲舒老眼无高处，
安得元龙⑤百尺楼。

注释

①欲：欲望。驱：赶逐。
②浪迹：到处漫游，行踪不定。
③休：此处作“忘了”。
④井梧：水井边的梧桐树。
⑤元龙：陈元龙，即陈登，三国时人，素有扶世救民的志向。

译文

利欲驱使人东奔西走，如同万头火牛奔跑一样，倒不如做个江湖之人，像沙鸥鸟那样自由自在。

无所事事的时候感觉一日长似一年，即使是天大的事，喝醉了也就无事了。

在捣衣棒的敲击声中，深巷里的明月渐渐西沉，井边的梧桐树忽然摇晃叶落，方知故乡也是秋天了。

想极目远眺，苦于没有登高的地方，哪能像陈登站在百尺楼上，高论天下大事呢。

赏析

诗写秋日所感，表现了作者向往闲适而又不能闲居的心情。虽然诗人赞美沙鸥闲逸，但又说闲时度日如年；虽说事大如天，醉后亦休，但又闻砧杵声而生感，见梧桐叶落而念故园之秋。他要放眼远望，而又无楼可登。诗人之心何曾清闲得了？倒是种种矛盾想法在心中纠缠，使得他更加郁闷。

陆游绍兴中应礼部试第一，秦桧孙秦埙居其次，桧怒，他与主司都被黜。桧死，始任福州宁德薄，迁大理寺司直兼宗正簿。宋孝宗时赐进士出身后几经沉浮官至宝章阁待制致仕。晚年居家乡。

悲歌

【汉】佚名

悲歌可以当①泣，
远望可以当归。
思念故乡，
郁郁累累②。
欲归家无人，
欲渡河无船。
心思③不能言，
肠中车轮转④。

注释

①可以：这里是“聊以”的意思。当：代替，当作。
②郁郁累累：重重积累之貌，形容忧思很重。郁郁：愁闷的样子。累累：失意的样子。
③思：悲也。
④肠中车轮转：形容内心十分痛苦。司马迁《报任安书》：“肠一日而九回。”

译文

悲歌一曲代替思家的哭泣，登高眺望远方就当作返回了故乡。

茫茫的草木，重重的山冈遮住了远望的视线，思乡的忧愁盈满心怀。

想要回家，可家中已无亲人，想要渡河却无船可渡。

心里思乡的悲愁无处可说，只能憋闷在心中，就像车轮在肠子里转动一般，阵阵绞痛。

赏析

这是一首描写游子思乡的诗，控诉战争带来的徭役之苦。诗人用浑朴自然的语句，写出了游子思乡不得归的百转愁思。

“悲歌可以当泣”，诗一开头，劈头劈脑拦腰斩断许多内容，不难理解，这位悲歌者在此之前不知哭泣过多少回了，由于太伤心，以至最后以放声悲歌代替哭泣。接着写他这样悲哀的原因：“远望可以当归。”原来是一位游子，他远离故乡，无法还乡，只好以望乡来代替还乡了。不是真的“远望可以当归”，而只是聊以解忧，无可奈何罢了。这两句把许许多多人的生活体验作了典型的艺术概括，是最能引起读者共鸣的，所以成为千古名句。

“思念故乡，郁郁累累。”这是承接“远望”写远望所见，远望还是没有见到故乡。“郁郁”是写草木郁郁葱葱。“累累”是写山岗累累。“岭树重遮千里目”，茫茫的草木，重重的山冈遮住了望眼，难见故乡，不见亲人。

“欲归家无人，欲渡河无船。”这两句是写思乡而未还乡的原因。家里已经没有亲人了，已经无家可归了。即便是有家可归，也回不去，因为“欲渡河无船”。所谓“欲渡河无船”，不仅仅是指眼前无船可渡，而是说自己处处受阻，前途坎坷，走投无路的意思，是这位游子悲惨命运的形象写照。这正是他思乡、望乡的根本原因。这样写，就比《艳歌行》所表达的要沉痛得多了。

“心思不能言，肠中车轮转。”这两句写游子心中纷烦复杂、无限惆怅的思绪难以倾诉，就好像有车轮在肠中转动。末句用形象的比喻手法写出远在他乡的征夫的无限离愁，把感觉中的心理体验转化为视觉上的形象存在，比喻贴切恰当，不但“转”字关合得自然，同时能准确传神地传达出痛楚之感：愁绪随车轮转动而缓缓抽出，绵延不绝。

这首诗和《古歌·秋风萧萧愁杀人》在思想内容上相似。最后两句均是“心思不能言，肠中车轮转”。但《古歌》是触景生情，而这首诗，既不写景，也不叙事，它以真挚的感情痛苦的体验而动人心弦。可以说，抒情诗的意境，并不在于写景和叙事，只要感情真挚感人能引起共鸣，那么诗的意境就在不同的读者的脑海中幻化为丰富多彩的艺术形象了。

寒　食①

【唐】孟云卿

二月②江南花满枝，
他乡寒食远堪悲。
贫居往往无烟火，
不独明朝为子推。

注释

①寒食：《荆楚岁时记》：“去冬（至）节一百五日，即有疾风甚雨，谓之寒食，禁火三日。”后来即于清明前一日为寒食。

②二月：寒食在冬至后一百零五天，若冬至在十一月上旬，或是冬至到来年二月间有闰月，则寒食就在二月。

作者名片

孟云卿（725—781），字升之，山东平昌（今山东商河西北）人。天宝年间赴长安应试未第，30岁后始举进士。肃宗时为校书郎。存诗17首。其诗以朴实无华语言反映社会现实，为杜甫、元结所推重。孟云卿与杜甫友谊笃厚。乾元元年（758）夏，杜甫出任华州司公参军，行前夜饮话别，并以诗相赠，即

《酬孟云卿》。同年冬，他们在洛阳相遇，同到刘颢家中畅饮。杜甫又写了《冬末以事之东郊，城湖东遇孟云卿，复归刘颢宅宿，饮宴散因为醉歌》一诗，记叙此次邂逅彼此喜悲交集的情景，表达了诗友间的诚挚感情。

译文

二月的江南花开满枝头，在他乡过寒食节足够悲哀了。

贫困的生活平常也是不生火做饭的，不仅仅是明天才吃子推这样的冷食。

赏析

“二月江南花满枝，他乡寒食远堪悲。”这首小诗的前两句是说，二月的江南花开满枝头，在他乡过寒食节足够悲哀了。

由于江南气候温暖，二月已经花满枝头。诗的首句描写物候，兼点时令。一个“满”字传达出江南之春给人繁花竞丽的感觉。这样触景生情，颇觉自然。与这种良辰美景相匹配的应该是赏心乐事，第二句却出人意料的写出了“堪悲”。作者是关西人，远游江南，独在他乡，身为异客；寒食佳节，倍思亲人，不由悲从中来。加之，这里的“寒食”，还暗含少食、无食的意味，一语双关，因此他乡“寒食”也就更可悲了。

诗中常常以哀景写哀情，即陪衬的艺术手法。而此诗在写“他乡寒食远堪悲”前却描绘出“二月江南花满枝”的美丽景色，在悲苦的境遇中面对繁花似锦的景色，便丁常情不同，正是“花近高楼伤客心”，乐景只能倍增其哀。恰当运用反衬的艺术手法，表情也更有力量。

“贫居往往无烟火，不独明朝为子推。”贫困的生活平常也是不生火做饭的，不仅仅是明天才吃子推这样的冷食。

此诗借咏“寒食”写寒士的辛酸，却并不在“贫”字上大做文章。试看晚唐张友正《寒食日献郡守》：“入门堪笑复堪怜，三径苔荒一钓船。惭愧四邻教断火，不知厨里久无烟”，就其从寒食断火逗起贫居无烟、借题发挥而言，艺术构思显有因袭孟诗的痕迹。然而，它言贫之意太切，清点了一番家产不算，刚说“堪笑”“堪怜”，又道“惭愧”；说罢“断火”，又说“无烟”。不但词芜句累，且嫌做作，感人反不深。远不如孟云卿此诗，虽写一种悲痛的现实，语气却幽默诙谐。其三、四两句似乎是作者自嘲：世人都在为明朝寒食准备熄火，以纪念先贤；可像我这样清贫的寒士，天天过着“寒食”生涯，反倒不必格外费心呢。这种幽默诙谐，是一种苦笑，似轻描淡写，却涉笔成趣，传达出一种攫住人心的悲哀。这说明诗忌刻露过火，贵含蓄耐味。而此诗也正由于命意新颖，构思巧妙，特别是恰当运用反衬手法，亦谐亦庄，耐人咀嚼，才使它成为难以数计的寒食诗中不可多得的佳作。

与史郎中钦听黄鹤楼[1]上吹笛

【唐】李白

一为迁客去长沙，
西望长安不见家。
黄鹤楼中吹玉笛，
江城[2]五月落梅花[3]。

注释

①郎中：官名，为朝廷各部所属的高级部员。钦：当是史郎中名。一作“饮”。王琦《李太白全集》注本谓史钦，其生平不详。黄鹤楼：古迹在今湖北武汉，今已在其址重建。
②江城：指江夏（今湖北武昌），因在长江、汉水滨，故称江城。
③落梅花：即《梅花落》，古代笛曲名。

译文

被贬谪的人要远去长沙，日日西望长安方向也看不见家。

黄鹤楼上传来了一声声《梅花落》的笛声，在这五月的江城好似见到纷落的梅花。

赏析

本首诗是唐代诗人李白晚年的作品。此诗写作者游黄鹤楼时听笛的经历，抒发了诗人满腔的迁谪之感和去国之情。前两句写作者的生活遭遇和心绪，捕捉了“西望”的典型动作加以描写，传神地表达了怀念帝都之情和“望”而“不见”的愁苦；后两句点题，写在黄鹤楼上听吹笛，从笛声化出“江城五月落梅花”的苍凉景象，借景抒情，使前后情景相生，妙合无垠。

西汉的贾谊，因指责时政，受到权臣的谗毁，贬官长沙。而李白也因永王李璘事件受到牵连，被加之以“附逆”的罪名流放夜郎。所以诗人引贾谊为同调。“一为迁客去长沙”，就是用贾谊的不幸来比喻自身的遭遇，流露了无辜受害的愤懑，也含有他的自我辩白之意。但政治上的打击，并没有使诗人忘怀国事。在流放途中，他不禁“西望长安”，这里有对往事的回忆，有对国运的关切和对朝廷的眷恋。然而，长安万里迢迢，对迁谪之人来说十分遥远，充满了阻碍。望而不见，诗人不免感到惆怅。听到黄鹤楼上吹奏《梅花落》的笛声，他感到格外凄凉，仿佛五月的江城落满了梅花。

“黄鹤楼中吹玉笛，江城五月落梅花。”诗人巧借笛声来渲染愁情。江城五月，正当初夏，当然是没有梅花的，但由于《梅花落》笛曲吹得非常动听，使诗人仿佛看到了梅花满天飘落的景象。梅花是寒冬开放的，景象虽美，却不免给人以凛然生寒的感觉，这正是诗人冷落心情的写照。同时使诗人联想到邹衍下狱、六月飞霜的历史传说。由乐声联想到音乐形象的表现手法，就是诗论家所说的“通感”。诗人由笛声想到梅花，由听觉诉诸视觉，通感交织，描绘出与冷落的心境相吻合的苍凉景色，从而有力地烘托了去国怀乡的悲愁情绪。所以《唐诗直解》评此诗“无限羁情笛里吹来”，是很有见解的。清代的沈德潜说：“七言绝句以语近情遥、含吐不露为贵，只眼前景，口头语，而有弦外音，使人神远，太白有焉。”（《唐诗别裁》卷二十）这首七言绝句，正是以“语近情遥、含吐不露”见长，使读者从“吹玉笛”“落梅花”这些眼前景、口头语，听到了诗人的弦外之音。

本首诗也有其独特的艺术结构。诗写听笛之感，却并没按闻笛生情的顺序去写，而是先有情而后闻笛。前半捕捉了“西望”的典型动作加以描写，传神地表达了怀念帝都之情和“望”而“不见”的愁苦。后半部分才点出闻笛，从笛声化出“江城五月落梅花”的苍凉景象，借景抒情，使前后情景相生，妙合无垠。

涉江采芙蓉①

【汉】佚名

涉江采芙蓉，
兰泽②多芳草。
采之欲遗③谁？
所思在远道④。
还顾⑤望旧乡⑥，
长路漫浩浩⑦。
同心⑧而离居，
忧伤以终老⑨。

注释

①芙蓉：荷花的别名。
②兰泽：生有兰草的沼泽地。
③遗（wèi）：赠。
④远道：犹言“远方”。
⑤还顾：回顾，回头看。
⑥旧乡：故乡。
⑦漫浩浩：犹“漫漫浩浩”，形容路途的遥远无尽头。形容无边无际。
⑧同心：古代习用的成语，多用于男女之间的爱情或夫妇感情融洽，指感情深厚。
⑨终老：度过晚年直至去世。

译文

我踏过江水去采荷花，生有兰草的水泽中长满了香草。
采了荷花要送给谁呢？我想要送给远方的爱人。
回头看那一起生活过的故乡，长路漫漫，遥望无边无际。
两心相爱却要分隔两地不能在一起，愁苦忧伤以至终老异乡。

赏析

《涉江采芙蓉》是一首情诗。在古代封建社会里，生活是很简单的，最密切的人与人之间的关系是夫妻朋友关系，由于战争、徭役和仕宦，这种亲密关系往往长期被截断。更由于当时交通不便，书信无法往来，相隔两地音信全无，就成为许多人私生活中最伤心的事。因此中国古典诗词有很大一部分都是表达别离情绪的，就主题来说，这首诗是很典型的。

"涉江采芙蓉，兰泽多芳草。"芙蓉，荷花的别名。兰泽，生有兰草的沼泽。这两句是说，划船到江中去采集荷花，又来到沼泽地摘取芬芳的兰草。夏秋时节，江南水乡，日暖花香，荷花盛开，女主人公在江中泽畔采集了鲜艳的荷花，又摘取了芬芳的兰草。诗歌就这样在愉快欢乐的气氛中起笔，芙蓉、兰泽、芳草等语，将画面装饰得绚丽灿烂，让人顿感主人公形象雅洁，心情愉快美好。

"采之欲遗谁，所思在远道。"遗，赠送；远道，远方。这两句是说，采了花要送给谁呢？我朝思暮想的心上人远在天边。这两句自问自答，感情陡然一转，由欢乐转为悲哀，一腔热忱，遭到一盆冷水泼来，一霎时天地为之变色，草木为之含悲，心中无限的凄凉寂寞，伤心失望。这是一句深沉的疑问，一声无奈的叹息。

"还顾望旧乡，长路漫浩浩。"还顾，回顾，回转头看。漫浩浩，犹漫漫浩浩，形容路途遥远没有尽头。这两句是说，回头遥望我的故乡，长路漫漫看不到尽头。这两句承"远道""所思"而来，将读者的视线引向遥远的远方，读者似乎看到男主人公孤单、忧愁、怅惘地伫立在路边，徒劳地向故乡方向张望，他看到的道路漫漫浩浩，绵延不尽。故乡在哪儿？所思的人在哪儿？诗中的另一主人公，一个漂泊异乡的游子感情痛苦到极点。

"同心而离居，忧伤以终老。"同心，指夫妻。终老，终生。这两句是说，两个心心相印的人啊，永远异地相思，只有忧伤陪伴他们终老。这两句诗是写一对长久分别的有情人，从眼前想到此后的生涯，更深的担忧涌上心头。

此诗借助他乡游子和家乡思妇采集芙蓉来表达相互之间的思念之情，深刻地反映了游子思妇的现实生活与精神生活的痛苦。全诗运用借景抒情及白描手法，抒写漂泊异地失意者的离别相思之情，从游子和思妇两个角度交错叙写，表现游子思妇的强烈情感。运用悬想手法，在虚实结合中强化了夫妻之爱以及妻子对丈夫的深情。

夜　雨

【唐】白居易

我有所念人，
隔在远远乡①。
我有所感事，
结在深深肠。
乡远去不得，
无日不瞻望②。
肠深解不得，
无夕③不思量。
况此残灯夜④，
独宿在空堂⑤。
秋天殊未晓⑥，
风雨正苍苍⑦。
不学头陀⑧法，
前心安⑨可忘。

注释

①乡：家乡。
②瞻望：往远处或高处看，敬仰并寄以希望。
③夕：日落的时候，夕阳。无夕：日日夜夜。
④残灯：不好的事。夜：黑夜，代指前途的黑暗。
⑤空堂：空屋。
⑥晓：到来，来临。
⑦正：此时。苍苍：纷纷。
⑧头陀：苦行僧。
⑨安：怎么。

译文

我有深深思念着的人，却相隔很远在他乡。

我有所感怀的事情，但深深地埋在心底。

故乡遥远难以归去，我没有一天不遥望它。

心中忧愁苦闷却无处化解，日日夜夜未曾停止思念。

我的前途似乎也迷茫无望，只能独自宿在这空屋中。

秋天还没有来临，却已风雨纷纷。

不学学苦行僧的佛法，如何忘记曾经的过往！

赏析

首句开门见山，写出了所要记叙的事情，强烈的感情色彩也在无需意象的渲染的情况下，立刻展现在读者面前。四句话形式上两两相同，但情感上却是层层深入的，第一句提到了人的思念和远，都是平平的概述，点到为止，并没有提及是一个什么样的人、如何的思念她。第二句则重点写到了思念，写到思念的程度，也并没有深写。行文至此，全诗的中心已经点明框架，已经明晰，但还只是一幅。如果用画画作比的话，构图，或者说是工笔前的白描图，线条简洁而有力。第三句对第一句进行了扩充和延伸，远乡远的程度，对故乡，更准确地说是对故乡的生活、故乡的人的思念之深。第四句是对第二句进行了扩充和延伸。

一、三句是写实，故乡、人都是客观存在的。二、四句是写虚，回忆中的事和肝肠绞痛的感觉是诗人主观的感情。一实，一虚，把气氛渲染开来，行文至此，白描已经被染，出现了淡淡的色彩，阴阳、冷暖色初步分明。诗人付与“人”一个“隔”，付与“事”一个“结”字。“隔”“结”都是冰凉凉的字眼，给人一种一对火热的恋人被活生生分扯开来的感觉。诗人用两个冰冷的字形象地写出了自己火热的情感，而火热又败于冰冷，这时引出自己肝肠绞痛的感觉显得自然，又打动了读者。在这里，诗人又用了一个打动人的动词“瞻望”。乡远，瞻望却不可相望见，可是还要望，纵是眼望不见那心，也早已回到了那故乡的恋人身畔。

前四句是对一个长时间状态的描写，从“况此”一句开始，诗人就开始描绘一个夜雨的场景了。作者在描写夜雨场景的时候，却是惜字如金。他只用了两句话二十个字。这两句话不写思，不写念，不写人，不写事，只是用简洁的言语描绘了许多意象，灯、堂、天、风雨。

一个况字说明这四句所描写的这些是在前四句的前提上进一步增加的。所以，在情感上也是在前四句的思念上增加的。一个“况”字就替代了千言万语的心理描写。“夜”是时间，在“夜”之前诗人用了一个名词作形容词来形容“夜”，“残灯”。灯从晚上点，点到残，一定已是深夜。诗人夜不能寐，久久的思念着心中的恋人。残灯昏暗的光下，长长的灯芯使光闪烁着，诗人在这情景下万分伤心，不言自然显得寂静，寂静使屋子显得“空”，更寂寥。“空”不一定是真的缺少家具，而是因为缺少“人”。夜雨同话五更的人“空堂”不一定是堂“空”也写出诗人心中的怅然若失。

“秋天”“未晓”“风雨”更是融情于景。“苍苍”二字既是对风雨的描写，又是诗人此时的心境。这两句，不着一字思念，而又字字句句把诗人的思念之情着色，分染过的白描已经基本上上好了颜色。

最后一句话，可谓画龙点睛之笔，使用直抒胸臆的写法，将全诗推向高潮。想忘，又不能忘；想忘，又不敢忘。诗人一段刻骨铭心的爱情就在这无果的结局中谢幕，无数的思念，向何处倾诉。

整首诗贯穿着白居易的大、简、妙风格，虽是写爱情、写思念，但不像多数爱情诗一样婉约，它大气，又不失细腻，这不是刻意为之，而是一种情感之至、一种浑然天成。这首诗不是唐代所流行的工整的今体诗，它共有七句话，前四句大量的重复用字，也并不合乎诗歌的习惯。意象的描写被放在了叙事之后，全诗没有比喻、没有用典，也没有大量的兴、比之作，可以说是完全没有格律的羁绊，用最直白的语言，抒发了最真挚的情感。

齐天乐①·绿芜凋尽台城路

【宋】周邦彦

绿芜②凋尽台城③路，殊乡④又逢秋晚⑤。暮雨⑥生寒，鸣蛩劝织，深阁时闻裁剪。云窗静掩。叹重拂罗裀，顿疏花簟。尚有綀囊，露萤清夜照书卷。

荆江留滞最久，故人相望处，离思何限。渭水西风，长安乱叶，空忆诗情宛转，凭高眺远。正玉液新篘，蟹螯初荐。醉倒山翁，但愁斜照敛。

注释

①齐天乐，词牌名。又名“台城路”“五福降中天”“如此江山”。《清真集》《白石道人歌曲》《梦窗词集》并入“正宫”（即“黄钟宫”）。兹以姜词为准，一百二字，前后片各六仄韵。前片第七句、后片第八句第一字是领格，例用去声。亦有前后片首句有不用韵者。

②绿芜（lǜ wú）：长得多而乱的杂草。白居易《东南型一百韵》诗：“孤城覆绿芜。”

③台城：旧城名。本三国吴后苑城，晋成帝释改建为建康宫，为东晋和南朝的官省所在，所谓禁城，亦称台城。故址在进南京玄武湖侧。宋洪迈《容斋随笔·续笔五》：“晋、宋健谓朝廷禁近为台，故称禁城为台城。”此处用以代指金陵古城（即今南京市）。

④殊（shū）乡：异乡，他乡。

⑤秋晚：深秋。

⑥暮雨：傍晚的雨。

作者名片

周邦彦（1056—1121），中国北宋末期著名的词人，字美成，号清真居士，钱塘（今浙江杭州）人。历官太学正、庐州教授、知溧水县等。徽宗时为徽猷阁待制，提举大晟府。精通音律，曾创作不少新词调。作品多写闺情、羁旅，也有咏物之作。格律谨严。语言典丽精雅。长调尤善铺叙。为后来格律派词人所宗。旧时词论称他为“词家之冠”。有《清真集》传世。

译文

秋景萧条，杂草凋敝穷竭铺满了台城的道路，客子身处异乡又正逢晚秋心中悲中逢悲，更添伤感。傍晚的雨生起寒意，蟋蟀的鸣声似劝人机织，间歇听闻到闺房中的女子正在赶制寒衣之声。暑去凉来，撤去花簟，铺上罗裀，织有花纹图案的竹凉席。纵然夏日所用已收藏、疏远，但还留得当时清夜聚萤照我读书之布囊。

我在荆江停留的时间最久，老友相望，离别后的思绪无限，无边怀念汴京之故人，情绪、兴致辗转周折，登临高处，唯有求得一醉，借酒消愁。训漉酒竹器，把蟹端上筵席来下酒。忽见夕阳西沉，纵然酩酊大醉，但仍无计躲避忧愁。

赏析

“绿芜凋尽台城路，殊乡又逢秋晚。”在眼前展现一片秋景萧条，客子秋心寥落。台城在金陵，金陵乃六朝旧都，自隋唐以来，文人至此者，每易引起盛衰兴废之感。如唐末诗人韦庄就感到“六朝如梦”（《台城》）。而现在的台城更是草黄叶枯，“草木摇落而变衰。”（宋玉《九辩》）更使人有满目萧然之感。“又”字起递进连接作用。殊乡作客，已经够使人惆怅了，更何况又遇上晚秋时节，“众芳芜秽”，殊乡客子更难以禁受了。词意递进一层。起首造境便为全篇意蕴定下基调。

“叹重拂罗裀，顿疏花簟。”词中天气正是“已凉天气未寒时”。（韩偓《已凉》）撤去竹席，换上垫褥是必然的，而且年年如此。“叹”，就是词人惊秋心情的流露，感慨时光流逝，节候变迁，所以撤去“花簟”用“顿疏”，换上“罗裀”用“重拂”，都透露了词人对光阴迅速的敏感，对自己老大无成的叹息，用词十分精细。

“尚有練囊，露萤清夜照书卷。”虽然时已晚秋，夏天的生活用品用不上了，但練囊却还留着，露萤照我读书。这里用车胤囊萤典故。说的是他虽有他乡作客、宦海浮沉之叹，但他志在诗书，不汲汲于富贵，不想“伺候于公卿之门，奔走于形势之途”（韩愈《送李愿归盘谷序》），修身洁行，志趣高尚，书生本色，不负初衷。此乃借古人之高境界以表示自己的高境界。这上片歇拍两句没有将惊秋发展为悲秋，而是宕开一笔，使词意转向高雅旷达，这是一个关键处。

下片转到对故人和往事的追忆。“荆江留滞最久”，周邦彦于哲宗元祐二年（1087）出任庐州（合肥）教授至调任溧水之前约有七八年时间，他曾留滞荆州。据王国维推断，他在荆江“亦当任教授等职”（《清真先生遗事》），年方三十多岁，他这时在金陵，怀念荆江故旧，但却从对方怀念自己着笔。如果只写自己怀念荆江故旧，则荆江故旧是否怀念词人不得而知。而推想荆江故旧怀念自己，则自己对荆江故旧的怀念便可不言而喻了。言简而意明，笔法巧妙。

“渭水西风，长安叶乱，空忆诗情宛转。”这是化用贾岛诗“秋风吹渭水，落叶满长安”（《忆江上吴处士》）。此时，词人想到汴京也正当西风落叶的晚秋，追忆从前这时候二三好友，风华正茂，以文会友，吟诗唱和，诗情宛转，其乐何极，至今回首，乃如电光火石，幻梦浮云，徒增感慨。“凭高眺远”一句从词意看本应放在“渭水西风”之前。“渭水西风”三句正是凭高眺远所见到的想象中景象。而就格律看，只能置于此处，作为补笔，收束上文，以舒积愫。可是关山迢递，可望而不可即，情怀郁郁，唯有借酒消愁，举杯一醉。

“正玉液新篘，蟹螯初荐。”这是一种不为世用，放荡不羁的行为，词人的意思是说，他也要像毕茂世那样，一手持海螯，一手持酒杯，直到醉倒山翁。

“醉倒山翁”中，周邦彦以山简自喻，也可看出他当时心态。“但愁斜照敛”，忽作转折，似与上文不相连贯，实则一意承转，他正欲饮玉液，持蟹螯，如山翁之醉倒以求解脱愁思，然而不行，当淡淡的落日余晖洒在“绿芜凋尽”的台城道上时，一片衰草斜阳，暮秋古道的苍茫景色，摇撼着他的心弦。这首词中词人将迟暮之悲、羁旅之愁与故人之情融成一片。其可贵处，其实在于这珍惜寸阴之意味。乃清真词中高格调之作。

春晴怀故园海棠二首

【宋】杨万里

一

故园今日海棠①开，
梦入江西锦绣②堆。
万物皆春人独老，
一年过社燕③方回。
似青似白天浓淡，
欲堕还飞絮往来。
无那④风光餐不得，
遣诗招入翠琼⑤杯。

二

竹边台榭水边亭，
不要人随只独行。

注释

①故园：故乡。海棠：落叶乔木。春季开花，花未开放时深红色，开后淡红色。
②锦绣：精美鲜艳的丝织品，比喻美丽或美好。
③社燕：燕子春社时来，秋社时去。故有“社燕”之称。
④无那：无奈，无可奈何。
⑤翠琼：绿色的美玉。

乍暖柳条无气力，
淡晴花影不分明。
一番过雨来幽径，
无数新禽有喜声。
只欠翠纱红映肉[6]，
两年寒食负先生。

⑥翠纱红映肉：语出苏轼诗《寓居定惠院之东杂花满山有海棠一株土人不知贵也》：“朱唇得酒晕生脸，翠袖卷纱红映肉。”形容海棠的淡红浅晕。

作者名片

杨万里（1127—1206），字廷秀，号诚斋。吉州吉水（今江西省吉水县黄桥镇湴塘村）人。南宋著名诗人、大臣，与陆游、尤袤、范成大并称为“中兴四大诗人”。因宋光宗曾为其亲书“诚斋”二字，故学者称其为“诚斋先生”。杨万里一生作诗两万多首，传世作品有四千二百首，被誉为一代诗宗。他创造了语言浅近明白、清新自然，富有幽默情趣的“诚斋体”。杨万里的诗歌大多描写自然景物，且以此见长。他也有不少篇章反映民间疾苦、抒发爱国感情的作品。

译文

一

今天天气晴朗，春风和暖，正是家乡海棠开花的时候；我在梦中回到江西吉州吉水老家，看到了海棠一朵一朵都开了，这繁花就像美丽的锦绣堆起来似的。

此时虽大地回春，万物欣欣向荣，但人却老了；每年过了秋社，燕子才飞回来。

春天像青又像白、不浓又不淡的天色，正是初晴景象；就在这春空里，柳絮将飞又落下。

无奈这美好的春日风光吃不得，那么就让诗歌把它招引到翡翠琼瑶做的酒杯中来吧。

二

这里竹边有台榭，水边有亭子，风景秀美，环境清幽，不需要随从，独自一人在这里漫步就很好。

春天初暖，柳叶吐芽，迎风起舞，妩媚多娇；盛开的花朵在阳光照映下倩影婆娑、朦胧惝恍。

经过一番雨水冲刷的园林，道路更洁净，显得更幽深；那刚飞出窝的小鸟更显得欢快，鸟啼声此起彼伏、悦耳娱心。

这里的风景固然美丽，可惜少了丰满美丽的海棠花；那故乡的海棠花已经辜负了两个寒食没见到了。

赏析

第一首诗开头点题，写春晴怀念故园（家乡）的海棠。俗话说，“日有所思，夜有所梦”。想海棠，真的梦见家乡繁花似锦的海棠。当然，也不一定真的做了这种好梦，诗人有时喜欢假托梦境来表现极端想念。也就是借“有所梦”，来表现“有所思”。如果以为诗中写梦，都是真的做梦，那就被诗人瞒过了。写梦只是一种手段，目的在于表达思念之情。

颔联、颈联写梦醒之后，眼前所见之景。第三句，“万物皆春”明点“春”字。作者从春日海棠开花，想到万物回春，又联想到自己将要老了。

第三联出句写空中浮云，时多时少，故天色像青像白、或浓或淡，正是初晴景象。对句以直白之语，将柳絮将飞又堕的神态写出来。这柳絮像是要掉下来，却又飞上去，上上下下，来来往往，飘个不停。这一联也是形容“万物皆春”，使人感到天空也是春，柳絮也是春。最后一联说，无奈（无那）这美好的春日风光吃不得，那么就让诗歌（遣诗）把它招引到翡翠琼瑶（美玉）做的酒杯中来吧。

第二首诗首联拈出一个“行”字，为全诗之眼。上一首，作者是站在一个固定的位置上，观察四周的景色。在这一首中，作者已由静观转入游赏，以下数句，都是游览所得，故其描写，更富有变化。“行”前加一“独”字，就突出了作者此时孤寂、无聊之情。中间两联，俱写眼前之景致，绘形、绘声、绘色，动静结合。眼前景色，固然很美丽，但诗人总觉得少了些什么，因此尾联提出“只欠”二字。因为作者宦游他乡，已两年不见海棠，对景生情，顿生感慨。结句言自己辜负了两个春天。诗中所写春天景象非不美好，而作者却有枉抛光阴之叹，可见眼前景色，徒增烦恼。

第一首以海棠起，第二首以海棠收，结构严谨，对仗工整，语言明白自然，若信口而出，其实用字精准，化用前人诗句也浑然无迹，体现出深厚的诗学功底，从中也可看出杨万里对江西诗派并非全然抛却，而是有所继承。

馀干①旅舍

【唐】刘长卿

摇落暮天迥②，
青枫霜叶③稀。
孤城向水④闭，
独鸟背人飞⑤。

注释

①馀（yú）干：唐代饶州馀干，即今江西省余干县。馀：即余。
②摇落：指草木凋落。迥（jiǒng）：高远的样子。
③青枫：苍翠的枫树。一作“丹枫”。霜叶：指经霜变红的枫叶。
④向水：临水。
⑤背人飞：离人而去（飞）。

渡口月初上，
邻家渔[6]未归。
乡心正欲绝[7]，
何处捣寒衣[8]。

⑥渔：渔船。
⑦绝：愁绝，极度忧愁。
⑧捣寒衣：指旧时缝制寒衣，用捶棒捣平皱折时传出的砧声。

译文

草木摇落暮色中天空显得高远，青枫树上经霜的叶子零落疏稀。
孤城面对着河水城门已经关闭，单单一只鸟儿离人向远方飞。
水边的渡口一轮新月刚刚升起，邻家的渔夫外出打鱼还未回归。
思乡的心情已经令人肝肠寸断，什么地方砧声错落正在捣寒衣。

赏析

此诗首联写诗人独自在旅舍门外伫立凝望。刘长卿喜欢用“摇落”这个词入诗，与《楚辞·九辩》中的名句“悲哉秋之为气也，萧瑟兮草木摇落而变衰”意境相似，描绘出一幅西风落叶图。由于草木摇落，整个世界显得清旷疏朗起来。淡淡的暮色，铺展得那样悠远，一直漫到了天的尽头。原先那一片茂密的青枫，也早过了“霜叶红于二月花”的佳境，眼前连霜叶都变得稀稀落落，眼看就要凋尽了。

颔联写暮色渐深，这冷落的氛围给诗人带来孤苦的感受：秋空寥廓，草木萧瑟，白水呜咽。诗人独立旅社中远望冥思，希望能有所慰藉，可是，“闭”字冷酷地将诗人的希望浇灭。余干城门也关闭起来了，连城也显得孤孤单单的。而一只鸟儿飞翔，也给空寂的环境带来一丝生机，但是，独鸟也不愿久留，背人远去，那况味是难堪的。“背”字表现了诗人内心的落寂和萧条。“独鸟背人飞”，含蕴着宦途坎坷的深沉感慨。此联句头为一“孤”一“独”，暗示了诗人孤苦背时，宦途坎坷的凄凉境遇。

颈联写随着时间推移，夜幕降临，一轮新月正在那水边的渡口冉冉上升。往日此时，邻家的渔船早已傍岸，可今晚，渡口却是这样寂静，连渔船的影子都没有。这么晚了，本该回家的邻家渔夫，今夜还没有归来。诗人心思细腻，不禁对邻家渔夫担忧起来。诗人的体察是细微的，由渡口的新月，念及邻家的渔船未归，从渔家未归，当然又会触动自己的离思，在外漂泊的酸楚。诗人又想到自己不知道什么时候才能到家，家人肯定也是盼着自己回去。家人此刻或许也在登楼望远，“天际识归舟”。

诗写到这里，乡情旅思已经写足。尾联翻出新境，把诗情又推进一层。诗人凭眺已久，此时此刻，诗人内心深深的思乡之情绵绵不断地涌上心头，乡情愁思正不断侵袭着他的心灵，悲从中来。就在诗人“乡心欲绝”时，不知从哪里又传来一阵捣衣的砧声，谁家少妇正在闺中为远方的亲人赶制寒衣。在阒寂的夜空中，那砧声显得分外清亮，不断的砧声让诗人已经欲绝的心情更加痛苦，一声声简直把诗人的心都快捣碎了。这一画外音的巧妙运用，更加真切感人地抒写出诗人满怀的悲愁痛苦。家中亲人不知此时又在做什么，兴念及此，不能不回肠荡气，五脏欲摧。诗虽然结束了，但凄清的乡思，缠绵的苦情，却还像无处不在的月光，拂之不去，剪之不断，久久萦绕，困扰着诗人不平静的心，言有尽而意无穷。

客发苕溪

【清】叶燮

客心①如水水如愁，

容易归帆趁疾流。

忽讶②船窗送吴语，

故山月已挂船头。

注释

①客心：游子之思。

②忽讶：忽然惊讶。

作者名片

叶燮（1627—1702），江苏吴江人，浙江嘉兴籍，字星期，号已畦。叶绍袁子。康熙九年进士。任江苏宝应知县。十四年，以三藩乱时役重民饥，与巡抚慕天颜不合，被劾罢官。居吴县横山，常出游览四方名胜。精研诗学理论，所作以险怪为工。有《原诗》《已畦诗文集》。又摘汪琬文章缺点，著《汪文摘谬》。

译文

游子的归乡之愁好似流水绵绵不尽，河水迅疾让归州船帆行驶更加容易。

忽然惊讶地听到船窗外传来吴地的语调，故乡的月亮已经照在船头。

赏析

《客发苕溪》描写了归舟的迅疾，表现了作者在久居他乡之后，马上归家的喜悦心情。

诗的开头两句描作者归家时的心情。首句写久在他乡，人心思归，思乡的愁绪像流水一样绵绵不尽；次句则写舟行之急与作者之归心似箭。由于作者沉浸喜悦之中，无暇顾及船外景色的变化。诗的后两句写猛然间听到外面有说家乡话的声音，伸头一看，才发现那挂在船头的已经是故乡的明月了。用“忽讶”二字，不仅显示出了船行迅速，更重要的是表达出了作者得以归家的愉快心情。在中国古代众多描写思乡之情和归家时喜悦的诗篇中，这首七言绝句却写得格外轻灵活泼，别有情趣。作者将自己亲身的感受，用凝练的诗的语言，淋漓尽致地表现了出来。

夜宿田家

【宋】戴复古

簦笠①相随走路岐，
一春不换旧征衣。
雨行山崦②黄泥坂③，
夜扣田家白板扉。
身在乱蛙声里睡，
心从化蝶梦④中归。
乡书十寄九不达，
天北天南雁自飞。

注释

①簦（dēng）笠：古代的一种有柄的笠。
②山崦（yān）：山坳，山曲。
③坂（bǎn）：斜坡。
④化蝶梦：《庄子·齐物论》中庄子曾梦化蝴蝶。李商隐《锦瑟》有"庄生晓梦迷蝴蝶"。

作者名片

戴复古（1167—约1248），字式之，常居南塘石屏山，故自号石屏、石屏樵隐，天台黄岩（今属浙江台州）人，南宋著名江湖诗派诗人。曾从陆游学诗，作品受晚唐诗风影响，兼具江西诗派风格。部分作品抒发爱国思想，反映人民疾苦，具有现实意义。晚年总结诗歌创作经验，以诗体写成《论诗十绝》。一生不仕，浪游江湖，后归家隐居，卒年八十余。著有《石屏诗集》《石屏词》《石屏新语》。

译文

只有斗笠跟着我彷徨在歧路上，一个春季了竟还穿着过冬的衣服。

细雨中艰难地行走在山坳的黄泥坡道上，天黑了才去敲农家的白木板门。

夜里尽管蛙声聒噪，还是入梦化为蝴蝶回到了思念中的故乡。

可叹写了那么多家信十寄九不达，天上的大雁不给传书而南北竟自飞。

赏析

“簦笠相随走路岐，一春不换旧征衣。”诗的首联总写漂泊江湖之苦。“簦笠”（雨伞和草鞋）、“征衣”这些意象本身就与羁旅生活有密切关系，积淀了与离情羁思有关的感情内容，因而诗人选取这两种意象，就给了读者以离情羁思的暗示。仅此开头两句，就把羁旅之苦写尽，天涯游子四处奔波、百无聊赖的心态亦在不言之中。

“雨行山崦黄泥坂，夜扣田家白板扉。”颔联入题，具体写日行夜宿的羁旅生活的情状。出句写雨中跋涉，写路途之艰辛。大雨滂沱中在“山崦”上攀登，已不堪其苦，再加上行走于“黄泥坂”上，其困顿艰辛更可想见。对句写夜宿田家，写住宿之简陋。“白板扉”可以想到田家之贫，而住宿其家的游子之苦也就不言而喻了。

“身在乱蛙声里睡，心从化蝶梦中归。”颈联承颔联，写诗人夜宿田家的情景。“乱蛙声”三字写出了乡村之夜所特有的音响。本来，夜幕降临后，一切都归于沉寂，只有和煦的清风送来远处的蛙鸣。躺在床上，听听这青蛙的合唱，本来应有几分惬意，然而在雨中跋涉了一天的诗人，哪里还有这种雅兴，“蛙声”而日“乱”，则是诗人移情于物，辞因情发。而在“乱蛙声”中竟能慢慢入睡，这又从另一个侧面写出了奔波一天之劳累。由于饱尝羁旅之苦，自然想家，因而下句则写梦中回乡。连做梦都想着回家，其乡情之浓可以想见。

然而，人只有在梦中才能“归”，其心情之痛苦又可想而知。《庄子·齐物论》：“昔者庄周梦为蝴蝶，栩栩然蝴蝶也。”这里化用庄周化蝶的典故，抒写了自身的迷茫怅惘之感。“身”与“心”相对，有身在江湖，心存家园之意，由此可以体会到诗人长年客居在外自有不得已的原因。诗人由于功名上不得意，只得流转江湖，靠献诗卖艺来维持生活，有家难归，只是在这里不愿写明罢了。

尾联在前几联所叙写的基础上推进一层，抒写乡愁。诗人四处漂泊，既是思归不得，退而求其次，就盼望着得到一纸家书，可惜，就连这一点聊胜于无的安慰也得不到。由于流落江湖，行踪不定，结果是“乡书十寄九不达”。这一不愿接受而又不得不接受的事实，对这位长年客居在外、思家心切的诗人来说，内心的痛苦是难以用语言形容的。鸿雁在古代是书信的象征，远离家乡自然想到托雁传书，因而目睹空中飞雁，乡情自然也就更浓。“天南天北雁自飞”一句，是景语，也是情语。思乡之情是无形的、抽象的，雁则是有形的实物，把抽象感情与具体形象结合起来，这就使无形的乡情仿佛可触可见了，从而收到生动的艺术效果。作者身当此境，目睹征鸿，心已随之远去，但恨身无双翼，依然羁留他乡，则有人不如雁之感。雁天北天南自由翱翔，带来了无边愁思，却偏偏无情，不能带来乡书，只是徒增一番愁苦。

至后

【唐】杜甫

冬至至后日初长①，
远在剑南②思洛阳。
青袍白马③有何意，

注释

①日初长：指冬至之后，白天逐渐由短变长。

②剑南：这里指蜀地。因在剑门关以南，故称。

③青袍白马：此和《洗兵行》中所用不是一个意思。这里指的是幕府生活。

金谷铜驼非故乡④。
梅花欲开不自觉，
棣萼⑤一别永相望。
愁极⑥本凭诗遣兴，
诗成吟咏转凄凉。

④金谷、铜驼：金谷园、铜驼陌，皆洛阳胜地。非故乡：金谷铜驼，洛阳皆遭乱矣，物是人非。
⑤棣萼：《诗》："棠棣之华，萼不韡韡。"棣萼以比喻兄弟。
⑥愁极：意为愁苦极时本欲借诗遣怀，但诗成而吟咏反觉更添凄凉。

译文

冬至之后，白天渐长而黑夜渐短。我在远远的成都思念洛阳。

我在严武的幕府中志不自展，成都虽也有如金谷、铜驼一类的胜地，但毕竟不是故乡金谷铜驼。

梅花正含苞欲放，我不自觉地想起我洛阳的兄弟朋友。

愁闷极了，本想写诗来排愁，没想到越写越凄凉了。

赏析

"冬至至后日初长，远在剑南思洛阳。"第一句准确地写出了冬至的特点：一年中日最短、影最长的日子，冬至之后，日渐长而影渐短。诗人杜甫写此诗时，正在成都（剑南），在朋友严武那里做幕僚，而且与严武发生了一些不愉快，心情十分低落，所以就思念起了洛阳。杜甫的青少年时期是在洛阳度过的，而且他与李白当年也正是在洛阳相识的。

"青袍白马有何意，金谷铜驼非故乡。"青袍白马，指的是自己当前的处境，指闲官卑位，这里作借代用，也可指处于闲官卑官中的自己。随即他又说，故乡洛阳已经物是人非。当时安史之乱，洛阳已经沦陷。这里的金谷，指的是金谷园，西晋石崇的花园，在洛阳西北，这是古代诗歌中经常出现的一处名园。铜驼，指的是铜驼街，铜驼路是西晋都城洛阳皇宫前一条繁华的街道，以宫前立有铜驼而得名。故人们常以金谷、铜驼代表洛阳的名胜古迹，或者指代洛阳。但洛阳城里的“金谷铜驼”并非故乡的典型特征。诗中的“金谷”与“铜驼”，已十分清楚地告知我们，杜甫在剑南所思念的洛阳，是可肯定为其故乡的。而诗中的“非故乡”，并不是指洛阳不是杜甫的故乡，而是说：但洛阳的金谷园、铜驼等胜地的风景，因遭受了安史之乱而使其非昔日可比了。正如《杜诗详注》云：“金谷铜驼，洛阳遭乱矣。”

“梅花欲开不自觉，棣萼一别永相望。愁极本凭诗遣兴，诗成吟咏转凄凉。”《诗经·小雅·常棣》：“常棣之华，鄂不韡韡。凡今之人，莫如兄弟。”诗以开花繁盛紧密的棠棣起兴，讲对兄弟的思念。所以棣萼指的就是兄弟，所以表面上作者是在讲两种花，指堂棣之华早就开谢了，自己还在想着它，而梅花正含苞欲放。而实际上，作者前一句是起兴，讲的是眼前的景：梅花欲开。后一句讲的是由此景而联想的情绪：对远在洛阳的兄弟朋友的思念。洛阳遭受战乱，那里有知我怜我的兄弟，所以我特别地想念它。（棠棣，有人以为就是郁李，以上为郁李花。）诗人说，愁闷极了，本想写首诗来排遣这愁闷，没料到诗写成后自己吟咏起来，反而更觉得凄凉与寂寞了。

谪岭南①道中作

【唐】李德裕

岭水争②分路转迷，
桄榔椰叶暗蛮溪③。
愁冲毒雾④逢蛇草，
畏落沙虫⑤避燕泥。

注释

①岭南：指五岭以南的地区。
②岭水争：指五岭一带山势高峻、水流湍急，支流岔路很多。
③桄榔：一种常绿乔木，叶为羽状复叶。蛮溪：泛指岭南的溪流。
④毒雾：大概是瘴气。
⑤沙虫：古人传说南方有一种叫沙虱的虫，能使人中毒死亡。

五月畬田收火米[6]，
三更津吏报潮鸡[7]。
不堪肠断思乡处，
红槿[8]花中越鸟啼。

⑥畬田：用火烧掉田地里的草木，然后耕田种植。火米：指赤谷米。
⑦津吏：管理摆渡的人。潮鸡：《舆地志》说“移风县有鸡……每潮至则鸣”
⑧红槿：落叶小灌木，花有红、白、紫等颜色。

作者名片

李德裕（787—849），字文饶，唐代赵郡赞皇（今河北赞皇县）人，与其父李吉甫均为晚唐名相。唐文宗时，受李宗闵、牛僧儒等牛党势力倾轧，由翰林学士出为浙西观察使。太和七年，入相，复遭奸臣郑注、李训等人排斥，左迁。唐武宗即位后，李德裕再度入相，执政期间外平回鹘、内定昭义、裁汰冗官、协助武宗灭佛，功绩显赫。会昌四年八月，进封太尉、赵国公。唐武宗与李德裕之间的君臣相知成为晚唐之绝唱。后唐宣宗即位，李德裕由于位高权重，五贬为崖州司户。

译文

岭南道中溪流纵横交错，地势迂回曲折，置身其间，茫然不知身在何处。沿途随处可见高大的乔木，绿树丛阴下，溪流显得格外幽深。

我在旅途中提心吊胆，担心遇上毒雾、碰着蛇草。为了躲避沙虫，看见燕子衔泥也会急忙让开。

这里的风俗很特别，五月即收稻米，三更公鸡就打鸣，每当涨潮，它还会按时啼叫，这时津吏就会通知乡民潮汛要来了。

这一切让人一时难以适应，看着那鲜艳欲滴的红槿花，听着那树上越鸟的鸣叫，想起家乡，这谪居岁月何时是个尽头，想起这些真是肝肠寸断。

赏析

作者描写在贬谪途中所看到的岭南风光，有着鲜明的地方色彩。第一句写山水，岭南重峦叠嶂，山溪奔腾湍急，形成不少的支流岔道。第二句紧接上句进一步描写山间景色，桄榔、椰树布满千山万壑，层林叠翠，郁郁葱葱，一派浓郁的南国风光。颔联宕开一笔，写自己在谪贬途中处处提心吊胆：害怕遇到毒雾，碰着蛇草；更惧怕那能使人中毒以致死亡的沙虫，看见掉落的燕泥也要躲避。这样细致地刻画自己的心理，有力衬托了岭南地区的荒僻险恶，比连续的铺陈展叙、正面描绘更具变化，也增强了艺术感染力。颈联具体描写南方的风物，表露出一种十分惊奇的异乡之感。这两句为尾联抒发谪贬瘴疠之地后深切思乡之情作铺垫。尾联写自己惊叹岭南环境艰险，物产风俗大异于秦中之后，心中不禁涌起了身居异地的怀乡之情，再看到鲜艳的红槿花枝上的越鸟，听到它啼叫，进而想到飞鸟都不忘本，依恋故土，何况有情之人。这一联是这首抒情诗的结穴之处，所表达的感情十分深挚。

本诗情景交融、灵活多变，是晚唐时期的抒情名篇。

华　下①

【唐】司空图

故国春归未有涯，
小栏高槛别人家。
五更惆怅回孤枕②，
犹自残灯照落花③。

注释

①华下：即华州（今陕西华县），作者曾旅居华州。
②五更：天快亮时称五更。孤枕：指作者自己孤零零地睡着。
③犹：还。残灯：灯已没油，光也昏暗了。落花：指花朵零落，春即归去。

作者名片

司空图（837—908）晚唐诗人、诗论家。字表圣，自号知非子，又号耐辱居士。祖籍临淮（今安徽泗县东南），自幼随家迁居河中虞乡（今山西永济）。唐懿宗咸通十年（869）应试，擢进士上第，天复四年（904），朱全忠召为礼部尚书，司空图佯装老朽不任事，被放还。后梁开平二年（908），唐哀帝被弑，他绝食而死，终年七十二岁。司空图成就主要在诗论，《二十四诗品》为不朽之作。《全唐诗》收诗三卷。

译文

春回故乡美妙的景象无边无涯，那优美的小栏或高槛是别人的家。

五更时惆怅苦闷又回到我心上，仍是孤灯一盏照着这片片落花。

赏析

诗的第一句写梦中的境界。作者远离家乡，久久不能归去，又正是大好的春天，思乡之情与眼前之景便衍成一梦，写自己回到了故乡，正是春光洒遍大地、无边无际。这里的“未有涯”三字，既包括“姹紫嫣红”“莺啼燕语”，也有作者的内心活动和无限的喜悦。虽然着笔不多，而喜悦之情却十分明显。次写梦后。一梦醒来，眼前所见却是小栏高槛，环境虽然优美，可惜不是梦中的故乡了，而是“别人家”。在这两句诗中，梦中回到故乡与现实中回不了故乡成了对比，梦中家乡春光大好与醒来“别人家”的“小栏高槛”成了对比。这样便把诗人极度怀念故乡，又恨不得归去的复杂情怀抒发得十分真切。

诗的第三、四句紧承前两句写作者梦醒后的心情和环境。这些描写与第一句梦游故乡相对照，与第二句的描写紧紧相连。这里的“小栏高槛”是“别人家”，这里没有了梦游回乡的欢乐，有的只是自己五更独眠，苦闷、惆怅，室内只有残灯一盏，窗外还有纷纷的落花。这样便把诗人的内心世界，把诗人的情态和愁容展示出来，环境的凄凉冷落也写得逼真形象。这样，总观全诗，作者思乡这个题意便表现得更为完整了。

江行寄远

【唐】李白

刳木①出吴楚，
危槎②百余尺。
疾风吹片帆，
日暮③千里隔。
别时酒④犹在，
已为异乡客。
思君不可得，
愁见江水碧。

注释

①刳木：《周易》：“刳木为舟。”孔颖达《正义》：舟，必用大木刳凿为之，故云“刳木”也。萧士赟曰：张骞乘槎，乃刳全木为之，今沅、湘中有此，名为艚船。
②槎：木筏。
③日暮：太阳快落山的时候。
④别时酒：吴均诗：“悲衔别时酒。”

译文

高达百尺的树木，挖空为舟，乘之直航吴楚。

西来的疾风吹动着顺水东去的船帆，一日的航程就有千里之远。

昨天告别时脸上的酒酡红色还没有消退，我身已经在千里之外的他乡。

刚刚离别一天就想你了，只看到江水碧绿，平添愁绪。

赏析

此诗大约是李白出川时候写的，估计在三峡下游，已经体验到了水急浪涌的滋味。有船行如箭的感觉，根据《秋下荆门》的描写，大约是在春天出的三峡，水流正急速的季节。“别时酒犹在，已为异乡客。”很好地诠释了快速旅程的感觉，时空感特别好。

临江仙·信州①作

【宋】晁补之

谪宦江城②无屋买，残僧③野寺相依。松间药臼竹间衣④。水穷行到处，云起坐看时⑤。

一个幽禽缘底事⑥，苦来醉耳边啼。月斜西院愈声悲。青山无限好，犹道不如归⑦。

注释

①信州：今江西上饶。
②江城：即信州，因处江边，故称。
③残僧：老僧。语自杜甫《山寺》：“野寺残僧少，山园细路高。”
④“松间”句：在松下捣药，竹间晒衣。
⑤“水穷”句：王维《终南别业》有“行到水穷处，坐看云起时”。此词化用王维诗句而略有变化。
⑥幽禽：指杜鹃。缘底事：为什么。
⑦青山二句：这两句全部袭用范仲淹《越上闻子规》诗成句。不如归：杜鹃鸣声悲

切，如呼“不如归去”。

作者名片

晁补之（1053—1110），字无咎，号归来子，济州巨野（今属山东巨野县）人，北宋时期著名文学家，为“苏门四学士”（另有北宋诗人黄庭坚、秦观、张耒）之一。曾任吏部员外郎、礼部郎中。工书画，能诗词，善属文，与张耒并称“晁张”。其散文语言凝练、流畅，风格近柳宗元；诗学陶渊明；其词格调豪爽，语言清秀晓畅，近苏轼。但其诗词流露出浓厚的消极归隐思想，著有《鸡肋集》《晁氏琴趣外篇》等。

译文

被贬到江城买不起房屋，只能与仅存的几个和尚在野外的寺庙里相依。在松林捣药竹林中挂放长衣，来到水源穷尽处，坐而远眺白云涌起时。

一只幽栖的鸟儿为什么在我这醉汉耳边苦苦悲啼？月向院西斜移而鸟鸣之声更悲切。青山虽然无限好，但杜鹃鸟还是说“不如归去”。

赏析

这首词表现出一种谪居异乡的苦闷和厌弃官场而向往故里的情感。

“谪宦江城无屋买，残僧野寺相依。”这二句无一字虚下，先交代了全词的政治背景，并为全词定下基调。“江城”点明信州，“无屋买”是夸大之词，表明信州的偏僻荒凉，这样便自然地引出“残僧野寺”一句。这里“残僧”画出了僧人的年迈衰老；“野寺”画出了寺庙的荒僻陋小。如此残破不堪而词人还得与之相依为命，足见其命运、境遇的凄惨。

“松间药臼竹间衣”三句紧承“残僧野寺”一句而来，写其行迹。词人并没有因与残僧野寺相依而感到凄惨悲伤。反而，在松荫竹翳的掩映下，一声药臼响，一角衣衫影，就能给心头增加无限的欢愉。这里“一臼”“一衣”，由于意象的典型性，取得了以一当十的艺术效果。“水穷行到处，云起坐看时”二句化用王维《终南别业》“行到水穷处，坐看云起时”诗句。虽然只是在文字的排列上略作了调整，但由于将“水穷”“云起”突出到前景位置。因而其艺术效果也发生了一定的变化。“行到水穷处”是顺写，象征意义不大明显，而“水穷行到处”强调了“水穷”，就突出了山穷水尽的意象，使人联想到词人在宦海中的山穷水尽。同样，“云起坐看时”较之“坐看云起时”也突出了“云起”的意象，使人联想到词人此刻是在冷眼旁观政治上的翻云覆雨。

下片仍然描写“野寺”中的所见所闻，但心绪的苍凉、悲苦却借景物的描写较为明显地流露出来。“一个幽禽缘底事，苦来醉耳边啼。”这两句词巧妙地抓住一个“幽禽”悲啼的意象来抒写自己的心曲：作者曾试图遁入醉乡以遣岁月，但不知为什么事，一个幽禽（杜鹃）又在醉酒之时来到耳边苦苦啼叫。“苦来醉耳边啼”应作“醉来耳边苦啼”。

“月斜西院愈声悲。”一句紧承“苦来醉耳边啼”而来，写词人对于“幽禽”啼声的感觉。这“幽禽”的啼叫已不仅是“苦啼”，而且愈啼愈悲。“月斜”即月影西沉，表明时间已晚；时间既晚，则啼叫之久可知。“愈声悲”以见鸟之情切，实是借鸟的悲啼来显示自己的悲苦心境。

“青山无限好，犹道不如归。”这两句托出全词的主旨：这儿的青山尽管无限美好，但杜鹃仍啼道：“不如归去！”词人在这里实际是借鸟的啼声，表达自己“他乡虽好，不如归去”的心声。这“青山无限好”显然由李商隐的“夕阳无限好”诗句化出，两句合起来又暗用王粲《登楼赋》和陶渊明《归去来辞》二赋作意。尽管这儿的山水很美，有松林竹林可供盘桓，有水有云可供观赏，但毕竟身在官场如鸟在笼中，终不如退守田园那么自由自在。

这首词以鸟能人言、人鸟共鸣的巧思妙句，外化了词人自身微妙复杂的隐秘心态，可谓深得托物言情之真味。

全词意境凄清幽冷、情感深沉。此词除了极好地运用了侧面烘托的手法，另一特点是善于运用前人成句，且做到切合词旨、手法成熟。

闻雁

【唐】韦应物

故园渺①何处，

归思方悠②哉。

淮南③秋雨夜，

高斋闻雁④来。

注释

①故园：指作者在长安的家。渺（miǎo）：仔细地察看。

②方：刚开始。悠：远。

③淮南：作者所在地滁州（今安徽省滁州市，位于淮河南岸）。

④高斋：楼阁上的书房。闻雁：听到北来的雁叫声。

作者名片

韦应物（737—791），字义博，京兆杜陵（今陕西省西安市）人。唐朝时期大臣、藏书家，右丞相韦待价曾孙，宣州司法参军韦銮第三子。出身京兆韦氏逍遥公房，以门荫入仕，起家右千牛备身，出任栎阳县令，迁比部郎中，加朝散大夫。外放治理滁州、江州刺史，检校左司郎中、苏州刺史，世称“韦苏州”“韦左司”“韦江州”。

译文

故园远隔云山究竟在何处？归思悠长上心头情满胸怀。

淮南秋雨绵绵的漫漫长夜，高斋独坐听雁声阵阵传来。

赏析

“故园渺何处，归思方悠哉。”首二句言诗人雨夜思归。秋天的雨夜漫长而又寂寥，诗人独坐在高斋之中，孤灯长伴，孤影为侣，静静地听着外面淅淅沥沥的秋雨。窗外一片漆黑，只有雨打梧桐的声音。孤清的夜，深秋的凄寒，还有空寂的高斋，在这样一种萧瑟凄寂的环境气氛之中，诗人不免要触动羁旅他乡、远游为宦的思乡情思。诗人的家乡在长安，而此时却在远离家乡两千余里的滁州为官，“渺”字反映诗人内心的无奈情态，因为云山阻隔、归路迢递，即使在白天登楼引颈也无法看到故园，更何况是暗夜沉沉。故园的邈远，本来就和归思的悠长构成正比，再加上这漫漫长夜、绵绵秋雨，就更使这“归思”无穷无尽、悠然不尽了。“方悠”二字表明清寂的氛围，加深了思乡之愁。“哉”是诗人久思难平的叹息，这个长长的叹息，道尽了无尽思念的深渊。

“淮南秋雨夜，高斋闻雁来。”这两句言闻雁而归思愈浓。“淮南”与第一句的“故园”相对，由思念中的故园回到今天为宦的淮南，落笔高妙。“秋雨”交代独坐时的清凉环境，“夜”既是表明时间很晚，是夜深人静的时候，也从侧面显露诗人贬谪滁州的苦痛如同黑夜一般。正当怀乡之情不能自控的时候，独坐高斋的诗人又听到了自远而近的雁叫声。这声音在寂寥的秋雨之夜，显得分外凄清，撩动诗人无尽的乡愁，使因思乡而永夜不寐的诗人浮想联翩、触绪万端，更加悲怆万分。诗写到这里，戛然而止，对“闻雁”而引起的感触不着一字，留下的是“此时无声胜有声”的结尾。

沈德潜《说诗晬语》云：“五言绝句，右丞之自然，太白之高妙，苏州之古澹，并入化机。”“古澹”很好地概括了韦应物五言绝句的风格特征。在这首诗中，体现了诗人古澹的艺术风格。整首诗是一幅清淡的思乡图，清冷的夜晚、清凄的秋风、清寒的秋雨、清寂的高斋和清孤的人影，构成一种高古澹远的意境。此诗结构巧夺天工、含蓄委婉，先写“故园”，后写“淮南”，先托出“悠”思，后衬以“雁”鸣，就是在这样巧妙的安排中，使诗歌很短，但人的情思却句句深入，层层递进。另外，诗歌的情思表面触发的是乡愁，但结合诗人被贬滁州的事实。还可以从诗歌中体会出诗人对现实的不满情绪，这种情绪又完美地融入萧瑟凄清的秋声秋意之中。

归 雁

【唐】钱起

潇湘何事等闲①回，
水碧沙明两岸苔②。
二十五弦③弹夜月，
不胜④清怨却飞来。

注释

①潇湘：二水名，在今湖南境内。等闲：轻易、随便。
②苔：鸟类的食物，雁尤喜食。
③二十五弦：指瑟。
④胜（shēng）：承受。

作者名片

钱起（722? —780），字仲文，吴兴（今浙江湖州市）人。早年数次赴试落第，唐天宝十年（751）进士。初为秘书省校书郎、蓝田县尉，后任司勋员外郎、考功郎中、翰林学士等。曾任考功郎中，故世称“钱考功”。代宗大历中为翰林学士。

译文

你为何如此轻易地从潇水湘水那样美丽的地方回来呢？那里

溪水澄澈、沙石明净，岸边还有青苔可以供你觅食，你何故不肯久待呢？

大雁答道：湘灵之神在月夜弹的瑟曲调太伤感了，我忍受不了那悲怨欲绝的曲调，不得不离开潇湘飞回到北方来。

赏析

这首《归雁》，虽写于北方，所咏却是从南方归来的春雁。

诗咏“归雁”，雁是候鸟，深秋飞到南方过冬，春暖又飞回北方。古人认为，秋雁南飞，不越过湖南衡山的回雁峰，它们飞到峰北就栖息在湘江下游，过了冬天再飞回北方。作者依照这样的认识，从归雁想到了它们归来前的栖息地——湘江，又从湘江想到了湘江女神善于鼓瑟的神话，再根据瑟曲有《归雁操》进而把鼓瑟同大雁的归来相联系，这样就形成了诗中的奇思妙想。

“潇湘何事等闲回？水碧沙明两岸苔。”开头两句用的是倒置法。古人一般不大了解大雁的生活习性，认为它们飞到湖南衡阳县南的回雁峰，就不再南飞，到第二年春暖花开的时候，就向北返回。潇湘在洞庭湖南面，水暖食足，气候很好，古人认为是大雁过冬的好地方，所以诗人想象归雁是从潇湘飞来的。大雁作为一种候鸟，每当春来，由南返北本是一种很正常的自然现象，但诗人偏要发问，连用两句设问，一反历代诗人把春雁北归视为理所当然的惯例，而故意对大雁的归来表示不解，询问归雁为什么舍得离开那环境优美、水草丰盛的湘江而回来。这突兀的询问，一下子就把读者的思路引上了诗人所安排的轨道——不理会大雁的习性，而另外探寻大雁归来的原因。

作者在第三、四句代雁作了回答：“二十五弦弹夜月，不胜清怨却飞来。”湘江女神在月夜下鼓瑟（二十五弦），那瑟声凄凉哀怨，大雁不忍再听下去，才飞回北方的。诗人发挥丰富的想象并借助美丽的神话，为读者展现了湘神鼓瑟的凄哀意境，着意塑造了多情善感而又通晓音乐的大雁形象。那么诗人为什么将湘神鼓瑟写得如此凄哀？大雁为什么“不胜清怨”呢？实际上诗人笔下的大雁是从“楚客不堪听”敷衍而来，作者是按照贬迁异地的“楚客”来塑造客居湘江的旅雁的形象的。旅雁听到湘灵的充满思亲之悲的瑟声，便乡愁郁怀，羁思难耐，而毅然离开优美富足的湘江，向北方飞回。诗人借助充满羁旅愁苦的大雁，委婉地表达了客居他乡的羁旅愁思。从归雁想到了它们归来前的栖息地，再根据瑟曲有《归雁操》进而把鼓瑟同大雁的归来相联系，这样就形成了诗中的奇思妙想。

短短四句诗，构思新颖，想象丰富。诗中的潇湘夜景和瑟声虽都是想象之词，但通过这样一问一答，却把雁写成了通晓音乐和富于情感的生灵了。这首诗表面上写大雁，实际上是写诗人在春夜的感受。诗中没有直接说这种感受是什么。正因为没有明白说出，才留给读者无限的想象空间。

《归雁》中的“不胜清怨却飞来”一句，原来是这首七言绝句的点睛之句，构思巧妙新颖、想象丰富、笔法空灵、抒情婉转、意趣含蕴。它以独特的艺术特色，而成为引人注目的咏雁名篇之一。

邯郸冬至夜思家

【唐】白居易

邯郸驿[①]里逢冬至，
抱膝灯前影伴身[②]。
想得家中夜深[③]坐，
还应说着远行人[④]。

注释

①驿：驿站，古代的传递公文、转运官物或出差官员途中歇息的地方。
②抱膝：以手抱膝而坐，有所思貌。影伴身：影子与其相伴。
③夜深：犹深夜。
④远行人：离家在外的人，这里指作者自己。

译文

居住在邯郸客栈的时候正好是冬至节，而我只能抱膝坐在灯前，与自己的影子相伴。

想到家中亲人今日也会相聚到深夜，还应该会谈论着我这个离家在外的人。

赏析

此诗描写了冬至夜晚作者在邯郸驿舍的所思所感，表达了作者的孤寂之感和思家之情。全诗语言质朴无华而韵味含蓄，构思精巧别致，运用想象等手法，表现出淡淡的思乡之愁以及浓浓的怀亲之意。

“邯郸驿里逢冬至，抱膝灯前影伴身。”纪实，侧面写“思家”。第一句叙客中度节，已植“思家”之根。在唐代，冬至这个日子，人们本应在家中和亲人一起欢度。但是如今作者在邯郸客店里碰上这个节日，不知如何是好。第二句，就写作者在邯郸客栈里过节的情景。“抱膝”二字，活画出枯坐的神态。“灯前”二字，既烘染环境，又点出“夜”，托出“影”。一个“伴”字，把“身”与“影”联系起来，并赋予“影”以人的感情。只有抱膝枯坐的影子陪伴着抱膝枯坐的身子，作者的孤寂之感、思家之情，已溢于言表。

“想得家中夜深坐，还应说着远行人。”运用想象，正面写“思家”。后两句笔锋一转，来个曲笔，不直接写自己如何思家，而是想象家人冬至夜深时分，家人还围坐在灯前，谈论着自己这个远行之人，以此来表现“思家”，使这种思乡之情扩大化，真实感人。其感人之处是：他在思家之时想象出来的那幅情景，却是家里人如何想念自己。这个冬至佳节，由于自己离家远行，所以家里人一定也过得很不愉快。当自己抱膝灯前，想念家人，直想到深夜的时候，家里人大约同样还没有睡，坐在灯前，“说着远行人”。具体“说”了什么，作者并没有指明，这就给读者留下了驰骋想象的广阔天地。每一个享过天伦之乐的人，有过类似经历的人，都可以根据自己的生活体验，想得很多。作者没用华丽的词句，没有玩弄过多的艺术技巧，而用平实质朴的语言，却把思乡之情表现得淋漓尽致。

《邯郸冬至夜思家》没有精工华美的辞藻，没有奇特新颖的想象，只是用叙述的语气来描绘远客的怀亲之情。其佳处，一是以直率质朴的语言，道出了人们常有的一种生活体验，感情真挚动人。二是构思精巧别致：诗中无一“思”字，只平平叙来，却处处含着“思”情；写自己思家，却从对面着笔。

调笑令·边草①

【唐】戴叔伦

边草，边草，边草尽②来兵老。山南山北雪晴③，
千里万里月明④。明月，明月，胡笳⑤一声愁绝⑥。

注释

①调笑令：词牌名。唐代白居易《代书诗一百韵寄微之》曰：“打嫌《调笑》易，饮讶《卷波》迟。”自注：“抛打曲有《调笑令》，饮酒曲有《卷白波》。”词调名盖本唐曲。此调为单调，八句，三十二字。第四、五句押平声韵，其余各句均押仄声韵。其中第二句叠用第一句，第七句叠用第六句，第六句颠倒第五句末二字而成。边草：边塞之草。此草秋天干枯变白，为牛马所食。
②尽：死。
③雪晴：下过大雪后放晴。
④月明：月色皎洁。
⑤胡笳（jiā）：一种流行于北方游牧民族地区的管乐器，汉魏鼓吹乐常用之。
⑥绝：极，很，表示事物程度的副词。

译文

边塞的野草啊，边塞的野草！野草枯尽，戍边的兵士也

已老。

山南山北雪后放晴，千里万里处处月明。明月啊，明月！远处传来胡笳一声，令人悲苦愁绝。

赏析

这是一首反映边地戍卒思归情绪的小令，这类题材在唐诗中多得不可胜计，但在词中却很少见。盛唐时代的诗人们都向往到边塞建功立业，所以岑参等人笔下的边塞风光无比壮丽，充满乐观的情调。但到了中唐时代，情况不同了，李益的边塞诗就有一种凄凉的气氛，不少诗篇描写边地戍卒的思乡怀归和哀怨情绪。戴叔伦此词所写也是这种思想情绪，但写得非常含蓄深沉。

开头“边草”两字重叠，固是词调格律的要求，而在这里使人联想到一望无际的草原，显示出空间的寥阔，同时点明边塞的地理环境，渲染了荒凉的气氛。接着“边草尽来兵老”一句，写时间之悠长。边草一次次从生长到枯萎，戍卒年年盼归，从青年到衰老。值得注意的是以“草尽”烘托“兵老”，还暗寓着统治者把戍卒当作“边草”一样看待的意思，表现出作者对统治者不管戍卒死活的斥责和抗议，寄托着对戍卒遭遇的深切同情。

中间一联对句，非常工整。“山南山北雪晴，千里万里月明。”前句写边塞冰天雪地，一片银白，“山南山北”点明白雪覆盖面之广阔，“晴”字点明飘雪已经停止，同时为下句的“月明”作铺垫。下句写白雪衬托下的月色分外皎洁，“千里万里”写月亮普照之广，同时也暗寓着边塞与家乡相隔之遥远。人隔两地，但所望之月是同一个月，所以明月是最易引起怀人思乡之景，李白著名的诗篇《静夜思》就是描绘见月思乡的情景，唐代写望月怀乡的诗篇不胜枚计。接着又按格律要求叠用“明月，明月”，使读者更体会到：戍卒面对明月，思乡怀人之情更切，似乎戍卒的思想已长着翅膀飞回了家乡。

结句“胡笳一声愁绝”，一声胡笳使戍卒从思乡梦中惊醒过来，原来自己仍旧身在边地，最后用“愁绝”二字表现出戍卒的极端忧愁苦闷，同时也起了点明主题的作用。

全词没有出现思乡怀人的字样，但句句都围绕着这一主题，其特点是全用景物烘托的手法。边地将尽的枯草、积满山岭的冰雪、晴朗夜空的明月、凄凉悲切的胡笳声，所有这些景物描写，都是为了烘托戍卒的心情，有了前面的层层铺垫，最后用“愁绝”二字点明，就显得心情特别沉重而有力。

此词的另一特点是重叠的结构形式。按照词的格律要求，全词有两对叠句，这种重叠通过重复歌咏可加强感情的抒发，同时也起了加深意境的作用。“边草”重叠，形成一种荒凉的意境，描写了戍卒的活动背景，也烘托出戍卒空虚凄凉的心境，这就与单用“边草”二字的作用不同。“明月”重叠，一方面是上句末尾“月明”二字的颠倒，使之与上句转折呼应，这也是转应曲词调的格律要求，形成上下句勾连的格局，可产生回环往复的韵致，另一方面，“明月”二字的重叠，造成了一种明月普照的柔和氛围，烘托出了戍卒思乡怀人的强烈不安的情绪。

全词意境极为深沉含蓄，是中唐文人词中难得的一篇佳作。

行军九日①思长安故园

【唐】岑参

强欲登高②去，
无人送酒来。
遥怜③故园菊，
应傍④战场开。

注释

①九日：指九月九日重阳节。
②强：勉强。登高：重阳节有登高赏菊饮酒以避灾祸的风俗。
③怜：可怜。
④傍：靠近，接近。

译文

勉强地想要按照习俗去登高饮酒，可惜再没有像王弘那样的人把酒送来。

怜惜远方长安故园中的菊花，这时应正寂寞地在战场旁边盛开。

赏析

唐玄宗天宝十四载（755），安禄山起兵叛乱，次年长安被攻陷。唐肃宗至德二载（757）二月肃宗由彭原行军至凤翔，岑参随行。这首诗原有小注说："时未收长安"。九月唐军收复长安，此诗可能是当年重阳节在凤翔写的。

唐代以九月九日重阳节登高为题材的好诗不少，并且各有特点。岑参的这首五绝，表现的不是一般的节日思乡，而是对国事的忧虑和对战乱中人民疾苦的关切。表面看来写得平直朴素，实际构思精巧，情韵无限，是一首言简意深、耐人寻味的抒情佳作。

首句"登高"二字就紧扣题目中的"九日"，点明了诗文写作的时间。劈头一个"强"字，是不愿为之而又不得不为之的心态体现，表现了诗人在战乱中的凄清景况。"登高去"，还见出逢场作戏的味道，而前面冠以"强欲"二字，其含意便深刻得多了，表现出强烈的无可奈何的情绪。重阳节大家都喜欢登高，而诗人却说勉强想去登高，透着些凄凉之意，不知这是为何。结合题目"思长安故园"来看，诗人是流露出浓郁的思乡情绪。岑参是南阳人，但久居长安，故称长安为"故园"。但长安不仅是故园，更是国家的都城，而它竟被安、史乱军所占领。在这种特定情境之下，诗人就很难有心思去过重阳节，去登高胜赏了。典型的环境，使诗人登高时的心情愈趋复杂：既思故园，更思帝都，既伤心，更感慨，两种感情交汇撞击着他的心房。

“遥怜故园菊”句化用陶渊明的典故。据《南史·隐逸传》记载：陶渊明有一次过重阳节，没有酒喝，就在宅边的菊花丛中独自闷坐了很久。后来正好王弘送酒来了，才醉饮而归。此句承前句而来，衔接自然，写得明白如话，虽然巧用典故，却无矫揉造作之感，使人不觉是用典，达到了前人提出的“用事”的最高要求：“用事不使人觉，若胸臆语也。”（邢邵语）所以能引起读者的联想和猜测：不知造成“无人送酒来”的原因是什么。其实这里反用其意，是说自己虽然也想勉强地按照习俗去登高饮酒，可是在战乱中，没有像王弘那样的人来送酒助兴，共度佳节。所以，“无人送酒来”句，实际上是在写旅况的凄凉萧瑟，无酒可饮，更无菊可赏，暗寓着题中“行军”的特定环境。

“应傍战场开”句开头一个“遥”字，是渲染自己和故园长安相隔之远，而更见思乡之切。作者写思乡，没有泛泛地笼统地写，而是特别强调思念、怜惜长安故园的菊花。这样写，不仅以个别代表一般，以“故园菊”代表整个故园长安，显得形象鲜明，具体可感；而且这是由登高饮酒的叙写自然发展而来的，是由上述陶渊明因无酒而闷坐菊花丛中的典故引出的联想，具有重阳节的节日特色，仍贴题目中的“九日”，又点出“长安故园”，可以说是切时切地，紧扣诗题。

既是“登高”，诗人自然联想到饮酒、赏菊。据说陶渊明“尝九月九日无酒，出宅边菊丛中坐。久之，逢弘（指江州刺史王弘）送酒至，即便就酌，醉而后归”。陶潜居宅，有人送酒。诗人行军在外，自然没有这个福分。所以，“无人送酒来”句，实际上是在写旅况的凄凉萧瑟，无酒可饮，更无菊可赏。他想到故园今日黄花堆积的情景，只能遥遥寄去一片深沉的乡情。“遥”字，渲染出诗人与长安的相距之远。“怜”字，不仅写出诗人对故乡之菊的眷恋，更写出诗人对故园之菊开在战场上的长长叹息，百般怜惜。“应傍战场开”，沈德潜说可悲在“战场二字”。残垣断壁，战血涂地，黄花开在被乱军糟蹋得不成样子的帝都长安岂不可悲可叹!结句把惜花、思乡、感时伤乱的情绪包容在一起加以抒发，所以最为“可悲”。

这首诗由欲登高而引出无人送酒的联想，又由无人送酒遥想故园之菊，复由故园之菊而慨叹故园为战场，蝉联而下，犹如弹丸脱手，圆美流转。

清江引①·秋怀

【元】张可久

西风信来家万里，问我归期未②？
雁啼红叶天③，人醉黄花地④，芭蕉雨声秋梦里。

注释

①清江引：曲牌名。
②未：什么时候。
③红叶天：秋天。红叶：枫叶。深秋枫叶红遍，霜林如醉。杜牧《山行》：“停车坐爱枫林晚，霜叶红于二月花。”
④黄花地：菊花满地。

作者名片

张可久（约1270—1348以后）字小山，庆元（治所在今浙江宁波鄞县）人，元朝重要散曲家、剧作家，与乔吉并称“双璧”，与张养浩合为“二张”。

译文

凛冽的西风，像是要把家里人写的信吹过来一样，问我什么时候能回去？

大雁在满是长满红叶的秋林上空长鸣而过，远离家乡的游子，醉卧在秋菊盛开的园中，思乡的梦里隐约听到秋雨轻打着芭蕉，声声不断。

赏析

这首曲写出了作者浓浓的思乡之情。写出作者是十分心急的，急得发愁，也许正遇上某些事，回乡无望，因而听着雨打芭蕉的声音，似乎只能借着秋夜的清凉，做个好梦，梦回家乡探望亲人。

秋风中接到家信，远自万里之外寄来，谆谆“问我归期未”，这两句从空间和时间的两个方面表现了“我”与“家”的睽隔。而诗人未对来信的殷望作任何正面的答复，仅是铺排了自己所处客乡的秋景。“红叶天”“黄花地”，显然受了《西厢记·长亭送别》中“碧云天，黄花地，西风紧，北雁南飞”的启导，而《西厢记》又是移用了范仲淹《苏幕遮》词的“碧云天，黄叶地”，亦为感秋之作。红叶黄花勾勒了清秋的轮廓，色彩鲜明，但却有一种苍凉冷颓的情韵。尤其是作者在这一背景中体现了“雁”“人”的活动主角，且雁啼于天，人醉于地，便使这种苍凉冷颓发挥到了极致。“雁啼”最牵愁惹恨，“人醉”则是为了忘忧，而“芭蕉雨声秋梦里”，秋雨的萧疏冷酷，使得乡梦也为之惊醒。这三句景句无不暗寓着人物的客乡况味和主观感受，代表着诗人的“秋怀”。深沉的乡思与有家难归的羁愁，便足以回答“归期未”的提问了。

这三句是作者收信后无言的感受，但它也可以视作诗人因家信问起归期而惆怅苦闷的应接。可以这样想象：诗人因在现实上不可能回到万里以外的乡园，无语可复，心中充满了忧愁与歉疚。他抬头望天，想看看那传书的鸿雁可在，结果发现“雁啼红叶天”，大雁似乎也在为他发出悲鸣。满地秋菊盛开，但那并不是故园的黄花，诗人只能借酒狂饮，在酩酊中暂忘乡愁。入夜了，他希望能在梦中实现回乡的心愿，可是“隔窗知夜雨，芭蕉先有声”（白居易《夜雨》），蕉叶上的雨声又无情地提醒着他的孤寂。“问我归期未”，不敢答复，至此也无须答复。小令的这三句景语，在时间的跨度上可前可后，代表了“秋怀”的一贯凄凉，确实是颇见妙味的。

应该说这个概括在这首短小精悍的曲里能够得到很好的体现，至于熔铸名句这点，恐怕元曲三百首里没有多少非香艳的题材的作品能跳出唐宋的成就。

回到曲上，“西风信来家万里，问我归期未？”看似简单，实则也简单明了，直奔主题，唯一比较特别之处是以西风送信，这个并不是很多见，古人一般是鱼传尺素，雁寄归思，青鸟传音，西风送信便是把西风拟人，赋予看似凛冽的西风一点儿人情味；“问我归期未”，平实却亲切，仿佛正面对面问话一般。又令人想起“道是归期未有期”这种情怀，有点淡淡哀愁。可见，这两句应该没有经过太多斟酌，完全是作者的真情实感的流露，因此读来也没有丝毫矫揉造作之感。

本诗前两句，作者道出自己的乡思情。然而这种乡思情有多深有多浓？作者没有直接外露，却是以“西风”“红叶”“黄花”“芭蕉”“秋雨”这些富有季节特征的一组景物构成意境，渲染出一幅色彩浓丽的秋景图，衬自己浓浓的乡思情。

行舟忆永和①兄弟

【宋】周必大

一挂吴帆②不计程，
几回系缆③几回行。
天寒有日云犹冻，
江阔无风浪自生。
数点家山④常在眼⑤，
一声寒雁⑥正关情⑦。
长年⑧忽得南来鲤⑨，
恐有音书作急烹。

注释

①永和：地名，今吉安县永和镇。
②吴帆：指舟行的目的地。
③系缆（lǎn）：系住缆绳，指停船。
④家山：家乡之山。
⑤常在眼：谓家山虽从视线中消失，但仍时时浮现在眼前。
⑥寒雁：深秋之雁。
⑦关情：南飞之雁鸣，牵动了诗人的思乡之情。
⑧长年：古代对船工的称呼。
⑨南来鲤：从南方故乡来的鲤鱼。

作者名片

周必大（1126—1204），字子充，一字洪道，自号平园老叟。原籍管城（今河南郑州），至祖父周诜时居吉州庐陵（今江西省吉安县永和镇周家村）。南宋著名政治家、文学家，“庐陵四忠”之一。开禧三年（1207），赐谥文忠，宁宗亲书“忠文耆德之碑”。周必大工文词，为南宋文坛盟主。与陆游、范成大、杨万里等都有很深的交情。著有《省斋文稿》《平园集》等80余种，共200卷。

译文

一只小船挂起了征帆，直下吴中，不知走了多远。只记得，一次次停舟，一次次解缆。

冬日的阳光迷漾清寒，云彩仿佛被冻住了。空阔的江面上没有刮风，浪也翻卷。

故乡的青山常常在眼前浮现；深秋的大雁啼鸣声声，牵动着我的思乡之情。

船工突然捉住了一条从南方故乡来的鲤鱼；赶快杀掉它吧，也许鱼腹中装着家书。

赏析

这首诗首联记事，写诗人在征途上不知道走了多久、多远；颔联写景，天寒风浪，突出了旅途上的艰辛；颈联开始抒发无时不在的思乡之情；尾联写行舟途中得鲤鱼后所引发的思念之情。全诗蕴藉含蓄，意在言外，颇堪玩味。

一、二句记事。“一挂吴帆”是说自水路前去吴地，“不计程”是无法计算路程，极言自乡至吴水路的遥远；下句承接上句，从船只多次的停泊与开行再写行舟之久。

三、四句写景，这是一联工整的对偶句。上句写天空，下句写江面。江南秋色本是迷人，更何况此次又是江行。这一联描绘景色确切；“有日”“无风”，一有一无，都能宕开一步。虽是景语，但也表现了诗人离乡远行时那黯淡、凄凉的心境。

五、六句也是以工整的对偶写景。这一联中的“数点家山”与空中“寒雁”本是一幅淡远迷蒙的水墨画，一声雁叫又为这画幅增添了凄冷的气氛。

最后两句转入叙事。船工在行舟时捕得鲤鱼是很平常的事，诗歌的妙处在于诗人在“鲤”前加了“南来”二字，鱼是从家乡来的，然后借用这习见的事，通过《汉乐府·饮马长城窟行》中“呼儿烹鲤鱼，中有尺素书”的典故，抒发盼望家书的急切心情。事借得巧，典故用得巧，表达了深沉的抒情意味。

诗尽管自客心之愁起笔，但在构思之初，此愁已然因故乡在即而消散，所以作者写愁方能写得如此轻盈，也心有余裕在诗艺上从容打磨。

饮马长城窟行

【两汉】佚名

青青河畔草，
绵绵思远道①。
远道不可思，
夙昔②梦见之。
梦见在我傍，
忽觉③在他乡。
他乡各异县，
展转④不相见。
枯桑⑤知天风，
海水知天寒。
入门各自媚⑥，
谁肯相为言⑦？
客从远方来，
遗我双鲤鱼⑧。
呼儿烹⑨鲤鱼，

注释

①绵绵：这里义含双关，由看到连绵不断的青青春草，而引起对征人的缠绵不断的情思。远道：远行。
②夙昔：指昨夜。
③觉：睡醒。
④展转：亦作“辗转”，不定。这里是说在他乡作客的人行踪无定。“展转”又是形容不能安眠之词。如将这一句解释指思妇而言，也可以通，就是说她醒后翻来覆去不能再入梦。
⑤枯桑：落了叶的桑树。这两句是说枯桑虽然没有叶，仍然感到风吹，海水虽然不结冰，仍然感到天冷。
⑥入门：指各回自己家里。媚：爱。
⑦言：问讯。
⑧双鲤鱼：指藏书信的函，就是刻成鲤鱼形的两块木板，一底一盖，把书信夹在里面。一说将上面写着书信的绢结成鱼形。
⑨烹：煮。假鱼本不能煮，诗人为了造语生动故意将打开书函说成烹鱼。
⑩尺素书：古人写文章或书信用长一尺左右的绢帛，称为“尺素”。素：生绢。书：信。
⑪长跪：伸直了腰跪着，古人席地而坐，坐时两膝着地，臀部

中有尺素书[10]。

长跪[11]读素书，

书中竟何如？

上言加餐食，

下[12]言长相忆。

压在脚后跟上。跪时将腰伸直，上身就显得长些，所以称为“长跪”。

⑫下：末二句“上”“下”指书信的前部与后部。

译文

看着河边连绵不断的青青春草，让人想起那远行在外的征人。

终日思念远在外乡的丈夫，只有在梦中才能相见。

梦里见他在我的身旁，一觉醒来发觉他仍在他乡。

其他乡各有不同的地区，丈夫在他乡漂泊不能见到。

桑树叶落知道因天气大风的拂吹，海水虽然广大不易结冰，也可知道天气的变冷。

同乡的游子各自回到家门与家人相爱，有谁肯告诉我丈夫的讯息？

客人风尘仆仆从远方来，送给我装有绢帛书信的鲤鱼形状的木盒。

呼唤童仆打开木盒，其中有尺把长的用素帛写的信。

恭恭敬敬地拜读丈夫用素帛写的信，信中究竟说了些什么？

书信的前一部分是叮嘱我要增加饭量保重身体，书信的后一部分诉说自己的思念。

赏析

《饮马长城窟行》这首诗是妇人思念在远方行役的丈夫的。《盐铁论》中说："今天下一统，而方内不安。徭役远，内外烦。古者，过年无徭，逾时无役。今近者数千里，远者过万里，历二期而长不还，父子忧愁，妻子咏叹，愤懑之情发于心，慕思之积痛骨髓。"这首诗就是汉代这类社会现实的反映。

"青青河畔草，绵绵思远道。"绵绵指连绵。思远道指思念远方的亲人。这两句是说，河边春草青青，连绵不绝伸向远方，令我思念远行在外的丈夫。

"远道不可思，宿昔梦见之。"不可思，无可奈何之反语，意谓相思徒然无益。宿昔，昨夜。之，指代思念之人。这两句是说，远在外乡的丈夫不能终日思念，昨夜在梦中却见到了他。

诗的开头作者借着景色的铺陈，引发妇人触景生情，对远离家乡的丈夫的思念。绵绵两字传达了两层意义：妇人思绪的绵绵是由青草的绵延不绝引起的。由于路途的遥远，思念也是徒然的，只好在梦中求得相会。

"梦见在我傍，忽觉在他乡。"忽觉，忽然醒来。这两句是说，梦里见到他在我的身旁，一觉醒来他仍在他乡。

"他乡各异县，展转不相见。"这两句是说，他乡各有不同的地区，丈夫在他乡漂泊不能见到。然而在梦中实现的愿望，醒过来后又是遥远的空间隔绝，依旧是"他乡各异县"，彼此无法相见。

这一段可以说是故事的前提。在修辞技巧上，"绵绵思远道，远道不可思"中的"远道"；"宿昔梦见之，梦见在我旁"中的"梦见"；以及"忽觉在他乡，他乡各异县"中的"他乡"；都是修辞技巧中的"顶针"句法。这样连缀句子的方式，使得全段读起来有一种流畅的音乐性。

"枯桑知天风，海水知天寒。"这两句是说，桑树枯萎知道天风已到，海水也知道天寒的滋味。枯桑无叶可落，但知天风之大小；海水经冬不冻，仍知天气之温寒。以此比喻夫妇久别，心知其苦。

"入门各自媚，谁肯相为言！"媚指爱，悦，亲热。这两句是说，同乡的游子们各自回家亲爱，有谁可以告诉我丈夫的讯息。这是第二段，暗示远方的人也能了解，而邻居却只顾沉浸在家庭的欢乐中，不肯为她捎个信。在这一段中，运用了起兴和对比的手法，写女子独守家门，表现其孤独凄凉的感情。

“客从远方来，遗我双鲤鱼。”这两句是说，有位客人从远方来到，送给我装有绢帛书信的鲤鱼状木盒。

“上言加餐食，下言长相忆。”书信的前一部分是说要增加饭量保重身体，书信的后一部分是经常想念。最后一段，情节发生了转折，忽然有客从远方带来木质双鲤鱼夹封的信函，呼儿拆封解除了她的思念之苦，而在书中也获得了远方传来地对她坚定不移的情意。

这首诗以思妇第一人称自叙的口吻写出，多处采用比兴手法，语言清新，语句上递下接，气势连贯，很有特色。全诗语言简短质朴，通俗易懂，但感情浓郁、流宕曲折，具有强烈的艺术感染力。

诗歌从思念写到收到书信，从痛苦绝望写到惊喜激动再写到失望平静，情绪没有产生剧烈的波动，却显得自然而不突兀，显然作者在构思和剪裁上是下足了功夫的。尤其以梦境为中心内容的前八句，形式结构相当有特色：每句协韵，两句一转，前一韵的末句与后一韵的首句，词语相同重叠，环环相扣，逐层推进。这种连绵顶真的用法，在后世发展成为独特的“辘轳体”。表达上的精妙，是为了更好地表现思想内容，这种相思的感受如人饮水冷暖自知，即便是那个被相思的对象也是不能完全地感同身受的。

但在那个时代，战乱与动荡造成的家人离散很多时候是不可避免的，天灾与人祸的两相作用让底层的民众不得不面对分离。在这样的不得已下，即便思念是让人绝望难以承受的，但日子总要过下去。“上言加餐饭，下言长相忆。”这样简单的几句真切的关怀也就足够感动了。情感的交流并不只是靠甜言蜜语海誓山盟，生活细节的关注与分享才更加真挚温暖。所以，即便这封盼了很久才盼到的书信真的只有这两行字，也足够给予女主人公坚持的希望了。诗歌停顿到这里，留下空白，给读者以想象的空间，恰到好处又余味无穷。